茅盾文学奖
获奖作家短经典

Short Classic

贾平凹

红 狐

贾平凹 ——

著

人民文学出版社

图书在版编目(CIP)数据

红狐/贾平凹著.—北京：人民文学出版社，2020
(茅盾文学奖获奖作家短经典)
ISBN 978-7-02-012965-2

Ⅰ.①红… Ⅱ.①贾… Ⅲ.①中篇小说—小说集—中国—当代②短篇小说—小说集—中国—当代③散文集—中国—当代 Ⅳ.①I217.2

中国版本图书馆CIP数据核字(2019)第126015号

选题策划	付如初
责任编辑	付如初
装帧设计	刘　远
责任印制	任　祎

出版发行	人民文学出版社
社　　址	北京市朝内大街166号
邮政编码	100705
网　　址	http://www.rw-cn.com
印　　刷	三河市中晟雅豪印务有限公司
经　　销	全国新华书店等
字　　数	213千字
开　　本	787×1092毫米　1/32
印　　张	10.75　插页3
版　　次	2013年1月北京第1版
印　　次	2020年3月第1次印刷
书　　号	978-7-02-012965-2
定　　价	38.00元

如有印装质量问题，请与本社图书销售中心调换。电话　010　65233595

出版说明

茅盾文学奖自1981年设立迄今,已近四十年。这一中国当代文学的最高奖项一直备受关注,获奖作品所涉作家近五十位,影响甚巨。其中获奖作品人民文学出版社所占的比例接近百分之四十,几乎所有的获奖作家都与人民文学出版社有过合作。这些作家大多在文坛耕耘多年,除了长篇小说之外,在中篇小说、短篇小说和散文等"短"体裁领域的创作也是成就斐然。

2013年,我们以全面反映茅盾文学奖获奖作家的综合创作实力为宗旨,以艺术的眼光,遴选部分获奖作家的中篇小说、短篇小说和散文的经典作品,编成集子,荟萃成了"茅盾文学奖获奖作家短经典"丛书,得到了专家和读者的一致好评。

此次再版,我们在原丛书的基础上,增添了第九届和第十届茅盾文学奖获奖作家的"短经典",一些作家的作品篇目也有所增删,旨在不断丰富丛书内容,让读者更加全面细致地了解这些作家的创作。相信该系列图书能够与我社的

"茅盾文学奖获奖作品全集"系列一起,为您完整呈现一代又一代茅盾文学奖获奖作家的创作实绩、艺术品位和思想内涵。

人民文学出版社编辑部
2020年1月

目 录

- 001 黑氏
- 043 美穴地
- 091 阿吉
- 128 猎人
- 148 饺子馆
- 175 艺术家韩起祥

- 221 月迹
- 225 风雨
- 227 秦腔
- 236 商州又录
- 254 闲人
- 260 安妥我灵魂的这本书
- 270 红狐
- 276 读张爱玲
- 279 进山东

285　我有了个狮子军
289　在女儿婚礼上的讲话
291　从棣花到西安
296　六棵树
306　祭父
317　写给母亲
320　游寺耳记
321　松云寺
323　天气
325　丑石

328　《秦腔》后记
339　《秦腔》获奖感言

黑　氏

一

黑氏的年龄比丈夫大,黑氏把什么都干了,喂猪,揽羊,上青崖头上砍柴火。一到晚上,小男人就缠她。男人是个小猴猴,看了许多书,学着许多新方法来折磨,她又气又恨,一肚子可以把他弹下炕去;"你是我的地!"小男人却说,他愿意怎么犁都可以。夜黑漆漆的,点点星辰,寒冷从窗棂里透进来。小男人压迫着她,口里却叫着别人的名字,黑氏知道那是些村里鲜嫩的女子,泪水潸然满面。等丈夫滚在一边大病一场似的睡着去了,她哽咽出声,嗟啜不已。

这边厢房一动静,那边厢房就发恨声,公公骂道:"长吁短叹地发什么贱气,好吃好喝得肚子鼓胀睡不着吗?"公公的脾气越来越暴躁,黑氏就不敢再出声,听得还再骂了一句:"在娘家吃什么了,穿什么了,跌到福窝里了还不顺心?!"噼里啪啦拨算盘。公公是镇上的信贷员,算盘上的功夫深,双手打得"狮子滚绣球"。这两年日胜一日富起来,家人就给她难看脸色,恶色败气,批点她的面粗,手脚肥胖,丑。黑氏是知足人,深山的娘家穷,茶饭是比以前好。哥哥的脸色黄蜡蜡的,十天半月来镇上赶集,拿些山货到这家,吃一顿饭要走了,总说:"我妹子有福!"她心里苦苦的。好哥哥,吃得好了就有福?这话却倒不到人面前去,只是越发伏低伏小。私下里盼着养个儿来,有个贴己,送子娘娘却偏不光顾。如此睁着大的眼睛在黑暗里思想,窗外就没了星星,淅淅沥沥落起雨来,倒熬煎这雨一下,坡上的红苕蔓子就要沿蔓生根,得去再一次翻锄了。

这当儿,院门很响地被人拍了一下,接着是门环"哐哐哐"三声摇动。那边厢房的公公立即应声:"来了,来了!"趿了鞋出去开门。是一个男人的声音,压声问:"又和谁喝酒?"公公说:"没外人,专等着你呢。"俩人就骂了一阵天雨,进屋到那边厢房了,叽叽咕咕,鬼念经般说话。

婆婆已经起来了,拿那杆竹管烟袋敲打她的厢房门框,叫:"黑,起来!你爹和客人要喝酒,你下厨炒几个菜去。你装什么呀,睡得这么深沉!"

家里时常来人,黑氏已经习惯了。她不解的是客人常要半夜里来,有时扛来好多东西,用木箱和麻袋装着,公公不让任何人动,她也就装个猫儿狗儿,不言语。厨房里炒得一盘鸡蛋、一碟变蛋、一碟臭豆腐、一碗熏肉。一箕盘端了进公公房里,瞧见客人是个极风流的人,正将桌上一沓钱推给公公说:"这些是你的,怎么样,只要……"公公用脚在桌下踏了客人的脚,抹下头上的帽子,随便一放,钱票盖住了。黑氏乖觉,全装混沌,怯怯地看着客人说:"黑更半夜的,没好菜的。"客人便大胆地看她,看得生怪;黑氏慌得用手抚扣子,害怕扣子扣错了,惹人耻笑。

公公便说:"睡去吧,你还待在这里干啥?"

黑氏放赦一般回来,坐在炕上了,小男人已经转醒,悄声问:"谁来了,是马乡长吗?"黑氏说:"马乡长鼻子大,这个人气派呢。"小男人说:"这是东村姓王的,他跑运输发了大财了,有了钱讨了个县城女子,面嫩得能弹出水!"黑氏黯然无语。小男人又说:"他发了财了,敢不到咱家来,爹又落一笔钱了!"黑氏说:"人家跑运输,爹落的什么钱?"小男人说:"爹入股呀!"黑氏一直对这家人疑惑,就再问:"爹哪有钱入股?"小男人黑暗里眼里放光,说:"你以为你嫁给我平凡吗,我爹虽不是什么领导,我爹却是和什么打交道的?你丑人倒有丑福!"黑氏说:"我不稀罕那么多钱,当初嫁你,你也是没钱的光棍!"小男人说:"我知道你害怕我家发财哩,怕你越来越不配我哩!"黑氏咬了嘴唇,听那边厢房公公劝客人酒,喝得已经晕头。有盘子翻跌桌下,发着破裂的声响。小男人说:"怎的不说话?"黑氏说:"我不是为我想,我是为你想的,钱来路不明,多了会瞎人的。"小男人说:"哟,你那么清高,结婚时你娘怎的要我出个棺材钱?隔壁的钱来路明,你跟他过活去?!"

黑氏拉过被子连身子带头裹严睡倒了。

眼睛闭着,心却睡不着,一股黑血在肚里翻腾。恨娘家人穷,不能门当户对,又恨小男人家有了钱,口大气粗……直挨到鸡叫三遍,窸窸窣窣又起来,得给猪熬食了。雨还在落着,院子里水汪汪一片白亮。忽见得隔壁那家院子上空红光一片,甚是吃惊,爬上院墙头的梯子看时,隔壁人家台阶上生着一堆篝火,一个人蹲在旁边,将一条新制的扁担一头支在门槛下,一头伸过火上,双手沉沉地往下压。八尺余长的桑木扁担就两头翘,翘得一张弓。黑氏便叫:"木犊,起得早?难得落了雨,也不蒙头睡个懒觉!"

木犊回过头来,倒是吓了一跳,火光映在脸上,红彤彤的像酱了猪血,瞧见是黑氏,笑,哧哧啦啦响。

黑氏又说:"一条扁担,还么么伺候?"

木犊说:"不收拾软和,它砍肩哩!"

黑氏说:"反正它是压人的。你也要去南山担龙须草吗?"

木犊说:"南院秃子,三天一来回,赚得三块多钱的,我比他有力气。"

黑氏说:"人家都出去跑大生意,千儿八百地挣哩……"

木犊说:"咱没车,就是有车,没恁个本事的。"

黑氏在墙头上长长叹了一口气。黑氏可怜这木犊,家底缺乏,人又笨拙,和一个老爹过活,三十二三了,还娶不下个女人做针线,裤子破了,白线黑线揪疙瘩缭。本要说句"你哪有秃子灵活,担龙须草走山路,瓷脚笨手的可要小心",话到口边又咽了。待要走下梯子,木犊却叫:"黑,给你个热的!"手就在火堆里刨,刨出个黑乎乎的东西,两手那么捯着,大声吸溜,跑过墙根处了,踮脚尖往上递。黑氏看着是颗拳头大的洋芋。

黑氏说:"我不吃,还没洗脸哩!"下了一级梯子。下去了,又上来,见木犊又换了一只手,还在努力往上递,黑黑的肚皮露在外边。她伸手接住了,烫得如火炭,掰开,黎明里白花花两半,蹿一股热气,她咬了一口。

木犊问:"面不面?"满足地想笑,又咴啦一下。

黑氏已经走下梯子,头上让雨淋湿了,滴滴答答顺着头发往下流水。

二

到了冬天,木犊担折了两条扁担,肩头上隆了很大的肉包,指甲掐也不觉生痛,家里却并没见有大变样,顾住了油盐酱醋,和爹新做了一身棉衣,光景不宽展也不太寒碜。十一月初六,出了个大红日头,父子俩新做了一条更长的扁担,在火上烤了,用瓷片刮磨,一遍又一遍上了豆油,能照出蓬头和垢脸。中午时分,于院中设了香案,将那扁担两头挂红横放案上,木犊跪倒在尘埃里磕头作揖,敬扁担神。木犊感念扁担使他家有了零用碎钱,他不再去担龙须草了,趁天寒地冷,去更深远的山里担木炭。祀奠之后,老爹将一口袋干粮缚在扁担头上,别六双草鞋在木犊的后腰带,送儿子出门。木犊反身退至院门口,转正身,齐足立于门内,叩齿三十六通,以右手大拇指在地上先画四纵,后画五横,毕,咒曰:"四纵五横吾今出行禹王卫道蚩尤避兵盗贼不得起虎狼不侵行远归乡故当吾者死背吾者亡急急急如九天玄女律令。"咒毕,再不反顾,大步而去。老爹望儿走远,捡一土块压在四纵五横上,倚在门上,热泪肆涌,遂听得隔壁院子里劈劈啪啪一阵鞭炮轰响。

黑氏一家是要搬迁了。

腊月里,信贷员又入了一股到镇上一家蘑菇厂,天晓得这厂子那么大的本钱,买了许多菌种,盖了许多作坊,培育成功,收入成倍成倍往上翻,他家就得了流水一般的钱路,便也就卖了旧屋,在镇上盖了一院房,一砖到顶,堂皇得似了爷庙。这家暴发,村人皆目瞪口呆,黑氏也惊魂落魄。好多人来帮忙搬家,黑氏把从娘家带来的一块石枕也放到拉车上,小男人将它撂了。

黑氏说:"这是我的枕头。"

小男人说:"到镇上住呀,你还学那野人?"

黑氏说:"我从小枕惯了,不枕,脑壳烧得疼哩!"

小男人骂道:"贱命!"还是把石枕撂了。

黑氏怔怔地立了一会儿,旁边的人都看她。她没有顶撞丈夫,也不哭,后来抱了石枕,油污污的,过来给了木犊爹。

她说:"伯,我们要走了,这块石枕给你留下。它是天星落下来的,我爷枕了一辈子,我爹枕,出嫁时娘陪给我。它好生凉,枕上从不害眼哩。"

从此黑氏住在镇上,她更忙累了,要做了家里老少吃的喝的,鸡、猪、狗、猫她要经管,地里的活也全是她,且公婆讲究起体面,日日强调屋里院外一星灰尘不要,一根麦秸不留,她睡得比以前更少了。小男人老嫌她多吃,要求不能再胖,人一瘦脸更黑,又骂她是黑豆皮。年终家里买给她一双鞋,人造革的,皮货,逢集便要她穿。黑氏脚肥,塞进去疼得难受,从集上回来,鞋脱到一边去就噙着眼泪哭。她知道小男人不是疼她,是嫌她丑,但娘生她丑样,也不是一双皮鞋能改变的!小男人就打她,用刀子吓唬她。打她打得太过分了,她一下子发了凶,反身一抱,小男人就脚手并作地端在怀里,丢粪筐一样丢在炕上。她说:"我是让你试试我的力气哩!"

这消息被外人得知,全都扯笑。黑氏在地里干活了,有人就问:"黑,又教训你男人了吗?"黑氏缄口不答。那人就又问:"黑,你怎的不穿皮鞋了?你们家那么富,你怎不向你公公要一个手表戴戴!"

这话说得多了,黑氏也嘀咕:怎的这家这般有钱,村里镇上做生意的人家多,也不见钱这么来得容易?夜里小男人回来,她问根底,小男人说:"这话我也听得多了,人都在发忌恨哩!外边再有人问你,你就说:政策允许哩,怎么着?!"

黑氏越发奇怪的,夜里总有客来,和公公在卧房里说话,她一进去,那话就住了。白日里,却总是请乡上的干部来吃酒。乡长一次吃醉了,指着公公鼻子说:"你他娘的,活得倒比我乡长强,管一个信用社,什么都有了!我可告诉你呀,有人联名写信说你在贷款上有手脚!"公公登时脸面煞白,忙扶乡长睡在他的炕上,供喝茶喝醋,结果吐得满炕皆是。不久,突然镇上有了风声,说是公公提出赞助办学,要拿出三万元扩建镇上小学。黑氏着实惊骇,公公能拿出这么多钱!这些钱平日放在哪里,家底拢共有多少?又不久,县上就来了人,召集了镇村大会,公公站在会台上,披红戴花,满面红光。从此,一面红底黄字的大锦旗就挂在了中堂,院门敞开,过路人老远便瞧见一片红堂堂。再不久,学校焕然一新,公公做了名誉校长。小男人破例做了教师,教授体育,日日率领学生打篮球,快活得如做了神仙。

黑氏不明白公公那么吝啬的人竟又那么大方,黑氏现在是明白了。小男人夜里折磨她,说她现在不是农民的婆娘了,是公家干部的夫人。黑氏不知道干部的好处,她受的是更粗野的罪。不许点灯,他叫她是镇上最俏的一个女子的名字,要求叫一声,让她应一声。她气愤不过:"她是她,我是我,你有本事寻她去!"

此话不幸言中,丈夫果然夜里不回来了。一日不回,两日不回,黑氏到学校去,丈夫的房里有一个女人。女人是镇上最俏的,小男人说,我们在谈学习哩,黑氏心下想:或许真是学习,那咱就无趣了。临走说:"你几夜不回了,这房子潮,晚上得买些炭烘烘。"

小男人一月两月不来缠她,她轻省了许多,夜里能睡囫囵觉,后来却感到了空落。小男人不是省油的灯,身子一日不济一日消瘦,她心上又犯了疑,去学校看时,人家又在学习哩。她没证没据的,闷闷地又转回来。

学校里有一个校工,是很远的西川人,给教师白日做一顿饭,夜里教师全回家了(这学校教师都是民办教师),他看守门户。黑暗里拿凳子坐在门口,一边明灭抽烟,一边放最大音量听一台收音机。黑氏到学校去,与这校工认识了,知道他叫来顺,眉心有一颗痣,人长得又老实又乖觉,却穷得可怜,脚上老是一双黄胶鞋,走动咕咕响,像是灌了水。

黑氏一来,来顺就叫,同时将屁股下的小矮凳让出来,让她听收音机里的女人唱。

黑氏说:"来顺,你那么会过日子,挣国家的钱,脚上老穿那黄胶鞋,你不嫌烧吗?"

来顺就把脚收了,老实得如一只猫,说:"我何尝不想穿得体面,月挣二十八块钱。我爷八十了,老得糊糊涂涂,我娘又是病身子,三个妹妹都在上学……我能像你男人那么有福?"

黑氏说:"你还有个爷?"下边话没有说出,意思是:上头三个老人,光三副棺材就够半辈还不清账了! 就又问,"来顺,你女人身体还好?"

来顺说:"我哪儿有女人,前年订了一个,人家又退了,跟了个万元户的跛子儿子,我一气才到这里干了校工。"

黑氏为他叹了一口气。

三天后,黑氏从箱底取出一双布鞋来,拿给来顺穿。来顺以为是趣话,夸了一通针脚好,却是不敢收。黑氏说:"来顺你好争气! 嫌这面料不是灯芯绒吗? 这可是新的,做给我那一口人,他穿了一天又去穿皮鞋了。你试试,合脚不?"来顺端盆水洗了脚,脚又长又厚,穿进去好夹。黑氏笑了一回,说用剪子铰开一点鞋口,将就穿几日是几日吧。来顺口里应着,却并未去铰,干完活了,就穿了新鞋,扭秧歌似的走。

小男人知道黑氏给了来顺鞋,并不恼,说:"来顺薄命,三十多了还是个童身子!"黑氏说:"没婆娘了想婆娘,有婆娘了一月两月不回来!"小男人说:"你给他送鞋,你也给他个稀罕东西去!"黑氏说:"放你娘的屁!"塞给他个冷枕头。小男人却认真说:"我说的是真话,咱谁也不管谁。"黑氏问:"你这啥意思,让我给你放缰绳吗? 我问你,你在学校玩着打球,和那些女的有多少习要学?"两人捣起嘴来,小男人就动了手。他力气不行,手脚却利索,一拳戳在黑氏肚上,自个翻身却往学校睡去了。公公婆婆又一顿鸟骂,气得黑氏一夜未合眼,天明起来眼圈都乌黑。她有心去学校闹一场,一到校门口,心却软了：小男人这不好那不好，毕竟现在是教师了，闹开来也太丢人。来顺见是她，热情招呼，问她眼圈怎的黑了。她泪水婆娑，拉来顺到没人处，说："来顺，你是实诚人，你不要哄我，我那口子在这里可本分？"来顺吓了一跳，半天没有作声。黑氏问得紧了，说："这我不知道啊，这事要捉双，我怎能胡说八道？他这等人物，光头整脸的，他还能作孽胡来？"黑氏想了想，也不再问："你黑白在学校，你替我留神他。这事天知地知你知我知，不要对外人提起，人倒笑我没能耐。"来顺点头，看着她走了，发了许多感慨。

一日，吃罢晚饭，黑氏到河里去担水，河沿上蹲着来顺洗衣服。来顺似乎要对她说什么，欲言又止。黑氏狐疑，说："你有事在瞒我？"来顺越发尴尬，口里含糊不知所云。黑氏就说："常言道，人只可皮相，不能骨相。你也是这般角色！"来顺就放沉了脑袋，说了小男人如何如何长久同镇上一女人私通，那女的又翻了脸。新近又与乡长的小女子撮在一处，今日夜里，那女子又去学校了，也不避他，先是房里亮着灯，后来灯也灭了，如此云云。黑氏听罢，身子闪了几闪有些不稳。来顺说："这话我万不该对你说，可不说良心上又过不去……你不要生气，他反正是你的人，那女的她爹就是乡长，她也不能明打明……"黑氏没说一句话，挑了水回去了。

黑氏挑水到村口，一丢担子把水倒了，坐下来呜呜地哭。她料到小男人会走这一步，但真真正正知道这事了，却感到是如此突然，受不了打击！当下只身跑到学校去，来顺还没有回来，校内一片漆黑，她却有些害怕了。这事是天下丑事，冷不丁破门进去，那女的也是没结婚的货，再色胆包天,也是有脸面的,弄不好上吊投河,那也是出性命的祸事!黑氏想,罢了,罢了,只要截散他俩,男的怯胆,女的羞愧,囫囵自己一对夫妻罢了。就立在院子喊小男人的名字,小男人应了声,说他睡了,有事明日说。她说:"爹让我给你说件要紧事,你快起来,我先到茅房去一下!"她是让那女子趁机出门逃去,就故意放重脚步,真的到后院厕所去。

返回来,小男人的房子亮了灯。她进去,被子并没有叠,丈夫坐在床上吸烟,屋里燃着一炷香,香香的。小男人说:"什么事,等不到天明?"口气冷淡。黑氏说:"这地方我来不得吗?你多时不回去,这夫不夫妻不妻的……"小男人便说:"就说这些?说完了回去吧!"黑氏站起来要走,却听见柜子后有些微响动,低头看时,柜下有着一双脚,小小巧巧的。她无声地哼笑一下,又稳稳地坐下,直勾勾看起丈夫说:"我今日就不走了,我要你给我倒一杯水来。"小男人已经发觉她的用意了,脸上有了慌张,倒一杯水放在她面前。黑氏再说:"再倒一杯水。"又一杯倒上了。她平平静静地说:"来吧,喝口水吧,喝口热水不会伤了身子的。"柜子后旋闪出一个女子,粉红内衣,鬓发蓬松,一脸狐妖。黑氏看了,心下也惊叹:这骚货也真艳乍!那女子脸并不红,在床沿坐了,仰眼盯房上顶棚,全无羞愧之色。黑氏倒大惊,有这等厚脸的!气血登时上脸,平静了半日,还是说:"我不打你们,也不骂你们,我是求你们,别使这个家活活拆散,事情闹大了,于我不好,于谁也不会好。去吧,喝了这水去吧。"那女子穿好衣服走出去了,从门口又转回来,带走了桌上的香脂盒。黑氏忽地嘴唇抖动,脸色无血,从凳子上跌下来,不省人事。

之后,小男人并不收敛,依旧同那女子如漆如胶,做出龌龊肮脏之事。黑氏倒后悔那夜自己的宽容,和小男人打闹过几次。小男人仗着爹的财力、乡长的权力,倒越发一意孤行,苦得黑氏常找着来顺哭诉,来顺也陪她掉两颗三颗热烫眼泪。

一日,逢集,天寒地冻,黑氏瑟瑟地在市场买炭。偏巧遇着木犊,木犊身脸乌黑,形如饿鬼,见黑氏却惊道:"黑,你病了,瘦得这样?"黑氏想起墙头送洋芋之事,肠肚皆软,不觉唏嘘不已。木犊是善心人,当下也吸溜鼻子问道:"是不是你那口人欺辱你?村里人都在说……"如此这般问了情况,黑氏就哭得泪人一样,木犊劝了半日才止。

下半晌,木犊寻着来顺,将来顺骂了个狗血淋头,说是不该把事情告诉黑氏!来顺好委屈,说不告诉黑氏,他良心上不得下去。木犊说:"那起什么作用,信贷员的儿子是那路坯子,狗忘不了吃屎,你让黑知道了,只能让她人不人鬼不鬼!如今瘦成那个样子,你就良心安妥了?"噎得来顺无言以对。两个男人苦了半天,不知如何解救黑氏,木犊就骂信贷员父子钱瞎了眼也瞎了心,偏偏乡长树他们是好的,这信贷员暗中又给乡长使了多少黑钱!到底来顺脑子快,说:"锅底下抽柴火,咱收拾那女子去!那女子没了脸面再到学校,黑的男人就或许会安生!"当夜俩人蒙了脸面,来顺放哨,木犊伏在路边,见那女子往学校去,木犊虎扑上去,擂拳便揿,末了五指在那嫩脸上抓出血道,骂:"你既不要脸,就抓了你这皮!"

乡长的女子被打,只有小男人和这女子明白为何被打,对人却无法说出,只告爹有人夜半拦路行奸。乡长责令乡派出所破案,这女子提供罪犯说话声像木犊,把木犊抓去,木犊供认不讳,却说了原委。派出所没有呈报县公安局,但也未放了他,以乡长旨意罚他十五天拘留。

三

但是,小男人却极快与黑氏离了婚;重结二婚,小男人娶的是乡长的女子。

黑氏离开了暴发户,并不远走高飞,她变得刚强起来,拒不要原夫家的一椽一瓦,回到村里,借居在早先生产队一间牛棚里。娘家的哥闻风赶来,叫一声"妹子!"泪水涟涟。黑氏说:"你哭啥哩,你妹子做了什么丢人事体?!"哥不哭了。又埋怨妹子逢着好光景不过,落到这步田地,要领她回到娘家去。黑氏说:"我偏不走,我看着这家人能唱什么好戏!"

白日里精心伺候分得的一亩田地,样样都行,不比任何男人差半分。夜里自个烧锅做饭,用一把扫帚磨扫了路边枯草末末,将炕煨得烫热,躺下去,这边身子烙了翻那边,舒服而省心。她先前以为女人离了男人,就是没了树的藤,是断了线的筝,如今看来,女人也是人,活得更旺势!来顺时常到她家里来,帮她劈一抱柴,挑一担水,陪着说说话;她也逢饭了让吃饭,没饭了泡杯茶,天一黄昏,就说:"你走吧,寡妇门前是非多哩!"

来顺不在乎这些,来顺照常来。说起信贷员那一家,又入了一家草袋厂的股,盈了许多大钱,俩人就叹一阵世事。末了她突然问:"那两个男女过得好吧?"来顺说:"有钱使得鬼推磨！那女的肚皮子大了，年内怕要坐月子。"黑氏就痴眼看河对岸的山，她无意于天上的云、远村的烟，来顺不知道她想什么，她也说不清。末了，一个很轻的很淡的笑留在嘴边，打发来顺去了。

村子里却有了议论，说来顺要打这女人的主意。议论先是黑氏不晓，到后碎言断语捕捉了些，心里也扑扑腾腾跳动。早晨对着镜子梳头，镜子里有一张脸，脸黑是黑，却比先前光润得多。她惊奇自己并不老，甚至也并不丑恶，自言自语道："我难道就剩下了不成？"双耳下也染上两点红晕，心里有一种说不出的意味。

当来顺再来，黑氏就留神他的眉里眼里，来顺果然说出许多话来，让她听了耳朵发烧。但每当这个时候，黑氏就想起一个人，木犊，顽强地在眼前晃。木犊为了她，被抓去受了十五天拘留，那驼子老爹日日送饭，竟一次绊了石头，罐子破了，稀饭泼了一地，老老的人坐在地上哭，她心里就惨惨得像刀子割！放出木犊那天，她见着木犊了，他胡子很长，脸色寡白，见了她却说："黑，没想我倒害了你，让你守寡了……"可她住到这牛棚里，木犊却再不闪面，他是还觉得对不住她，不来见面，还是天热了，不担炭了又去深山担了龙须草？黑氏这般一走神，来顺作乖，就嗟叹数声，说："那没良心的东西弃了你。也算他心坏了，眼也瞎了！他说你丑，丑在哪里？这般整齐的人物，你也不愁没个新窝的。"黑氏也便把脸弄成柔和样子，微笑一下，让来顺不必多说。来顺即刻回去，想入非非，自此衣衫破旧，却洗浆干净，脸子白白的，也有心和小男人在学校里说些闲话，笑过几回。

黑氏稍稍充足的精神又消乏了,最害怕的秋雨到来,她坐在炕头上,看门前水滩里明灭雨泡。再往远处,是田埂,是河流,是重重叠叠的山。黑氏文化浅,不懂得作诗之类,但却全然有诗的意味。一种沉重的愁绪袭在心上,压迫着。她记起了在娘家做女儿的秋雨天,记起在小男人家的秋雨天,今日凄凄惨惨可怜的样子,心中悲哀怫郁无处可泄,只在昏昏蒙蒙的暮色下,把头埋在两个手掌上,消磨了又消磨,听雨点喊喊嘈嘈急落过后,繁音减缓,屋檐水隔三减四地滴答,痴痴想起做寡以后的事情,记出许多媒人和包括来顺在内的许多男人,觉得都不过一个当时无聊而一过去即难作合的幻梦罢了。

她突然操心河边的那一块地,地是她新拾的,种有萝卜,夜里涨水能否被冲掉呢?雨已经衰竭,风势依然,黑氏察看萝卜无恙,河水并不怎样变化,水闪着溜光活活流着,像是很凶。忽然在极远的地方闪一下火亮,倏忽又灭了,定睛看去,河的对岸有了微微一点红,如狐的眼睛,忽而不见了,忽而又出现在下方,同时有了水波声,不久一切消失,响一种咯吱细音到了这边滩上。

黑氏以为是鬼,气全屏住,窥觑黑影走近,才是一个担龙须草的人蹚河过来。那结实的块头,拙笨的步姿,黑氏认出来,叫一声:"木犊!"

木犊骇绝,骤然跌在地上,嘴上掉下一个烟蒂,划一道暗红不见了。等分辨出面前是黑氏,黑暗里将裤子穿着好,就笑了,哧啦声比以往重了许多。

黑氏说:"这风雨天,你还过河?水涨会卷你到老河口去!"

木犊说:"草收齐了,不连夜回来,那我就困在山里饿死。你一个人不在家,敢到这里来?"

黑氏说:"我来看萝卜,担心被水冲了。"

木犊说:"你要没菜吃了,到我家去,今年我萝卜好哩,又白又长的,够你吃的!"

黑氏说:"我吃你的做啥?!"

这话使木犊沉若深渊,明白面对着一个女人,一个年纪轻轻的寡妇,热情仿佛骤然下沉,半天冒不出水面,略显粗鲁地问:"黑,你还没个男人?这年头,没有男人怎么过日子!要找了,你就看准准的,嫁一个疼你的!"

黑氏登时觉得鼻子不通,见塞作热,身子只是惫懒,靠在一棵河柳上。

木犊说完,亦无别话,见女人不言传,慌得忐忑不安。俩人皆陷入缄默,各把思想放在这看到的河水、柳树,以及对面而立的人物以外的一个地方去了。直待到远方一声野狗的嗥吠,方清醒过来,黑氏说:"回吧。"木犊方觉起肩上担子的沉重,俩人一路无话。

十天后,有媒人找黑氏,说有男人出三百元聘礼娶她,问是哪个,说是来顺。黑氏心里作念:果然是他,他是敢有这份主张的!慌了手脚。媒人说:"人穷是穷,皮相齐整,况且老家不在这里,成亲后他带你离开这里,眼不见那一家人,心里不生气!"黑氏却说:"我不在乎穷,我就是穷家女子。我拿定主意是不走的,我要争口气,比试着那一家人!"媒人倒着了恼,说道:"你也是不掂轻重!那一家人成了乡长的亲家,有钱有势,你能奈何人家?"黑氏说:"我不奈何,政策奈何哩!"媒人说:"你好瓜,落到这地步!政策是什么,政策是烤洋芋。人熟了,洋芋是软的;人生了,洋芋是硬的。"黑氏说:"像你说的,真没世事了?"媒人又说:"依你说是不悦意来顺?你和来顺眉里眼里都有情意,正经提了,却不愿意?"黑氏说:"这是谁说的,我和来顺有什么瓜葛?"俩人言不投合,媒人走了,几天里再不闪面,黑氏倒窝了一肚子气。

忽一晚,又一媒人来家,提的是木犊,她倒哧地笑了,说:"光棍子都来寻上门了!"媒人说,这全是木犊老爹缠她不放,问及木犊,木犊只说黑氏好,但却不敢配黑氏,夜里本是揉着木犊一块来的,走到半路,抱住一棵树再拉不来了。黑氏听着,又忍不住轻轻笑,笑着笑着,眼里噙一颗大的泪珠。黑氏一落泪,泣不成声,趴在炕上难受去了。媒人以为黑氏动心,说句:"木犊家境你知道,人穷却心正,你也是吃过钱多的亏。模样嘛,虽除了忠厚没别的出色处,但人样光堂了,心里野,吃了五谷想六味……听说来顺出的是三百彩礼,木犊这三百五放在柜上了。"媒人走了,黑氏抓了三百五十元追出来,没追上,回来痴痴坐了半夜。

种罢小麦,黑氏结婚了。木犊把头和下巴剃得铁青,腰里系了一截红绸子,戴了一顶新帽子,在院子里招呼众亲众邻喝酒。他不会喝酒,却陪着来客喝了几盅,头重脚轻,言语放浪。硬逼着来客多吃多喝,不相信别人肚饱,瓮着声说:"再吃呀,三碗能饱吗?我一顿加饭都加两碗哩!"

黑氏坐在炕上,按规矩只能呆坐,听院子里吃声繁响,继之是笑语呐喊,全戏逗木犊。她从窗格往出看,看到那堵墙头,想起以前是院墙那边人,两个人隔墙头递洋芋吃,想不来人是什么动物,一生要闹出什么折腾?目光斜视来客,偏偏没见来顺,忽然心头又重新加上什么颇重的东西,气也屏住,呼吸不匀。木犊进来,说声"头痛",倒在炕就醉了。驼背老爹后进来,连唤几声,木犊不醒,说道:"这木犊,你要招呼客哩,客还没走,你倒醉了?!"去取了枕头让儿子枕,黑氏看时,枕是石枕,是她当年送的。

入夜,木犊醒来,见黑氏穿了一身新衣,坐在灯下,那衣服把黑氏几年前的青春寻回来,心里万般涌动,叫声:"黑!"却无下语,哧啦一笑,又哧啦一笑,欲近来又怯胆,搓手不已,可笑如顽童忸怩。黑氏知道他是童子身,人丑家贫又欠言辞,从没有安排女人的经验,可笑了顿生可怜。她梳理了光生生的头发,心想:今日嫁他,就是他的人……黑氏是过来的,偏也作几分羞色,眼角眉底漾一种风情。木犊噗地便吹灭了灯,像饿虎样扑来。

天明醒来,气象一派更新。黑氏看压在身上的一只胳膊,强健如铁棒,筋络凸起,黄毛丛生。最后落眼到卧房门的桑木扁担上,漆锃锃发亮,就想这根扁担养活了两张口,今添一口,这蛮牛一样的丈夫将会日复一日,年复一年在她的身上,更是在这扁担上耗去精力和生命,鼻子不觉发酸起来。他终于醒了,给她讲好多新的感觉和体验,讲他如何要疼她爱她。他可以一拳打死一条狗,拳头却绝不落到她身上,讲他只守这一个女人,一生就心满意足,决不采路旁的野花。他,木犊,似乎还说到他当光棍时的苦楚,在苞谷地里看见一对狗……黑氏就说:"木犊,你昨日怎的不请了来顺来喝酒?"

木犊说:"请了,他说来的,他却没来。"

黑氏说:"他也是个好人,你在他面前不要气盛,几时了,好好待他喝场酒。"

木犊说:"嗯。"

第三天,木犊卖龙须草回来,才路过村前打麦场上,麦秸堆后走出来顺。来顺突然间瘦了许多,眼睛混浊无光,说:"木犊,你好快活!有了婆娘,活成人物了!"木犊就拱手,埋怨那天为何不来?来顺说:"那日没去,今日给喝喜酒吗?"木犊说:"好的,才卖了龙须草,口袋有钱。你等着,我买酒去!"即刻返镇上提了一瓶酒风卷而至,来到家炒了菜喝,来顺说不必,就在这儿干喝。俩人到麦秸堆后握瓶子你一口我一口喝将不止。

木犊是不善喝人,陪了几来回,眼里就出双影,来顺还是自喝又劝喝,自个一口酒一声祝贺,就呜呜哭起来,说:"木犊,你是我的朋友,你可以穿我的衣,不可占我的妻!"木犊吓了一跳,说他并不敢做这六畜不如的勾当。来顺又说:"黑,是你婆娘,也是我婆娘,这女人我比你提亲早,我掏三百元,你掏三百五,你把她娶了!我没钱,我就是缺钱!"木犊知道来顺有心思,喝了酒说酒话,他也是听黑氏说过来顺让人提过亲,拿了三百元的事。当下说:"来顺,你这冤枉我,也冤枉了黑,她不嫁你,不是你掏的钱比我少,她也没要我的钱!"来顺愣了半晌,打着酒嗝问:"这是真的?"木犊指天发咒。来顺就举着瓶子说:"我冤枉她了,我没有再去,我迟了 少。来,咱喝,我喝,你喝!"木犊这时倒觉得很过意不去,有些对不住了来顺,就强撑着再喝,不久天旋地转,身软如泥。当时有一孩子在旁边看到,急去报告驼子老爹。老爹赶来时,木犊已醉得不省人事,来顺还在给他灌酒。当下夺了酒瓶,摔个粉碎,骂道:"来顺,你好没德行,你要不下女人,恨我儿子!你知道木犊人瞎,心里没道数,你是要用酒央死他吗?"来顺也醉了八成,忙道没那歹心。驼子老爹气上来扇他一个耳光,背木犊回家去,骂不绝口。

四

无端风波,来顺落得一片骂名,多久也不敢到黑氏家来。

黑氏倒时时悬念于他,认为来顺不至于那么心坏,说知给木犊,木犊却讷讷说不清个是非。驼子老爹却猫头鹰一般,老远一见来顺就骂,在家里也当着儿子和儿媳骂,骂毕了就说一通"咱家穷,家穷风正,哪个野猫子也不能欺负了这门户"之话,木犊醒不开老爹的话,黑氏听得出,那意思全说给她,是:木犊配你是配不上,既然你做了他的婆娘,你就得把篱笆扎好,不敢有个三心二意!黑氏脸粗心不粗,她受过小男人吃里爬外的亏,将心比心,她是清白怎么做婆娘的。

但黑氏黎明醒来的时候,总听到镇子学校的铃声,铃声悠悠,钻进这屋里,钻入她耳中。她就想起那个白脸脸敲铃人,想不来此人夜里怎么睡得稳,敲完铃了,又独独一人坐在校房门门口在想什么、干什么?

木犊偏在这铃声敲响之后,便醒过来,已经成了习惯。他又要到地里去,光了脊梁刨地,那汗冲着尘土在背上弯曲流下,如爬一背蚯蚓。或者,他再往深山去担龙须草、担木炭,浑身黑得像烧出的瓷壶,大白着眼仁,在锯齿一样的过风梁上彳亍而行。极度的奔波,深沉的疲倦,木犊的支持能力已经到了极限,他似乎是忘却了炕上还有一个酥软软的女人,他睡去如死去一般。但是,家境并不为之起色,多了一个黑氏,衣服有人缝了,父子的肉露不到外边,茶饭有了滋味,可穷家深坑,那钱入不敷出,比较左邻右舍,没个出人头地可能。一家三人愁得不知如何为好。

黑氏说:"木犊,你一根扁担溜山,人把力出尽了,挣不来钱,信贷员那家钱却那么好赚,咱也得想想别的法子。"

木犊说:"你是不是又想那一家了?"

黑氏说:"我想那家做甚,那么不廉耻?我想别人能做赚钱的生意,咱就不行了?咱不说能像那家一样暴发,也不至于这么老穷下去。"

到底做些什么,木犊老虎吃天无处下爪,黑氏也两眼乌黑。木犊有一天到镇子上去,路过信贷员入股的草袋厂,齐刷刷一院子的绞绳机、织袋机,各色男女在手脚忙乱操作,阵势甚是气派。一时企羡,强烈的欲望恍恍惚惚摇动其心,似乎有些招架不住。便走进去,这儿看看,那儿动动,登时攥住一个夸大的念头,见信贷员从大门进来,便说:"阿叔,这厂子还要人不要人?"信贷员有一副眼镜,半戴半挂在鼻梁上,用镜子上边的半圆眼睛看人,说:"当然要人!"木犊说:"那收下我吧,我也织草袋呀!"信贷员当着做工的人,倒笑笑,说:"墙边有个石礎子,你提起来看能砸几下?"木犊脱了衫子,一口气逗进肚,肚皮黑黑地凸一张鼓,提了石礎子一下、两下,连砸了四十八下,已热得满头大汗了,做工的人全都匿笑不已。木犊说:"我肚子饥了,吃四碗饭,能砸六十下!"信贷员说:"好了,你就是干这一行的,你去镇上看谁家垒墙打根基,你去吧!"木犊方知人家戏谑了他,气得满脸黑红。

回家来对黑氏说了,黑氏浑身哆嗦,骂道:"谁叫你去找他?咱就是饿死,也不去他门上要饭!"木犊说:"他不让我在厂里做工,我也不做了,明日我去再找他,我去信用社贷款,咱有了本到镇上去做买卖。"黑氏说:"甭寻他!他能给你贷款?贷款的人谁不暗里送他东西!咱有东西送他不如撂到河里听个响声!"两个人说来议去,到后来相对无言。

翌日,木犊灰塌塌出门,中午返回,却鼻里眼里透笑。黑氏问时,木犊说,他在镇上遇见王家老七了。老七也是本分人,无脚蟹,没钱少本事做生意,就到山外铜官煤矿上去下窑。下窑是和鬼打交道,到阎王殿去做客,但他却安安全全,三个月挣得一千三百元,回来买椽置瓦要盖新屋呀。黑氏没去过铜官,不知晓下窑是什么情景,出蛮力挣大钱,心里也颇高兴。两口筹备着出外的衣物、盘缠,驼子老爹回来得知了,头摇得如拨浪鼓,说:"旧社会我去过那儿,那钱是拿命换哩。听说好女子都不嫁那边人,嫁了要尿三年黑水,且差不多要做寡妇!"说寡妇,儿媳就是寡妇来的,驼子觉得失口。黑氏说:"凭力气挣钱,那钱都不好挣。咱把王家老七问问,看看那里情况到底如何?"结果老七叫来,问个仔细。老七说:"苦是苦,也不像你爹说的可怕,钱确实挣得多,就看你命小命大。"木犊说:"我命好,三十三四了还能娶个婆娘,命还不好?"立意要去,黑氏和老爹也不强拦。

出门那天,这家人特意请吃了王家老七,叮咛一路承携,木犊人笨眼瓷,在外全靠他了。老七拍了腔子。老爹便又是设了香案,要木犊拜天拜地拜列宗列祖,再退至门口,反身立于门内,念出门咒语,画四纵五横护身符,泪水婆娑送他上路。

木犊一走,偌大土炕只睡个黑氏。木犊在家打呼噜,她已经习惯在呼噜声中蒙头酣睡,如今没了雷打的轰响,她一夜要醒来数回。从窗子往外看夜空,星稀月明,银光泻炕,千声万声为丈夫祈祷,却每每在黎明之中,听得到学校的铃声,婉转凄凉,像是一首悲悲的歌。

地里的活全部留给黑氏了,她锄地,她挑粪,她收获,别人的秋已经种下了,她的地还没有刨完。月光底下,驼子老爹帮她,年迈人累得咯血,睡倒了。她只好又在家给老人请中医,在火炉上煎熬草药。

再到地里去,两天前刨的一半的地,却剩下了一小半。黑氏生疑:馍不吃有人会吃,地不刨也会有人来刨?这人是谁,如此亲善?夜里是二十九,乌云吞了月亮,黑氏再去刨地,地畔上有一个黑影,忽大忽小。她惊着过去,刨地人竟是来顺!

她没有叫他,立在他的身后,呼吸觉得不匀。来顺为这些微的特异的声息注了意,回过头来,也没有说话,但眼睛放光,黑暗里看得清有奇异之色。

黑氏说:"谁叫你替我刨地?"口气倒有些愤怒。

来顺说:"我不能到家里去,我还不能到地里来?"

黑氏不知道再说些什么话,默了半天,拿了镢头刨地。来顺也刨地。俩人离得很近,也不说话,各自的惶恐和茫然中俩人又觉得距离得很远很远。

这夜里,天黑得涂炭,田野空无人影,连一只游狗也没有,土拨鼠有,它悄悄扒土,不理人的事情。一直刨到鸡叫了,地刨完,虽不是处女地,但静夜里的新土在潮气和露水里散发出一股浓烈的清馨。黑氏和来顺坐在地头上,激动使他们并不感到疲劳,惶恐却更是在消失了繁重劳作之后陷于凝固的沉默中。黑氏压抑不住了,同时感到了一种不该的情绪,说:"来顺,多谢你了,你快回去睡吧。"

此语说得十分无劲,充满了柔情,夜色也有些冲淡了。来顺说:"我不要你谢我,我睡也睡不着。"

黑氏说:"那……到我家去,给你做了饭吃。"

来顺说:"你敢?!"

黑氏确实不敢。驼子老爹虽然病着,他的耳不聋眼不瞎,况且丈夫木犊不在家,三更半夜领一个壮实男人回去,别人不说,自己也害怕。她埋下了头,再一次说:"来顺,你再不要帮我家了。"

来顺却发疯地站起来,说:"我就要帮,我不能看着你苦得这样!"黑暗里,来顺走近了,浓重的烟味和酸臭的男人汗味堵住了黑氏的鼻孔,她感觉到了一双抖颤的烫热的又是粗糙的手来抓她的手,她忽地触电般地跳开,随即挥打一下手,打在空里,夺原路跑走了。

第二天的中午,乡邮员送给了一封信,是远在千里的地下另一个属于黑暗的木犊来的,木犊的字认得并不比黑氏多,信是写在一张烟盒皮上的,寥寥数字,唯有一句:

"天要冷了,夜里睡不好觉,把我的毛○○捎来。"

黑氏念了三遍,看不懂画○○是何意思?又是"夜里睡不好觉"的事,就想到不点灯的事情上,虽然恨木犊只忘不了那事,但毕竟在想着她,她想起了那一张丑陋但还可爱的嘴脸来,就嗔怒骂一声:"这瞎人哟!"驼子老爹手捏着随信寄回的五十元,神情亢奋,专注看儿媳读信的表情。此时疑惑,问信上内容,黑氏又念了一遍,正羞正慌,驼子说:"噢,这是让捎他那件羊毛夹袄袄哩。这木犊,一定是不会写袄袄二字,就画了圆圈代替了。"说得黑氏登时面上无光。

于无人之处,黑氏倒为自己的猜想荒唐而窃笑,丈夫终是文墨不多的下苦人,写一封信,难如下一次窑,必是万不得已的事才写上,哪里会是有情趣有闲致写那逗情取骚的文字?黑氏吁一口长气,倒操心起那憨人远门在外,举目无亲,吃什么,睡什么地方,怎样在那地穴里不用眼睛又浑身得长眼睛地爬行拉煤?她庆幸昨天晚上没有被来顺拉住手,她对得住为她去挣钱的丈夫!

一想到来顺,黑氏就竭力以排外的警惕来完满自己对丈夫的忠诚,但是这种完满,于远在千里的木犊是最宜的,于这个正在疯狂如狼虎的少妇年纪而空守一面大炕的人是极不平衡的,她多少感觉到了一种内疚,对来顺不起。"他说到底是好人。"她暗中给自己说:或许,当初重嫁时,她极可能就是嫁给来顺。人生的婚姻实在无法估量,一个女人要不将身心交付这个男人,要不是那个男人,交付给这个了,他在家一尽亨用,而那个在这个不在家之时却也无法占有,这也就是人生的命运吗?

当黑氏再一次在田野的地埂上采打碗花菜,远远地看见来顺了,就主动打招呼。女人一高兴,来顺也就高兴了。他们站在暖洋洋的初冬的太阳下,说了许多话,来顺也让她注意到了田地那边一河活活的流水,注意到河对岸山崖下腾浮的一道蓝如火焰的雾霭,以及阳光云雾所致使远山呈现的虚幻的抛物线。黑氏三十多年里生在山里长在山里,山里的奇景妙色第一次领悟,她感到美如做梦。

她日益丰润,早先那一身黑瓷滚圆的肌肉,现在变得细腻绵软,口角边添上了细细皱纹,却愈发使嘴唇圆满如一颗沙果。木犊每月捎回的五十元钱,除了替老爹添置了一顶毡帽,她给自己也缝制了一件蓝底小白花的套衫。这衫子得体而大方。把头发光光地梳理贴在头上,提一篮萝卜到河里去洗,她显出几分风韵。有一次从小路上匆匆跑过,正背着出山的日头万道霞光,一个人在路头看了,大声叫了一下"美!"羞得她蹲下不动。那人是来顺,还在夸说她跑过来时,霞光在她的人体轮廓上幻出一层像绒毛一样的红晕,"是菩萨身上的灵光!"

使黑氏最沉重的负担,是驼子老爹的病情,老不见好,身子一日不济一日。家里粗茶淡饭尚有,吃荤啖肉却不敢奢侈。她就赤了脚到水渠淤泥里去打捞螺蛳,山地人称海巴牛的,回来热水烫了,剜出一点肉在铜勺中炒了奉爹。一日晌午,吃罢午饭,驼子老爹在炕上歇身,黑氏爬在院墙头上卸架干的红苕枝蔓下来铡猪糠,来顺在门前轻轻叫她。

来顺神色神秘,用嘴努努上屋,小声问:"老爹在?"

黑氏说:"睡了。"

来顺就跳进门限,站在一架纵横交错覆盖院子一角的葡萄架下,说:"睡了好,要不他看我是老虎豹子一样可怕!"

黑氏说:"你有事?"

来顺并不作答,脸诡诡笑,葡萄蔓筛下的光点落其全身,顽皮可笑如一童子,从怀里往外掏一个霜杀得朱红的蓖麻大叶包。

来顺说:"灶上今日改善伙食,每人四块,我见你下水里捞海巴牛儿,知你胃里寡,我吃了一块。"

蓖麻叶里包着三块肥嘟嘟的酱赤赤的熟猪肉。

黑氏呼地有一股热东西冲在心口,双手接过来时,却说:"瞧你,孩子一样,我哪里嘴馋!你吃吧,我不吃的。"

来顺说:"怎么能不吃?"

黑氏说:"我这么胖的,越吃越胖了,你吃了吧,别让外人看见,倒碜眼!"

来顺说:"那我吃一块,你吃两块!"

黑氏吃了一块,满口油香,另一块却用蓖麻叶包了说要留给老爹,话未落点,驼子从门里走出来,两眼凶光,破口大骂:"我哪里少了这一块肉。木犊屋里的,你不怕那肉里有毒药?你把它吐了!"趔趔趄趄横过来,夺过肉摔在地上,用脚踩得一片油渍,那枯瘦的指头就戳在了来顺的鼻子上,吼:"来顺,你这不正经的东西,你送她什么肉?!她穷死饿死与你有何干系,亏你这份好心!木犊没在,你竟能欺负到我家门上,你是个能行角色,你到乡长的女儿那里耍骚去!"骂得来顺眼睁不开,灰溜溜夺门逃走。他自己还余怒未消,返回屋去时,却软坐在门限上,虚汁直冒,一口白沫。

黑氏立即便将院门关了,免得四邻知道,扶老爹上炕,做了许多解释，就到自己屋里痴痴呆坐。她怪这驼子太是多心，没事的事惹出事来，倒让她重新审视这来顺，愈觉让他委屈。女人之所以称为女人，自多了一份比男人所没有的柔水一般的同情心，她满足于男人对她的爱悦，一个动作、几句言语，就可以换得万般感念。而男人，若野蛮无赖式地一味施侵略政策，这感念就随之消灭，但乖觉的男人则来一种小技，装作受屈受辱，那女人的柔水就海一样深，四处溢流。来顺正是如此，在第二天黑氏主动去了放学后的学校房门，安慰一下来顺。来顺一脸苦相，黑氏就多待了一会儿，在盆子里搓起泡好的衣服。

这夜里月光冰洁，蛐蛐鸣叫不是十分寒冷，亦不多少潮闷，正是心性勃发之良机。来顺见黑氏真心待他，愁情忧绪很快从心上退却，说了许多话，许多话说在一条既出线又未出线的边缘地带，常常是双关语，后来见黑氏双手搓衣，鬓角发动，飘飘飞飞，多几分娇媚，便自己把握不住自己，那一双饥渴的爪子就钳住了黑氏的腰。黑氏惊慌挣扎，但全无效，先是叫"来顺！来顺！你疯了?!"后来就一语不发，处于昏懵状态，完全被放倒在了那张小床上。同情心是女人的优点，缺点却往往根源于这同情之心，今晚上黑氏吃了亏。

她清白过来，房子的灯，芯小如豆，忽而暗下来，要灭又不灭，焰浅蓝像雾，微漾不静。她记起刚才身子被放倒后，这个强有力的人却并没木犊那种粗暴，耐心抚爱，一派文明，明白他是处理女人的老手，或是初试，则无师自通，这是比木犊高明之处。但后来，脑子又一片空白，翻起床，也不看来顺，无言返回家去。

来顺也不明了她所思所想,寻不出一句安妥的话对她说,默默望她去了。她听见学校里突然有了收音机声,且音量颇大。

五

到了四月,木犊回来了。木犊原本面黑,粗而大的毛孔里嵌了煤屑,水洗不净,黑得如鬼如魔。羊毛袄袄已被磨成布絮,永远存之地下的另一世界,但那一件布做的裹兜里,有一个特大的口袋,缝得严严密密,内部是二千一百二十元。千里外坐火车,搭汽车,睡旅店,三天四夜未能脱衣,二千一百二十元的钱票在家取出时,汗水已经将其浸湿发软,臭不可闻。村人视木犊为英雄,数月光景,旋即获得这么多钱!木犊大讲铜官,犹如异国归来,钱使信贷员的儿子堕落,钱也使木犊喜欢得差点死去。只是夜里,他才如实说起地下那另一世界的黑暗和可怕,说一个班一天一夜,他带三十二个饼子下去,于坑道里狼虎一样地吃嚼。说从井下出来,井口站满了下井者的家属,直愣愣瞧着亲人出现,他没有人等他,于阳光下刺激双眼寸步难行,蹲在那里半天适应,完全是一个黑蜘蛛,瞎眼狗熊。说他学会了敬神,买了护身桃木符,在一次塌方里,眼瞧着一个同班被石头砸死,血从头上喷水一样射流。黑氏听得毛骨悚然,捂了嘴,不让再说,扑上去把丈夫搂在怀里,用泪水潇潇的脸温存那发散汗臭的胸膛、手臂、头上的五官各部。决然不愿提及和来顺的事。

木犊在镇集上遇见了信贷员,信贷员问:"木犊发财了?"

木犊说："比起你,小拇指头和腰了!"信贷员哈哈大笑,说:"我当初没收你做工,没贷你钱,也是激你去发愤,你还真的发财了!两千多元,你怎么处理呀,能不能存蓄到信用社,让生儿子生孙子取利息呢?"

木犊说知黑氏,黑氏坚持这两千元不必存,更不能乱花,有本钱了就干一项营生。结果选中开店,因为木犊除了下苦力外,别无所长,而镇子东街头有一间小门面,月租四十元,是合算的。自此,一家小小饭店开张,日里黄昏,店前的一株大柳,万千枝条迎风微漾,深绿浅绿之中就飘闪一面招旗。镇上不繁华,人皆没有白日在街面买吃习惯,而以镇为枢纽,南来北往东西复返的生意人、做工人、赶路人,却全在饭店用膳。吃客便是上帝,笑脸赔着在柳下的石凳上歇了,沏一壶茶过去,两口子就烧水擀面,黑氏在案头上抖动着两颗硕大丰腴的垂奶,将面擀得薄纸一张,待木犊烧水未开之时,附身在窗台上,与吃客搭讪会话。吃客经见多,见了女人兴趣正好,也乐意说些老鼠成精、人妖结婚之类奇闻,惹得黑氏,讶一通乐一通,表情丰富。女人的极有奇特趣味的印象就刻在吃客心上,到处扬说,这饭店生意倒日日兴隆。入夜,镇上人有喝烧酒之风,店里便顿时热闹。酒可以使山地的男人变成另一个种族,放肆地说粗言秽语,拉木犊入座,木犊不喝,就嚷黑氏陪酒,竟三个五个男人的胳膊按住她的手,要她陪喝不可。木犊就也劝黑氏喝,咪咪啦啦只是呆笑。酗酒者就不免骂一通木犊有艳福,守住这么一个中看的又能干的婆娘,木犊也自高自大,夸口几句自己做男人的气魄。如此,日复一日,月复一月,远近人皆知这家饭店,说饭店就说到店老板娘,少不得有些浮浪子弟,对着黑氏不三不四。

一日,店里过了饭辰,木椟去家照看驼子老爹,黑氏刷了案板正坐着歇息,小男人一透一透从店门往里看,见黑氏抬了头,忙一脸正经,便显出大有漫不经心之神气!小男人说:"别那么翻脸不认人,我也是你的男人哩!日子过得不错嘛!"黑氏说:"要不了饭的!"低头将刷过的案板又刷一次,以为小男人已经走了,一抬头,他还在,一条腿跨在门限上,软软地闪,专心看手里的一件东西,说:"这是什么呀?"黑氏没料到他竟未走,听了这话,不觉顺口说句:"什么东西?"小男人就走进来,手一展,一只蓝色的电子表,其显示面上有两个黑点不停变换。小男人说:"要不要,给你吧?"黑氏"呸"地吐一口,将他掀出店门,门也随之关个严实。

但是,信贷员却时有到店来预备饭菜,招待来找他的客人,来了,黑氏当认他不得,平静着脸算账,一分不少,一文不赊。木椟却涎了脸让座让茶,饭菜吃罢,便又拿自己的烟末匣子放在桌上,让人家来吸,信贷员问起行情,又事无巨细说明,反复强调生意比不得信贷员的工厂收入。其恭敬卑怯,为黑氏所不齿,当面暗示,背后数说。木椟说:"人家毕竟是这地面的大人物!"黑氏平生第一口将唾沫喷在他的面上。

钱来路活泛,极有盈余,不幸的是驼子老爹却病情沉重,卧炕半月之后,汤水不进,阳寿殆尽,伸腿入天去了。夫妇俩关店十天,痛哭一场,葬老人入土。驼子一生贫苦,性情刚硬,却死得清白。使这店家又少了一份后顾之忧,却苦了黑氏和木椟夜夜一人看守饭店,一人看守老屋,日久,木椟就将不点灯之事淡冷,后来一月两月竟似乎要忘却了。

来顺依旧在学校烧水做饭,敲铃打杂,每每看得小男人与乡长之女好时两件东西贴拢一起,唧哝有声,就如眼中钻沙痒痛不堪,恶时又桌翻椅倒,于窗口将枕头抛出,将茶壶和裤衩抛出。就又想起与黑氏交情,按捺不住一份心绪萦绕于另一个人身上。驼子老爹死后,他从心底里吁出一口长气,却买了纸去到驼子的灵前,点化了,哭了一场。木犊见他哭得伤心,大受感动,双手去扶,黑氏却说:"让他哭吧,哭一哭也好!"话中意思,只有她知道,来顺知道。

　　此后,木犊消除了对来顺的反感,来顺没事之时踅到店来,热乎招待,逢吃也让吃,逢喝也让喝,这来顺是聪慧至极,眼中有水,手脚勤快,也帮这家刷碗收筷,门口应酬,介绍饭菜,招揽吃客倒确实比木犊强出十倍八倍。

　　但黑氏最明白来顺的心,见他殷勤,总是不安,好言好语要他一边歇去。愈是这样,木犊愈觉来顺人好,来顺愈加劲为黑氏殷勤。黑氏私下对木犊说:"店是咱的店,要人家帮什么忙,他要再来,什么也不让他做!"木犊说:"他愿帮忙就帮忙,一片好心,硬要阻拦,倒显生分,冷他一个热肠!"黑氏只好不语。

　　一个晚上,月色朦胧,黑氏从饭店赶老屋来睡,正坐院里捶腿揉腰。院门敞着,门外的几棵老槐树下,新生了许多幼株,黑黝黝在风里摇曳。倏忽听得有细响,蛇样爬行的沙沙声音,好疑,槐树丛子里有一点烟火,暗红如萤,便惊起,询问:"谁在那儿?"那人走近来,却是来顺。

　　黑氏说:"你鬼鬼祟祟,以为是贼呢!"

　　来顺说:"你夜里有屋,木犊还睡在店里?"

黑氏说:"我们也分了班的!夜里他要剁肉馅的。你是到哪儿去的,路过这里?"

来顺在月下说:"从学校来的,专到这里来的!"

黑氏腔子里的一颗心别地一跳,便说:"你坐吧。今夜月亮蛮好,你近日没回老家去吗?算黄算割是不是又叫了?"

女人的慌口慌心,来顺全觉察到,他要想办法稳住她的情绪,说道:"昨天夜里叫过两声,再过四天,就是小满。人过小满说大话,今年麦子成色要比往年好。我们山里麦才扬花,和川道差二十多天,到时候我来做你们家的麦客。"

黑氏轻轻笑了一下,说:"你也是,怎事也帮我们……"

来顺就说:"黑,我这几天净是做梦,我也思想,我是不该到你家来,可梦里老做到你,醒来心就慌慌的……"

黑氏果然平静下来,问道:"做什么梦?"

来顺说:"有时梦你穿一身新衣,到镇上去,好多人给你吹奏唢呐,你唱起戏文,样子像十七十八的一样。有时梦你坐在店前柳树下哭。梦到好的,心里就叽咕,说,梦是反做的,会不会有什么不好的征兆?梦到坏的,又担怕应了实际,就要来看看,你说好笑不好笑?"

黑氏就真的好笑了,说:"来顺你嘴甜,说得中听哩!"

来顺正色道:"这可是真的,有半句假,让鬼摄了魂去!"

女人就看着来顺,瞧那一张白光光瘦脸,被瞧的也不回避,反以更加的勇敢用眼睛回敬,看出她的情味溢在眉里眼里,不觉神思荡漾,如升驾云头。

后来,这女人就偏过头去,看天上的月亮,看院墙根边的一株柳上栖息的一对鸟。鸟是夫妇,以爪平衡身子于细枝上,一只已经睡熟,一只蒙眬复蒙眬。想到人生如鸟类,白日比翼齐飞,夜来依偎而睡,这原本是活在世上的内容。可眼前的来顺,孤身独影,夜夜为别人的婆娘做梦,着实是活人的可怜!不觉气伤神黯,又轻轻叹息一声。

黑氏说:"来顺,你要闷得慌,就来我家坐坐。你也是这般年纪的人,无论如何,你还是找不下一个女人吗?"

此话触到痛处,来顺却没落泪,反倒笑了。

黑氏问:"你笑什么呀?"

来顺说:"我活该是光棍命!那时节,我本是再多找你几回,事情就成了,可我没有……木犊命比我好。"

黑氏没有言语。

来顺又说:"黑,木犊待你还好?开店是好事,也实在累人,你要保重身子,月月到你们女人家身上有红的日子,你不要见冷水,你却还到河里挑那么满两桶水?!"

黑氏一惊,这些事他哪里知道?是观察她的脸色吗?这些,木犊也是从不知道的,陪自己吃喝睡觉的木犊不知,这一个来顺却看得出!黑氏突然觉得白脸汉子是将她完全装在心上的,就大为感动。

黑氏说:"他人呆,只是肯听我话。"

两人说此说彼,来顺忘了时间,黑氏也忘了时间。离开深山,嫁到这平川道来,她和小男人没有这么说过家话。嫁给木犊,木犊虽不欺她打她,但木犊别的一点不会,甚至压根想不到,使她时常寂寞袭心。人毕竟是人,除了被受尊重的人格之外,还有接受抚爱的欲望,尤其是女人,说老虎时就是老虎,该小猫小狗就是小猫小狗啊!

说说话话,不知不觉,自自然然,来顺就把黑氏的手握住了,用软和的舌头舔,用牙轻轻地咬。黑氏没有吱出一声。事毕了,她送他出门。星月满空,夜更深沉,村外四面包围着的即将成熟的麦子,在清风中涌动,将月光漾出波般的亮闪,浓重的令人心醉的四月田野地气使黑氏饱饱地吸了几口,胀满了全部胸膛。

店日日开门,连麦收天也未停止,木犊像一头任重耐劳的牛,夜里割麦、碾场、翻地、播种,白日开店卖饭,人累得失了形体,一收拾完当日的工作,就如一条从树梢跌下来的死蛇一样,趴在炕上沉睡不醒。

黑氏夜半醒来,摇不起他,后来就等着学校的铃响。

这一家再不是往日的穷人了,他们也是有钱,村人企羡,黑氏碰见信贷员和小男人了,也不远远避开,目光直直地走过去。一次逢集,一家私人经营的衣服铺里,小男人偕着乡长的女儿在问一条丝织围巾的价,大声吵闹,为五角钱论高论低,黑氏走近去,虎虎地问:"多少钱?"回答是:"十三块。"黑氏说:"取一条!"随手从口袋抽出钱来,拎围巾扬长走了,逊得小男人和乡长女儿脸红不已,难堪不已。这围巾黑氏却没有系,冬天里也不系。木犊说:"那你何苦,买这干啥?"黑氏说:"为了啥,你还不明白?!"木犊见黑氏用钱大方,慢慢也手大起来,外人常捉弄他,动不动和他打赌,赌输了就罚他买酒买烟,或者到店里来啃几个猪蹄,吃两碗面条。到后,竟耍起钱来,打扑克赢输, 玩起性则通宵达旦,也不光顾黑氏一个人睡在偌大的上炕上。

黑氏很有一些意见了,吃饭时,炒两个小菜放在桌上,桌边安好两个椅子,一心让木犊一块吃,木犊却一只海碗里盛完饭,将菜夹在饭上,端着到门外找人,一边聊一边吃。晚饭过后,黑氏让木犊和她坐坐,木犊说:"店里的事,你安排,需要干啥你给我说!"黑氏说:"你不会说说别的话吗?"木犊说:"还有什么话?没有啥了!睡吧。"一躺下来就呼呼入睡。

这时节,来顺来了,黑氏就不让走,问这问那地说话。一夜,木犊又去耍钱,来顺和黑氏在家聊天,聊到夜深,说起木犊,黑氏长吁短叹,眼噙泪水。来顺劝慰,反倒愈劝慰愈使她伤心,后来伏在来顺腿上,竟低低抽泣不住。……鸡叫二遍,门被拍响,木犊推门进来,屋里没有点灯,倏忽间似有什么影子从后窗一闪,问道:"黑,窗外像有什么?"黑氏恐极,却说:"有什么,有鬼?"木犊脱衣上炕,睡下了说:"我这眼睛不行了,还以为有个什么在窗外动!人都说有鬼,虽没见过,晚上还是早早把窗关了。"黑氏说:"你还这么想到我!让鬼来吧,屋里没人,鬼给我做做伴也好。"木犊说:"说有鬼,哪里就有鬼了?睡吧。"就鼾声顿起。

六

从来不曾预料的事,往往它就发生了,发生得突兀,当事的人和旁观的人皆措手不及。信贷员一夜之间陷入了困境,自此锒铛入狱,一去十五年不能生还。

信贷员触犯了法律,三年来,一共贪污挪用公款去入股办私人企业三万三千元,利用贷款,明敲暗诈,从中收到不义之财六千六百元。事情败露,穷追不舍,他便被一辆囚车装着走了。

县调查组到镇上住了十天,第十天的早晨,一阵刺激人耳的汽车喇叭声吵醒了饭店里熟睡的黑氏。她隔着窗棂往外看,东方欲晓,囚车停在信贷员家的门口。黑氏心惊肉跳,使劲蹬那头死睡的木犊,小声叫:"快起来,公安局要抓人了!"两人开门出来,镇街上已经站满了人,全在喊喊啾啾。

黑氏过去问:"是抓谁了?"

那人说:"你还不知道吗?恶有恶报,善有善报,信贷员到他受罪的时候了!"

黑氏却终不明白这事她怎么能知道?!信贷员的为所欲为,黑氏在做他的儿媳之时,便疑心他的不法不正,离开这家,她再未过问这家事,她盼望有朝一日他会受到应有惩罚,但当明晃晃的铁铐套在了信贷员的手上,小男人哭死哭活撵着囚车跑,黑氏竟有些心软,口里作念:这一家完了,全完了!

回到饭店,脸色有些发白,木犊问:"黑,调查组来,你提供什么证据了?"

黑氏说:"人家没找我,就是找来,我能说出个什么证据吗?"

木犊说:"外边有人说是你写信告发的,你和这家是仇人,把信贷员整死了!"

黑氏方明白街上人对她说话的意思,就说道:"这是胡猜测哩。他也是天怒人怨,咱不告他,自有告他的人呢!"

木犊说:"这凹事真摸不透,那一阵他是万元户,是名誉校长,披红戴花的,这一阵便成坏人!"

黑氏说:"你懂得什么,别人哄着吃了你,你也不知道。

他投资办学,那是买后路钱哩,可天到底不容恶人!"

木犊问:"这么说,那儿子再当不了教师了?"

黑氏说过:"那是可能的。"但不再言语。

小男人果然从学校开销了,依旧做他的农民,再不能领着学生在操场打篮球,于双杠上腾翻飞动。人蔫得霜杀一般,蓬头垢面,人不人鬼不鬼。老子作孽,欠下的赃款儿子得还,小男人将新盖的砖顶楼房出卖了一半,还欠八百元,听说愁得夜里在家里呜呜地哭。

来顺将小男人的近况告知黑氏,黑氏对木犊说:"木犊,他家挥霍了公家的钱,那得一分不少还给公家,可他现在没钱,也够愁得可怜……"木犊击掌叫道:"这好,这好,他应该上吊去死!"黑氏说:"我想咱日子好过了,又眼看着他家报应,咱受的气也算出了,如今他毕竟年轻,又有老母、婆娘,日子也是要让他过的,咱拿了钱,替他填了这笔钱窟窿,你的主见如何?"木犊说:"你这是怎么啦?你这不遭人耻笑吗?"黑氏说:"外人笑甚,当初我被离婚,外人耻笑我,今日我救济他家,只能外人耻笑他家!"主意不改,木犊只好依她。

黑氏去找小男人,小男人的娘自愧难容,躲在内屋不敢见面,小男人一人独坐自己房间,四面光墙,衣柜衣箱俱无,见了黑氏掏出钱来,扑倒在地,要给黑氏磕头。黑氏才知道信贷员抓走之后,乡长受到党内严重警告,削去官职,调到另一乡政府去当一名小干事了。那女儿,小男人的婆娘第二,卷了家里物什往娘家去住。

不久,风声迭起,尽说小男人和乡长女儿二婚事:先,新夫新妇,如胶似漆,恨不能日日夜夜俩人合了一人,大天白昼地在房里做那种勾当,让学生隔窗也觑见。到后,那婆娘就厌烦起来,时常不到学校过夜,有人看见在县城的旧城墙的洞处与一英俊年少生客搂抱相啃。这事人人皆传,小男人却蒙在鼓里,渐渐发觉婆娘不与他睡,殴打了几回,后虽夫妇同床,却各自为政。再后,双方协定星期天晚上过一次那动物生活,而那婆娘却总是晚饭之后即吞服三粒安眠片,于昏昏沉沉无知无觉之中随他便。黑氏听说了,好不心伤,一边幸灾乐祸,一边又怨乡长的女儿心底残酷!

小男人总算没有离婚,但婆娘不回转家来也如同离了婚一般。此日,木犊和黑氏正在饭店和面,小男人胆怯怯坐在店前柳下叫"木犊哥!"木犊招呼他进来,沏了茶喝,来顺也来了,三个男人各怀了心思说话。小男人说:"木犊哥,我想到山外铜官去下煤窑,那路线是怎么走的?"来顺说:"你也要去下窑,那是什么苦,你能耐得?"小男人说:"我得要钱呀!"木犊说:"去去也好,可得头提在手里。你要是个命大的,挖个三月五月,回来也可办个正事。"黑氏于灯影暗处立定,不到桌边来,想这小男人若早有此心此志,也不会落魄到这般狼狈,由此想到自己一生所遇,不禁流下几滴眼泪。

钱害了小男人,如今小男人又得去找钱,小男人一生都被钱压迫着。

他果然去了铜官,但不出两月,一封电报拍来,一次井内塌方,小男人砸死了。尸体运回来,黑氏去看了,已经没有脑袋,空剩一张脸皮,她哭了一声,昏在地上,醒来从饭店取了一个十胡户装在脖子上,将那脸皮贴出脑袋的模样。

这年秋天,社会越发时兴改革,大城市的工厂、单位见天有人到镇子上来,推销产品,购买山货,镇子扩大了两条街道,往日两边街面的洞里坐着做针线的女人,一边手中忙活,一边说着有盐没醋的闲话,如今都装了板门,安了比门还大的斜窗,于里边摆了货架经营。黑氏的饭店也应时扩建,一间改作三间,直到门前大柳树下。经营项目已不是面条,可以炒各种肉菜。大师傅是月薪百元聘请的一位县城关老者,木犊还是那一身打扮,不破烂,也不干净,做粗笨重活,而黑氏衣着整洁,光头整脸,专在桌前招客接待。洗碟刷锅的,则是一个并不苗条、屁股硕大的女子,女子没爹没娘,与哥嫂过活,请来帮工,吃喝管后,月薪三十。

黑氏颇爱这肥胖女子,好吃好喝从不避过,天黑收店关门,也拉她同自己睡,说好多关于男人的事、关于做女人的事。这女子人粗心细,早开那一份窦情,也问到入店来怎不见他们夫妇去一块睡觉,黑氏就以话支开。

来顺时常来店,与主人、帮工说笑,三盅热酒下肚,眼却发痴,死死盯住从屋顶破洞之处斜射下来的光柱出神。肥胖女子不解,看那光柱,并无异样,有无数的活的小飞物在其中沉浮。黑氏就说了:"去刷碗吧!"自己却坐在桌前喝酒,亦复一语不发。

入夜,黑氏要肥胖女子和她回老屋去睡,木犊又睡到店里,老厨师就说:"木犊,你怎么不回去陪婆娘,你是信不过我吗?"木犊说:"回去睡和这儿不一样吗?"老者说:"当然不一样,你让人家没个暖脚的吗?"木犊就哧啦作笑:"一把年纪了,又不是少年夫妻!"老者说:"多大年纪?你有我大吗?我像你这般时候,夜夜不想出门的。"木犊就又笑,说:"我也是回去的,不也就是那回事吗,一月半月的那么一次就罢了!"老者说:"你这男人!也该回去说说体己话,县城里的夫妇,每晚城外河堤上肩挨肩散步的。"说毕,就叹息一声,说出一句旧不旧新不新的话,"城乡到底有区别的!"

但是,木犊睡在店里了,黑氏却有几次支使肥胖女子半夜到店里去取什么东西。有一次回来很委屈。黑氏装着不理会。

八月十五的晚上,月亮出得特别圆。人人都在家里吃团圆月饼,剥花生、栗子,来店用膳的人极少。老厨师下午也回县城关家去了,肥胖女子早早收了店,在门前石桌上摆了水酒茶点,招呼店主人夫妇来享用,却远近不见了黑氏的踪影。木犊说:"八成去学校了,来顺今夜一个人孤零零的,她是去叫了。"一等不来,二等还不来,木犊遣肥胖女子去看。回来说学校门锁着,狗大个人儿也不曾见。

而同时在通往深山的五十里外,一个小山村里,村子里发生了一件事。一个小孩子于村口锐声叫:"快去看呀,好看得很的东西,一条绳子拴了,村长也去了!"正家家吃月饼的男人和女人以为是山外来了耍猴的主儿,要趁这月明风清佳节之夜为村人助兴,还是某某猎户又从山上提回什么稀罕、珍贵飞禽走兽,一齐跑去观看。在村口的山溪,过了横卧的独木老柳渡桥,一块瓜田的作废的草庵里,一对赤身男女被绳缚,身上被人盖了一张被单。村长正在审问.

——你们是哪里人?

——西川村的。

——为什么到这儿?

——回家去,天黑了,路不好走,在这歇一夜。

——你们是什么关系?

——夫妻。

——有什么证明?带结婚证吗?是不是私奔的一对贱东西?是不是人贩子,骗拐了这女人?

——不是。我还带着被盖卷,我们是往外做工的,要赶着回去团圆,赶不及了……

言之有理,村长便解了绳,喝退看热闹的人,还他们衣服穿,但村人却有认为既是夫妻却野外过夜,又偏是于这么好的月夜在他们村口,有败兴他们之罪,便提了一桶凉水从头至脚哗地倾倒在这男女身上,以示惩罚。那男女各叫了一声,双双顺路急跑,女的跌了一跤,"哎哟"连声,那男子扶起,发急地说:"要跑,跑出一身汗了,凉气就渗不到骨头里去!"

女人抬起头来,被架着跑,终不明白这路还有多少远程,路的尽头,等待着她的是苦是甜,是悲是喜?

美 穴 地

柳子言给姚家踏坟地是苟百都的一顿烂酒后的多嘴惹下的。苟百都使威风,呼啦着漂白褂子,一进门鞋就踢脱了仰在躺椅上说,柳哥,你来钱主儿了,北宽坪的掌柜请你哩!柳子言说,他咋知道我,八十里的路我不去。苟百都一边拔根胸毛吹着一边嘿嘿地笑了:"掌柜不晓得你,苟百都却知道你呢。我带了一头驴子一条绳,你先生是坐驴子还是背绳呀?"驴子在门前土场上烟遮雾罩地打滚;苟百都一扬手,腰间的一盘麻绳嗖地上了梁,再扯下来,陈年尘灰黑雪似的落了柳子言一头。

柳子言就这么跟着苟百都走了。

穿过房廊,金链锁梅的格窗内,四个长袍马褂在八仙桌上坐喝,他们斜睨着柳子言,便把一口浓痰从窗格中飞弹出来了。柳子言耷耷肩上的褡裢,将鞋壳里垫脚的沙石倒掉,笑笑地,有鸡啄下浓痰,微醉起来,趔趔趄趄绞着碎步。四月的太阳普照。苟百都已经进里屋禀告了许久时间还不出来。空中飘落下一根羽毛,是鹰的羽毛,要飘到面前了却倏忽翻了墙去，廊头的一只狗随之大吠了。柳子言打也不是，不打也不是，里屋门里便有一声叫道："让我瞧瞧，来的又是哪一路先生？"声音细脆尖锐，柳子言想，老树一样的财东还有这嫩骨朵儿女儿？遂一朵粉云飘至台阶，天陡然也粉亮了。眉目未待看清，锥锥之声又起："光脸犊子！你真能踏了风水？"酒桌上的长袍短褂立时噤了拳令，重又乜视了柳子言，说句"该是庙会上唱情歌的阿哥吧！"哄然爆笑，柳子言脸涨红了。柳子言的脸不是为谑笑而红，倒是被这女人镇住，女人的目光罩住他如突然从天而降在面前的太阳，乍长乍短的光芒蜇得难以睁眼，一时自惭形秽站不稳了。掌柜在内室喊："让先生进来！"狗还在咬，柳子言走不过去，苟百都再唬也唬不住，女人说："虎儿！"腿一叉已将恶物夹在腿缝，柳子言同时感觉到了后脖子有一点凉凉的东西，摸下来是一片嚼湿了的瓜子皮儿，女人很狐地丢过来了一个笑眼。

　　掌柜在烟灯下问候柳子言，说百都夸你大本事。姚某就把你请到了。姚家上下都是善人，踏出吉地有重谢，踏不出吉地也有小谢。话说得帖妥温暖，柳子言就谦虚着，晚辈没有本事，但会尽力而为，"有多大的虮子出多大的虱吧。"掌柜也笑了，要苟百都陪先生到后厅单独吃酒去，柳子言身不胜酒，摆手谢免，掌柜就欠起身把烟灯推过来，柳子言也是不抽。风吹动了门帘，玻璃脆儿的帘钩叮叮当当作响，帘下出现了一只穿着窄窄弓弓白鞋的小脚。柳子言知道掌柜的女儿站在了那里，他准备着女人要来了，但那鞋尖蠕动了几下却始终没有走进。苟百都后来就领着柳子言从后门出来往坡根去了。

柳子言转遍了后坡寻找龙居,几次觉得后脖子似乎还在发痒,痴一会儿呆,随之拿手拧脸,骂一句"荒唐",小跑着上坎下涧把自己弄得气喘吁吁起来。苟百都一边提鞋跟一边骂:"你是鬼抬轿了?!你不抽烟,你也该讨个泡儿给我呀!你算×男人,驴子都在后腿根别个烟具,你倒不会抽烟?!"柳子言坐在了一个土峁下,说:"太阳还没落,你去接掌柜来,吉穴就在这儿了!"西边山一片红霞,掌柜来了。柳子言放着罗盘定方位,遥指山峁远处河之对岸有一平梁为案,案左一峰如帽,案右一山若笔,案前相对两个石质圆峁一可作鼓一可作镲,此是喜庆出官之象。再观穴居靠后的坡峁,一起一伏大倾小跌活动摆褶屈曲悠扬势如浪涌,好个真龙形势!且四围八方龙奴从之,后者有送有托有乐,前者有朝有应有对,环抱过前有缠,奔走相揖有迎,方圆数百里地还未见过此穴这等威风!淫浸到地理学问中的柳子言此一刻得意忘形,口若悬河,脚尖画出穴位四角让下木楔。北角第一楔却打不下去,刨开土看,土下竟有一楔,又下南角楔,南角土下又是木楔。四角如是。掌柜哈哈大笑了:"柳先生真是好身手,不瞒你说,我已请四位高手七天踏出此穴,请你来就是再投合投合的,这里果然是吉穴了!"柳子言却一下子坐在地上,后怕得一身冷汗都湿漉漉了。

夜里,苟百都在厢房里给柳子言铺床展被,柳子言骂:"苟百都,贼,你好赖认识我的,怎不透风是要我来投穴,你成心要捣我一碗饭吗?!"苟百都说:"柳哥,妈的×没良心,这不是更显摆了你的本事吗?算我瞒了你,我请你客!"使一掌推开后窗,推出了一黑乎乎世界来,顿时有猫在叫春,谁家的尿桶里女人在小便,声散而漫长,一盏灯幽幽地从小而大了,幽幽着"回来哟,回来哟……"柳子言便听着苟百都对着那里问话了:"喂,谁个?""我,他苟叔呀!""西门家的!这般黑了你是来踏掌柜的溜子吗?""爷!话可不敢这么说,孩子烧着火炭样的烫,我来叫叫魂呀!""你两口耍活龙蹬了被子把孩子凉了吧?掌柜今日踏坟地,你家不送礼吗?""哎哟,真是不知道呀,我明日灌二升小米过来吧。""有心就是。我给掌柜圆场,小米就留给孩子吃吧,你过会捉只鸡来应付一下作罢。""实在谢你了,他苟叔!""不谢。我在这儿等着,来了敲窗子!"苟百都收回头往墙角架柴火了。火燃起来,窗子果然被敲响,苟百都扑棱棱丢回一只鸡来连嚷柳子言好口福是个母鸡哩!合窗时却又探头出去,问西门家的你手里还拿着什么?西门家的回说这鸡近日怪势,白天不下蛋偏在晚上下,刚才路上就把一颗屙下来了。苟百都便变了脸,说:"鸡已经是掌柜家的了,你怎敢就拿掌柜的鸡蛋?递过来!"递过来就在窗台上磕了,一口吸干。

鸡并没有杀脖开膛,活活拔毛,屁眼上捅根铁条就架烤到火上了。苟百都一边说鸡还叫唤着什么呀,一边抓了盐往流油的鸡身上撒,嚷道:"好香,好香!"后来就撕下一条腿给柳子言。突然门哐啷推开,风把墙窝子的灯扑灭:"好呀,百都,又杀谁家的狗偷吃?!"柳子言立即听出是谁来了,吓得一口吐了鸡肉,退身到柴火黑影处。

苟百都嘿嘿笑着:"四姨太,我知道你会闻香来的。一条腿正给你留着,牙签也给你预备了的!"

黑影里的柳子言终于看清了火光涂镀了的女人的俏样,

但他吃惊的是这女人竟不是掌柜女儿！四姨太,有这么年轻的四姨太吗？

四姨太伸手去接苟百都递过来的鸡肉时,发现了柳子言,女人的眉尖一挑,遂平静了脸道:"哟,先生也偷吃嘴儿！偷着吃香吗？"柳子言好窘,女人偏死眼儿看他,"北宽坪的人人都是单眼皮,柳先生倒是双眼皮！先生吃肉,也不让让我吗？"

柳子言便说:"四姨太你吃！"

"好,我吃你的肉！"女人把柳子言的鸡腿接过咬一口,嘴唇嘬嘬地翘开。柳子言说:"太烫的。"女人说:"我怕揩了口红哩。口红还在吗？"嘴更嘬起来,红圆如樱桃。

这一宵,柳子言没有睡好。一贯沉静安稳的先生感觉到了浑身燥热。兀自地翻来覆去睡不着,唠唠叨叨的苟百都由鸡肉叙谈起他的食史,吃过了除掸灰掸子外的长毛的飞禽,也吃过了除凳子外的生腿的走兽,"你吃过吗？"他没有吃过,睁眼看着又点亮的一盏燃着独股灯芯的矮灯檠,柳子言的心如同墙壁上的灯影一样晃乱了迷离的图景。如果在往常的柳子言,白日在驴背上颠簸八十里,又在北宽坪的后坡跑动一个后响所构成的疲倦,一捉上枕头就睡着要如死去,不想现在却回想起了八岁的孤儿跟随师傅在玄武山上学艺的情形,想起了这么多年每日为人踏勘风水的生涯,不该走的路也走了,不应见的人也见了,人生真是说不来的奇妙。便是今日的事情,当初怎么被苟百都知道了自己,要挟而来,竟认识了北宽坪财名远播的掌柜和他的四姨人,一个怎样地丽的美妇啊。

一提起美艳的四姨太,柳子言耳膜里,就消灭不了女人尖尖锥锥的调笑,只有小孩子才会有的放肆出现在大户人家少妇之口,别有了一种的大方,甚至是浪荡,以致使少年热情的柳子言就如在一块林中新垦的沃土上,蓦地撞着了一只可人的小兽。为了他,女人在台阶上把狗扼伏胯下,身子在那一刻向一旁倾去,支撑了重量的一条腿紧绷若弓,动作是多么的优美。为了保持身子的平衡,另一条腿款款从膝盖处向后微屈着的,胳膊凌空下垂的姿势,把一领缀满了红的小朵梅花的白绸旗袍,恰恰裹紧了臀部,隐隐约约窥得小腿以下一溜乳白的肌肤,且一侧着地将鞋半卸落了,露出了似乎无力而实则用劲的后脚也给看见了。是的,这样素洁的肥而不胖的一只美脚,曾经又在门帘下露出一点鞋尖,柳子言能想象出那平绣了一朵桃花的几乎要鲜活起来的鞋壳里,一节节细嫩的五根指头和玉片一样的趾甲了。

对于柳子言,这无疑是一种不可思议的奇迹,他从未见过一个鹤首鸡皮的老头娶得如此鲜嫩的年少妇人,且又是他第一回一见而心跳不已。后脖子又酥的一下痒了,一片被女人香唾嚼湿的瓜子皮儿永远使那一块皮肉知觉活跃,这时候的柳子言不免又想起了初黑天时一句"男人倒长双眼皮"的赞语。这样的话,柳子言可以在每一处地方差不多听到,皆觉无聊之风,过耳即消,唯这一次经这女人说过了,那一时手脚无措,鼻尖上都沁出汗来。现在回想,那是多么憨傻的一副村相哪!也是确确实实的事,以自己英俊的面孔,高出一般内行人的堪舆本事,蛮能得到一位人物整齐的妻子长相厮伴。但走南过北的柳子言至今一把锁封了家门,日日背着装罗盘的褡裢流浪了。如果从小就窝在家里种地牧牛什么也没见过,独身也就安心独身,而如今经见了万千世事,又偏偏目睹了一个枯老头的妙龄姨太,柳子言恨起这巧讨饭一般的风水家技艺,而苍苍茫茫地一声浩叹了。

噗地一口吹灭灯盏,柳子言不忍在若即若离的灯芯光焰中淫浸往事,坠入幽深的黑暗。但院中的狗还在咬,遂听见一声"虎儿",接着有一串细微的金属丁零的音响,柳子言不觉屏息而静,双眉之上的额心像要生出一只眼来也似透视了院中的一切。女人已经是换了一件圆领的晚服短衫吧,那短衫使女人别有了一种与白日不同的柔媚,情致婉转,将粉颈根两块突凸的锁骨微微暴露,女性的美艳皆如四姨太这一类,该肥的胸部和臀部浑圆,该瘦的后脊和两肋则包骨不枯。她牵着狗的铁绳走过,铁绳使她柔不胜力,牵住一头其余软软拖地,一径经过了公公病瘫卧床的窗下,经过了吃斋的婆婆诵着祷告之声的经房,然后就歇息睡到掌柜的床上去吗? 真的,一双褪了脚足的红尖白鞋,在床下是怎样的一对停泊了的小小船舟,送去了一支带露淋淋的花朵偎长于一根已锈腐苔的枯木边了。

这般想着的柳子言陡然睁圆了眼睛,脱口在黑暗中说:"苟百都,你家的四姨太好风流!"

"世上的好女人都叫狗×了!"苟百都竟全然未睡,似乎正被一种事情所愤怒着,"你也想着四姨太呀!"

一句话破坏了所有的美妙遐想,柳子言后悔着叫起这粗俗丑恶的下人。苟百都却连连砸着火镰要点灯,火石爆溅着细碎的火花,在反复明灭的灿烂里,柳子言看见了掀被而坐的赤条条的苟百都和苟百都两腿之间挺硬的一柄恶根,他把头别转了。苟百都说:"把纸媒递我,纸媒在你床头墙窝里!"柳子言没有去摸纸媒,说声:"给!"将一团火绳扔过去却故意失手把灯檠哐啷打翻了,苟百都骂了一句,摔了火镰,却说起掌柜怎样地不行,吃人参鹿茸也不行,夜里只拍着四姨太的屁股光说是好东西,四姨太就不止一次地在那松皮脸上抓下血印,养了"虎儿"靠"虎儿"了。"柳哥,你信不信?"柳子言不作声。"反正我是信的!"苟百都咽了一口唾沫,"咱行的,可咱不如一条狗吗!"

柳子言不愿再听下去,发出了悠长的鼾声。苟百都说:"不说了不说了,柳哥,你试试,用席篾儿掏掏耳朵,下头那东西就不想她了。不想了!你是踏坟地的,坟地真能起了作用吗?"

柳子言说:"不起作用,掌柜能请这么多人来?"

苟百都说:"四个先生踏的穴,你一来踏的还是那个,这么说姚家的坟地是最好的了?"

"最好。"

"还有好的吗?"

"有是有,北宽坪怕也没有再胜过的了。"

"妈的,那他姚家世世代代要做财东,要×好女人了?!"

天明,柳子言起得早,站在院子里仰头看一棵枣树。四月里的叶芽长得好快,生着刺的,硬着折弯的枝柯,把天空毛茸茸地割裂开了。四姨太抱着两床绿被往廊前的绳上晾,轻轻地咳嗽一下。柳子言回转头,绿被与绿被之间恰恰地露一副白脸正笑着看他,这景象在柳子言的感觉中妙不可言,想到了荷塘里的出水芙蓉,兀自地发呆了。女人说:"先生起得早呀!"柳子言便说:"四姨太也起得早!"女人从被子下钻过来,抱怨着掌柜微明送那些风水老先生,顺路又要去前村的铺子里收取些银圆,害得她也没瞌睡了。"先生看枣树看了那么久,枣树上有花吗?"女人已经站在柳子言的身边了,并没有看枣树,却看柳子言的脸。柳子言慌了,竭力饰其中机,不敢苟笑,说:"瞧,枣树上有一颗枣哩!"枣树梢上是有一颗去年的陈枣,虽有些瘪,却经了一冬一春的霜露更深红可爱,女人也就瞧见了。

"我要那颗枣哩!"女人突然说。

柳子言摇了一下树,天乱了,枣没有落下来。

"我要哩!你给我摘下来嘛!"女人仍在说。

面对着同龄的已经噘了嘴撒娇的四姨太,柳子言也忘记了被雇请来的手艺人的身份,忽地鼓足了勇气,一跃身抓住了树枝,一只手扯着一只手竭力去摘干枣,将一颗在满掌扎着硬刺手心中的枣儿伸到女人面前,女人却并没有去取,喜欢地说:"你真老实!"喘笑着竟往厅房去了。

一时间,柳子言窘起来,女人已上了台阶,回身向他招手:"傻猫,你不来挑挑刺吗?"脖脸仍窘烧不退。遂走到厅房,却不见了女人,兀自用牙咬着拔掌上的刺,无法拔净,女人却又在东边的小房里轻唤"进来呀"!柳子言再走过去,一挑帘子,房内的窗布并没拉开,光线暗淡,幽杳浮动,女人竟已侧卧于床上,靠的是一垒两个菱叶花边的丝绵枕头,身子细软起伏,拥上去的月白色旗袍下露着修长如锥的两条白腿。柳子言的胸中立时有一只小鹿在撞了,欲往外退。女人说:"不挑刺了吗?""我已经拔出了。""是吗?"女人翻身下来,拉柳子言于床沿坐了。"先生不用我的针了,我可得求先生事哩,你识得阴阳,一定也会医道的,你凭凭脉,这夜里总是睡不稳呀!"一只手就伸来平平停放在柳子言的膝上了。柳子言何尝识得病理,听了女人的话,不知怎的,竟也伸出三枚指头扼按了女人的玉腕。是的,女人的脉在汩汩跳着,柳子言的三枚指头跳得更厉害,如此近地挨靠着女人且扼按了人家的手,柳子言如果真会凭脉,脉象里的强弱沉浮,能告知女人夜里睡不稳,害的是和自己昨晚一样的心思吗?是一样的心思了,该要说些什么样的话语,透出心迹呢?但是,但是,或许这女人真的有病,是诚恳在请教着一个医家郎中呢。柳子言后悔了不懂装懂,柳子言的手现在是再也取不下来,一瞑目,深自痛恨起来了。为什么有了这样的对于四姨太不经的妄念呢?自己对医药常理一窍不通,却要将一夜的痴恋发展到这步举动来作伪行骗,这不是很可悲的吗?紧张得出了热汗又自悔的柳子言这么想,又为自己的检点发生了疑问。看见了一个美妇人而生爱恋,这爱恋又是他人生第一次萌发,这当然算不了什么可悲,如果见了美艳的女人冷若冰霜心如死灰,柳子言就不是今日一身堪舆本事,是一截木头一块石头了。既然女人的玉腕已在怀中扼按,不识凭脉,也得像模像样地凭一次脉了。柳子言终于心静下来,感觉到了女人的脉正和自己的脉同一节奏地跳跃,为了庄重起见,他侧勾了脑袋。但控制住的思维不久就又恍惚出游,头虽没有抬,却知道女人一眼一眼瞧着他,而窗布关不住的一格细缝里透进了一道初出的太阳,使万千的微物一齐在其中活活飞动,同时衬映出了女人脸上的一层茸茸细毛所虚化的灵晕般的轮廓。这时候,一只小鼠从房角的什么地方溜出来,做了一个静伏欲扑的姿势,遂钻过门槛不见了。柳子言不知怎么说出了一句:"有猫吗?"

"毛?"女人轻轻地惊了一下,明显地被平放在那里凭脉的手在骤然间发胀了。柳子言抬起头来,看见女人一脸羞红地说:"不多……稀稀几根。"

柳子言立即明白了女人的误会,暗暗叫苦了,怎么能提问这些无聊的话呢?女人在不得已回答了提问而要认定自己将是多么淫邪呀!凭着感觉,女人是喜欢了自己,起码可以说并不讨厌,方在没人干扰的空房里能让他凭脉,一旦认定了淫邪而反目,岂不同这可爱的女人连话也说不成了吗?柳子言赶忙解释:"我,我……"女人却在羞红脸面的瞬间被另一种东西所刺激,被凭脉的手握成了一个小小的软拳捶在他的肩上,嗔笑道:"你这是什么先生?你这是什么先生?"拢在头上还未完全梳理好的一堆乌发就扑散而下,摩抚了柳子言的额角和一只眼,以致在一副软体失却了平衡倒过来的时候,柳子言一揽胳膊,女人已在怀里了。

突如其来的变化,不期然而然,柳子言如梦中从高崖纵身跳下,巨大的轰鸣使心脏倏忽停息了,他疑惑着这是不是现实,又一次注视了在怀中已微闭了眼皮而嘴唇颤动的女人,头脑里极快地闪过这女人怎么就委身于我的问题。是真的钟情了我还是个淫荡的雌儿或者更有什么阴谋向陷害我?如果在怀里的不是掌柜的女人,是普通人家的待嫁的姑娘,这一切顺理成章的事情就会有了。但自己一个被姚家雇请来的贫贱之人怎么能干这种越礼违常的事体呢?正如苟百都所说,这是个饿慌了的娘儿们,这一刻里淫情激荡,为了满足自身而要他充当一个工具,作用如同一条狗吗?坦白的仍是纯洁童子身的柳子言这么一思索,笨拙得竟不知如何来处理了这女人。再一次看着女人,女人眼睛睁开了,燃烧着火一样的光芒,樱红的口里皓齿微开,一点香舌颤抖出没,柳子言的血又重新涌脸,将刚刚闪出的思索又都粉碎了。他把女人再次搂紧,潜意识里似乎明白面对着的将是一盏鸩酒,但鸩酒泛着嫣红颜色的美艳,使他只感到心身大渴。

柳子言把四姨太放倒在了床上,解开旗袍,女人竟根本没穿衬裤,白腴的肚皮上裹着一件艳红的裹兜。四姨太说:"不要看,你不要看!"柳子言松掉了裤带,却怎么也挺不起来。女人已经蛇一般地蠕动了身子喃喃不已,柳子言还是不能成功。他满头的汗,只狠劲地用手按了一下,立即提穿了裤子一脸羞红地走出门了。

出山的太阳已经灿灿地照着了半个房廊,院中枣树上落下一只翘尾的喜鹊在欢快地叫。小房里的四姨太在砸摔着茶碗,踢倒了凳子,随之一疙瘩东西从窗子里甩出,哭声就起了。柳子言看见了那是女人的红裹兜,兜带儿已全然撕断。

贼一样回坐到厢房的柳子言,心仍跳得守不住。他怨恨着自己的无能,原来是这样一个泪蜡头的男人吗?他想,虽然并没有从肉体上接触过女人的经验,但自己并不是这样呀,且现在又是多么刚劲有力,为什么那一时竟会那样呢?柳子言细细回想着刚才的场面,便听到了狗叫,去村前河里挑水的苟百都在房廊口喊："四姨太,你拦拦你的狗呀!"他就为方才的事件后怕起来,庆幸没有成功而避开了被人撞见的危险。到了这时,柳子言又怀疑了女人大天白日主动于他是不是故意要让家人发觉而加害他,最起码要使他免去踏坟地的报酬吧。或许女人的淫心激荡后而未能满足,恼羞成怒,待掌柜回来,又会怎样地指控着他强行奸淫的罪恶呢?

挨到了苟百都叫他说掌柜召见,柳子言站在掌柜的面前坐也不敢坐。

"坐呀,"掌柜说,"你给我踏了吉地,我说过要谢你的,这些银圆够吗?"这时候,柳子言看见了八仙桌上齐齐摆了五个银圆柱儿,森森放着豪光。

柳子言心放下来,他看着掌柜桃核一样的脸,脸上读不出什么阴谋和奸诈,便知道四姨太并没有告发他。他说:"我不收你的钱。能帮掌柜出些力我就满意了。"掌柜说:"那怎么行?总是补补我的心意呀,那么,你看着我家的东西,看上了什么你拿一件吧!"

柳子言的意识立即又到了四姨太的身上,遗憾着自己的失败,却同时为自己被艳丽的女人钟情感到得意和幸福。那场面的每一个细节皆一齐在甜蜜的浸泡下重新浮现,将会变作一袋永远嚼不尽的干粮而让柳子言于一生的长途上享用了。这么想着,却神忽他往,不禁心里又隐隐地发痛了,一个身缠万贯的财东的女人爱上了自己,一个家穷人微的风水先生,在背后是多么放纵着痴恋,却在她的赐予面前阴暗地审视着她的不是,这不是很耻辱的事吗,很下作的事吗?唉!唉!讲究什么走州过县地见了世面,讲究什么饱肚子的地理学问,屁!忧虑、怀疑、胆怯、恐惧,再也无法弥补地辜负掉怎样的一个清新早晨啊!柳子言扭头斜视了一下旁边的小房,门帘依然垂着,那女人并没有出来。"即使她出来送我,我还有什么脸面再见她呢?"柳子言盯起阳光流溢的厅外院子,院子里的捶布石下软着一疙瘩红,是女人发泄恼恨扔掉的裹兜。他终于说了:"掌柜是大财东,能到你家,我也想沾沾姚门的福气,如果掌柜应允,院子里的那块红布能送我,我好包包罗盘呢。"

掌柜在吉地上拱好双合大墓的第七天,久病卧床的姚家老爷子归天了,灵柩下埋在了墓之左宅。三年里,姚家的光景果然红盛,铺子扩充了五处,生意兴隆,洛河上的商船从南阳贩什么赚什么,北宽坪的四条大沟田畦连片,逃荒而来的下河人几乎全是姚家的佃户。逾过八年,姚母谢世,姚家又是一片孝白,双合大墓将要完全地隆顶了。

苟百都仍在姚家跑腿,仍是夜里不在房中放尿桶,数次起来去茅房要经过掌柜的窗下听动静,回来睡不着了,手淫下脏东西涂在墙上。姚母去世,依然要披麻戴孝的苟百都却不能守坐灵前草铺,也不可拿了烟茶躬身门首迎来送往各路来客,他是粗笨小工班头,恶声败气地差人垒灶生火,担水淘米,剥葱砸蒜。在龟兹乐人哀天怨地的唢呐声中,苟百都听出了别一种味道,为自己的命运悲伤了,他注意了站在厅台阶上看着出出进进接献祭品的四姨太,这娘儿们穿了孝愈发俏艳,他突然冒出一个念头:怎么死的不是姚掌柜呢!现在,苟百都被掌柜支派了去坟地开启寐口,苟百都实在是累得散架,但他又不能不去。背了镢头出门,经过四姨太身边,故意将唾沫涂在眼上,却要说:"四姨太,你别太伤心,身子骨要紧哩!"

四姨太说:"呸!苟百都,你是嫌我不哭吗?"

苟百都说:"我哪里敢说四姨太?其实老太太过世,这是白喜事。再说,老爷子住了吉穴使姚家这多年暴了富,老太太再去吉穴,将来姚家的子子孙孙都要做了官哩!"

四姨太说:"你个屁眼嘴,尽是喷粪,又在取笑我养不出来个儿吗?我养不出个儿来,你不是也没儿吗,要不,你儿还得服侍我的儿哩!"

苟百都噎得说不出话来,在坟地启寐口越启越气,骂姚掌柜,骂四姨太,后来骂到柳子言把吉穴踏给了姚家,又骂自己喝了酒提荐了柳子言好心没落下好报。整整半个早晨和一个响午,一个人将双合墓的宅右门的寐口启开了,苟百都索性发了恨:姚家发财,还不是靠这好穴位了吗,你掌柜有吃有穿,老得咳嗽弹出屁来,却占个好娘儿们,还想世世代代床上都有好×!一镢头竟捣向了严封着的左宅门墙,喀啦啦一阵响声,门墙倒坍,一股透骨的森气当即将他推倒,且看见那气出墓化为白色,先是指头粗的一柱直蹿上去,再是于半空中起了蘑菇状,渐渐一切皆无,苟百都死胆大,站在那里捋捋头发又走进去,那一口棺木尚完好无缺,蜘蛛则在其上结满了网,若莲花状,也有官帽状,官帽只是少了一个帽翅罢了。苟百都听人讲过,棺木上有蜘蛛或蚂蚁结网锈堆便是居了好穴,网结成什么,蚂蚁堆成什么,此家后辈就出什么业绩人物。而苟百都此时害怕了,他明白了他是在冲散了姚家的脉气,坏了姚家世世代代作威作福的风水,禁不住手摸了一下脖子,恍惚间看见了有一日自己的头颅要被掌柜砍掉的场面。但苟百都随之却嘎嘎狂笑了:"姚掌柜,姚老儿,苟百都不给你做奴了,我帮你家选的穴,我也可坏你家的风水的!"

姚家明显地开始衰败,先是东乡的染坊被土匪抢劫,再是西沟挂面店的账房被绑票,接着洛河上的商船竟停泊在回水湾不明不白起了火,一船的丝帛、大麻、土漆焚为灰烬。掌柜怨恨这是坟地散了脉气所致,一提起苟百都便黑血翻滚,提刀将八仙桌的每一个角都劈了。但逃得无踪无影的苟百都再没在北宽坪露面,只是高薪请了会"鬼八卦"的术士画符念咒,弄瞎了远在深山的苟百都的老娘的一只眼。

约莫三年,正是稻子扬花时节,掌柜在为其母举办了最后一个服孝忌日的当晚,与四姨太吵了嘴,闷在床上抽烟土,村人急急跑来说是在村前的稻菽地堰头见着苟百都了,苟百都一身黑柞蚕丝的柞绸,金镶门牙,背着一杆乌亮的铁枪。问:"苟百都,你回来了,这么多年你到哪儿去了?"苟百都把枪栓拉得喀啷响。问话人立即脸黄了:"嗅,老苟当逛山了?!"苟百都说:"你应该叫我苟队长,唐司令封我队长了!"唐司令就是唐井,威了名的北山白石寨大土匪,问话人赶忙说:"苟队长呀,怎不进村去,哪家拿不出酒也是有一碗鸡蛋煎水呀!"苟百都说:"我等个人。"问:"等谁呀?"苟百都躁了,骂:"你多嘴多舌要尝子弹吗?没你的事,避!"掌柜听了来人的述说,跳起来把刀提在手里了,又兀自放下,一头的汗水就出来。掌柜明白了铺子遭抢、商船被焚的原因,也明白了当了土匪的苟百都在村口要等的是谁了,立时脸色黑灰,拉了四姨太就走。四姨太说:"我就不走,苟百都当年什么嘴脸,不信他要打我?!"掌柜翻后窗到后坡的涝池里,连身蹴在水里,露出的头上顶个葫芦瓢。直到苟百都在天黑下来骂句"让××的多活几天"走了,来人方把掌柜水淋淋背回来。

又是一夜,人已经睡了,北宽坪一片狗叫。村口瞭哨的回报苟百都又来了,是四个人四杆枪。掌柜又要逃,大门外咚地就响了一枪,苟百都已经坐在门外场畔的石碌子碾盘上。不能再逃的掌柜心倒坦然起来,换了一身新衣做寿衣,提上灯笼出来说:"哪一竿子兄弟啊?哎呀,是百都贤弟!多年了,让哥哥好想死你了,你怎的走时不告哥哥一声就走了?今日是来看哥哥了?"

苟百都说:"听说北宽坪来了几个蠡贼,唐司令要我们来拿剿的,蠡贼没害扰了掌柜吧!"

掌柜说:"有苟队长护着这一带,蠡蠡贼还不吓得钻到地缝去!来来来,把兄弟们都让进屋来,今日正好进了几板烟土好过瘾呀!"

苟百都领人进了屋,还是把鞋踢脱了仰在躺椅上,急去抽那烟土,一抬眼却愣住了。四姨太从帘内出来正倚着门框,一腿斜立,一腿交叉过来脚尖着地,噗地就吐出一片嚼碎的瓜子皮儿。苟百都说:"四姨太还是没变样儿!我记得今日该是老太太的三年忌日,四姨太怎没穿了更显得俏样的孝服呀?"四姨太说:"百都好记性,知道老太太今日过三年?!"掌柜忙责斥女人没礼节,应给苟队长烧颗烟泡才是。四姨太仍是嚼着瓜子,款款地走近烟灯旁了,苟百都便伸手于灯影处拧女人的腿,女人一趔趄身子将点心盘子撞跌,油炸的面叶撒了一地。苟百都忙要去捡,四姨太说:"沾土了,让狗吃吧!"一迭声地唤起狗来。

苟百都在女人面前失了体面,脸色就黑了,说:"这虎儿还听四姨太话儿!"顺手抓过枪把狗打得脑门碎了。枪一响,满厅药烟,姚家上下人都失声慌叫,掌柜笑道:"打得好,咱们口福都来了!今晚吃狗肉喝烧酒,这狗皮你百都贤弟就拿去做了褥子吧!"

苟百都却懒懒地说:"今日不拿,你让人将皮子熟了,改日送到白石寨就是。"

熟好的狗皮送去,苟百都捎回的口信是:苟百都再不要掌柜的一分一文,只想和姚家认个亲哩,如果把四姨太嫁给他,掌柜也永远是苟百都的仁哥哥。

十天后,得了红帖的苟百都真的骑了一匹披着彩带的黑马来到姚家。苟百都就把四姨太抱上马背,自己也骑上去,回头对掌柜拱拳道:"仁哥哥留步吧!"四姨太却说:"老当家的,我要走了,夫妻一场,你不再来给我整整头吗?"掌柜突然老泪纵横,过来要抱了四姨太痛哭,女人却一口唾沫唾在他脸上骂道:"呸,老龟头!你就这么让姚家的一个跑腿的抢了老婆吗?!"掌柜昏厥在台阶上。

一匹油光闪亮的乌马像黑色闪电一般地驶过了北宽坪,晨霭浮动,河蛙乱鸣,丑陋而剽悍的苟百都在这个美丽的早上并没有奔上白石寨,他为巨大的快乐所激荡,纵马在河川道的石板路上无目地疾驰。直待到火红的太阳一跃跳出山巅,马已经通体淌汗,他才揽了缰绳,往五十里外的老家而去。身子发热,那一顶黑绒红顶的礼帽不知滚落在了哪一丛草中,敞开褂子,风摆旗般地啪啪直响,而锃亮的长枪斜背身上,枪带已紧勒进一疙瘩一疙瘩隆起的胸肌里。浑身被汗浸得热腾腾酸臭的汉子,一手牵着缰绳,一手死死地搂着面前的女人,女人像蛇缠住了一样无法动弹,先是不停地惊叫,再后便被颠簸和胳膊的缠裹所要窒息,迷迷糊糊,只剩下一丝幽幽喘吟。

"四姨太,"他说,"不!不不,你终于是归于我的娘儿们,你是我的老婆!你哭吧、闹吧,踢我的肚子,咬我的胳膊吧,我就喜欢你这个烈性子雌儿!你唾那老家伙一口实在解气!你这么闹着也实在解气!你知道吧,在我给姚家当使唤的年里,我每夜叫着你名字入睡,你可宁去抚摸狗不肯伸给我一个指头,现在你却是我的老婆了!"

女人从昏迷中知觉过来,她的后脖子被苟百都的嘴吻咬着,涎水湿漉漉顺脖流向后背,那一只蒲扇般粗糙的手扼着她的左乳,且有两个指头在掐着乳头。她知道她现在是一只小羊完全被噙在了一只恶狼的口中,在姚家十多年里,不能说没有吃好和穿好,但她厌恶着干瘦无力连胡子都不扎人的掌柜,她因此而使尽了执拗性子,摔碟打碗,耍泼叫喊,想象着她能在一种强有力的压迫下驯服和酥软,如今这土匪苟百都给了她这种强力,她却是这么恐惧和悲伤!往昔受她戏弄的人,面孔丑陋,形状肮脏,那么在往后,也就在今日的晚上,他竟要趴上自己的身上吗?她后悔在掌柜极度痛苦的决定后,她竟如释重负又怀有一种幸灾乐祸的心情所发出的笑声,也后悔今天早上没有悄然遁逃或撞柱而死反倒顺从地被苟百都抱上马背！女人在这时,感觉却回到了姚家,可怜起那个瘦弱的财东姚掌柜了,遂一口咬住了扼着她左乳的那只手,血从嘴角流下来。苟百都一松手,她迅疾地扭转身,啪,啪,啪,将耳光扇在了那一张毛孔里溢着油汗的丑脸上,骂:"你是什么猪狗,你能娶我吗？你这洗不白的黑炭！你尿尿都是黑水！"

苟百都被这突兀的打击镇住了,一时出现了在姚家跑腿时的下贱呆相。但刹那间,这土匪丢开了马缰绳,一手按住了女人的下颌,一个勾拳向她的腹部打去。这一拳打得太重了,女人呀地在马背上平倒了上半身,呼叫着,喊骂着,四肢乱踢乱蹬。苟百都按着,看见勾拳打下去时指上的戒指同时划破了肚皮,一注奇艳无比的血蚯蚓一般沿着玉洁的腹肌往下流,这景象更加刺激他的兴奋了,浑身肌肉颤抖着,嘿嘿大笑,像在案板上扼住一只美丽的野鹿,一刀刀割破脖子而欣赏四条细腿的挥舞;如逮住了老鼠浇上了油点着放开,看着在尖厉的叫声中一朵焰火飘动。苟百都就这么慢动作地扯开了女人的裤带,剥开了女人的衣裤,将身子压下去。

马还在跑着,受惊似的几乎要掠地而飞。犬牙相错的山峰在跳跃中纷纷倒后,成群的蚂蚱于马蹄下溅来在枪托上留一个绿印而瞬息不见。苟百都张大了嘴发出怪叫,在女人的身上终于结束了自己一段漫长的历史,女人肚皮上的血也同时沾上他的胸毛,干痂成一片,揩也揩不掉。受到了前所未有的震撼的女人,如风中的柳树曾经左倒右伏,但就在几乎一时要摧折了之际,又从风中直立而起,在无数的反复冲击中则不期然而然地享受了柳之柔软性能和死去又活来的快感。她终于在马放慢了步伐悠悠而行的时候,一句话也说不出来,作为一个女人,毕竟是一个女人,再也没有了在姚家的掌柜面前的泼悍和任性,她说:"你真是个土匪!让我到河边去,我要洗洗。"

苟百都停住了马,放她而下,苟百都俨然已成为一个伟丈夫,并不防备她逃走,懒懒地看着头上的太阳闪耀光刺,看着女人走到河边双手掬水再让水从指缝漏下,银亮亮如撒珍珠。水里落着女人的影子,女人一定疑惑了水流得活活,而影子却长了吸盘的鱼一样静沉河底。她蹲下去,似乎在小解。却撩水洗起下身,像要把一切都洗掉。

这时候,河对岸的一条小沟里,山路上踽踽地走下来一个人。路细乱如绳。女人看了一眼,提了裤子又垂头洗脸,觉得那人是牵着绳从沟垴下来的,或是绳拉他而来的。但那人在河边站定了,惊疑地哦了一声,随之叫道:"四姨太!"

从水皮面上传来的叫声并不高,且颤颤地如水溅湿了发潮发沉,女人却倏忽间蜂螫一般地冷丁了。多熟悉的声音,又多陌生的声音,多少多少年里只有在睡梦里听到,醒来却茫然四顾而慢慢麻木淡忘以致重重遗失得没了踪迹的声音,如远山里吹来了一缕微风,如大海的深处泛上了一颗泡沫,她的一根神经骤然生痛了。她再一次看着那人时,马背上的苟百都已经认了出来,张狂喊道:"柳先生!咋就在这碰着柳子言你狗×的哥了!"

柳子言在喊声中看到了马背上背了长枪的苟百都,他要从河水面上跑过来的腿僵硬了,木桩似的戳在沙里:"是苟百都呀,听说你当粮子逛山了,是唐井的队长了,果然是,你这是往哪儿去呀?"

苟百都说:"柳子言,我告知你,我今日娶了老婆了,你该是第一个恭贺我的人!"

"娶了老婆?"柳子言看着苟百都在太阳下咧着金牙的嘴,他想戏谑了。"娶的是哪一位,能压了寨吗?"

"你瞧瞧,你叫过她四姨太的!"苟百都说。

女子已经立起身,隔河望着柳子言。望着依旧着长袍短褂背着褡裢的柳子言,他虽没了往昔的年轻,但英俊依然!女人张开了嘴,感觉到一颗心跳到喉咙了,噎了噎却并没有吐出来,她注视着柳子言听到苟百都娶了她的话后的表情,果然笑容陡然硬在脸上,喑哑了似的长久地没有说话,脚下的松沙在陷落,水汪上来湿了鞋面裤管,人明明显显地矮下去了一截。"柳先生!"她叫了一声,但她的耳朵并没有听到她的声音;柳子言也没听到,却怔怔地瞧她一眼,那是多么悲惨的一眼啊!

"娶了四姨太?"柳子言对着苟百都,声音已变调了,"你是枪打了姚掌柜?!"

苟百都说:"娶亲是吉利事,怎么能杀人呢?好女人就不兴咱×吗?"

柳子言勾了头就走,却忍不住还看一下河这边的女人,踉跄而去,石头就无数次地将他绊倒,绊倒了爬起来还是走。

艳阳下女人身子摇晃着返回来,说:"走吧。"牵着苟百都的手上了马背。苟百都笑骂一句"柳先生",一松缰绳,嘬嘴吹着口哨,马嘚嘚嘚地跑起碎步,伴响起风前的鸟叫,流水的鸣溅,再一揽胳膊重新要箍了女人的腰,女人突然锐声说:

"我要柳先生!"

苟百都勒了马:"你要柳子言?"

女人反转了身来再说一句:"要柳子言!"更直直看着苟百都,随之噘了小嘴,将两道尖眉也翘挑了。粗悍的土匪在短暂的疑惑中为女人的变化无常的脾性开心了,这是真正成为自己老婆后的一种要强吧,在姚掌柜面前那种四姨太式的泼劲重演,是女人终于从哭闹而转为顺悦的标志吧!苟百都喜欢女人像烈马般地暴躁而在降伏过程中得到快愉,同时也喜欢在降伏之后马时不时抖抖臀部,耸耸耳朵,或者毫无缘由地喷一个响鼻。"你要柳先生,看上他那小白脸吗?"他也来了调侃。

女人说:"柳先生是咱见到的第一个熟人,他没有祝福咱们一句话,你就让他走了?"

苟百都觉得妇人言之有理,扭转马头,柳子言已经离他们很远了,便举枪在空中啪地放了一枪,枪声很脆,震动着河谷,踉踉跄跄的柳子言在突兀中惊跌在地,并没有立即爬起来,枪声震掉了崖头上的松石哗哗啦啦掉下来的时候,也震掉了一时涌在心头的懵懂,顿时清醒于往事的追忆。多多少少的岁月,他离开了姚家,再没有遇见过像四姨太美艳又钟情于他的女人,谁能在踏过风水之后还器重一个贫贱的风水先生呢,没有的,愈是为自己的命运悲哀,愈是为失掉了四姨太的情爱而痛惜。一件记载着女人的懊恼和怨恨的红绸裹兜,便一直视为定情物贴身穿在自己的童子体上,他细细感受着红绸裹兜的柔软,体会着红绸裹兜穿在女人身上时的情形,就不免有一阵幸福的晕眩。他曾经数次徒步赶到北宽坪来,希望能再见到一次四姨太,如果四姨太提着瓦罐在泉边汲水,他会将她从泉台上抱起而不管了瓦罐摔成七片还是八片;如果在山坡上见到捡菌子的四姨太,他会将她放平于蒿草之中,并使蒿草千百次晃动不已。柳子言的暗恋放诞了奇异的光彩,一看见了北宽坪后的山崥上的那个古战场残留的石堡,就心身皆进入恍惚之境,觉得曾经是有一个夜晚,月色清丽,空气甜润,他们携手登上石堡,一任小小的窗洞里风呜呜长鸣,也一任露水湿了他们的睫毛也打湿了鞋袜和裤腰,静静地躺过了千年百年……但是,每一次山下村庄的鸡犬之声破碎了他的幻想,远远看见了姚家炊烟直上的屋宅,他却不敢再走下去,落泪独坐,几次已疑心自己是风化成一块石头了。

这日葫芦峪有人家请去踏坟地,葫芦峪可以从另一条沟直达,脚仍是不自觉地拐进北宽坪的山路,他愿意多绕道数十里看看心爱的女人居住的地方,谁知女人竟一河之隔,活生生的,就站在他的面前!

令柳子言悲惨的是女人竟不再是姚家的四姨太,她成了逛山土匪的老婆!在柳子言的意识深层,他爱着这女人,但这女人真正要成为自己的老婆长年相厮那纯是远山头上的一朵云,登上山头云则又远。他们的缘分恐怕只是一种偶然的相遇相爱,因此,在痴恋转为暗恋的漫长日月中,柳子言不管怎样跋涉到北宽坪的山上希望去见到四姨太,到最后都将是一种单相思。唉,自己就是这般的薄命,只能在盐一样的生活中把她的身影腌咸了,风干了,在孤独寂寞中下酒吧。问题就在于,女人是姚财东的姨太也好,是另一个什么官家的娘子也好,他柳子言有什么办法呢?可现在女人成了黑皮臭肉的苟百都的老婆,却实在无法接受!粮子,逛山,土匪,就全凭那一杆能喝血吃肉的长枪吗?当苟百都向他炫耀,一脸的恶肉刷漆似的油亮,他恨不能一个石头砸过去,砸出个五颜六色的脑浆来,但面对着高头大马和乌黑的枪管他惧怕了。柳子言的泪水倒流肚里,为女人伤心了,为孱弱的自己伤心了!他不愿多停留,在丑陋的苟百都面前的无能比那一次面对着女人的无能更使他羞辱,再不要让钟情过他的女人看见他了!

一声枪响,使他跌倒了,蓦然间他估摸这一枪是苟百都打向他的。女人现在既已做了苟百都的老婆,瞧着自己无能的样子是不是感到可怜可笑,不经意中会把过去发生的事情失口泄露于她的匪夫吗?土匪毕竟不是守财的姚掌柜,一定不允许一个风水先生曾对他的老婆做过的事体。

马蹄腾着沙石过来了,苟百都在喊:"你站住,站住!"柳子言猛然之间翻身而跑,苟百都愈发怒了,开始叫骂,马匹一个飞跃,几乎是掠过柳子言的头顶落在了他的面前。柳子言准备死去。

"苟百都,你要打死我吗?"他说。

"你跑什么?"苟百都说,"我的老婆要给你说话的!"

柳子言吃惊了,他看着女人,女人从马上跳下来向他走。女人站在了两丈外的一株细柳下,一头乱发飘拂,蓬蓬勃勃如燃烧的黑色火焰。

"你没给我说一句话,你就走了?"她说。

"恭喜你。"他说。

"你再说一遍!"

"你要做压寨夫人了,我恭喜你。"

女人嘎嘎地怪笑着靠在了细柳上,细柳负重不了,剧烈地摇晃了。

柳子言掉头又要离去。

"你就这么走吗?"女人突然地厉声嘶叫,手抓住了细柳上的一枝,竟将枝条扳下来,凶得像恶煞一样扭曲了五官。"你就会走吗?你一辈子就会乌龟王八一样地走吗?!"

当女人发疯地扑上来,柳子言不知所措地呆住了,倏忽间柳枝劈头盖脸抽下来,啪啪啪声响一片,柳叶碎纸般满天皆是了。柳子言没有动。他知道今日是丢命了,与其死在苟百都的枪下,还不如被心爱的女人活活打死!他感觉到的并不是疼痛,女人手中的也不是柳条,是锋利无比的刀,在一阵迅雷不及掩耳的砍杀下,他似乎还完完整整,瞬间则一条胳膊掉下去,另一条胳膊也掉下去,接着是头、颈、腰、腿,一截一截散乱了。女人喘着粗气无休无止地挥动枝条,留给了柳子言满脸的血痕,一截截柳枝随着一缕缕头发飞落在水面,终于只剩下一尺余长的了,仍不解恨,哗啦一下撕裂了他的褂子,赤身上露出了那红绸裹兜,女人呆住了,软在地上,号啕哭起来了。

遍身是伤的柳子言与女人倒在沙窝,泪水和鼻涕一齐递出之际,蓦然明白了一个女人的心。女人竟还在爱着他!感激之情油然生出,珍视着从自己脸上流下来的血滴在河滩的石头上溅印出的绮丽的桃花,他要弯身扶起哭倒在面前的女人了。苟百都却以为柳子言欲反击自己的老婆,在马背上吼道:"柳子言,你敢动我老婆一个指头吗,我一枪敲了你的脑壳!"柳子言高傲地抬起头,说:"我哪儿能打了她?苟百都,我现在正式恭贺你了!"苟百都笑了:"你早这么说就好了!你现在可以走了。"但柳子言没有走。女人说:"我不让他走!"苟百都说:"柳子言,你听见了吗?她不让你走,你就给她下跪再道个万福吧!"女人说:"我要让他和咱们一块走!"苟百都疑惑了,眉头随之挽上疙瘩。女人说,"柳先生能踏坟地,怎不让他同咱们一块回家去踏个坟地,你不指望我将来的儿子不要像你一样半辈子给姚家跑腿吗?"苟百都哈哈大笑起来:"说得好,说得好!柳先生,苟某人就请你为苟家踏吉地了,姚家有钱,能赏你一桌面银圆,苟某人有的是枪,会抢一个女人给你的!"

三个人结伴而行了。

先是苟百都和女人同骑一匹马,马后步行的是柳子言,小桥,流水,古木,巉崖,女人不停地就遗落了手帕要柳子言捡了给她,或是瞧见一树桃花,硬要柳子言去折了她嗅。行过三里,马背上的女人便叫苦马背上颠簸,一身的骨头都要散架了,苟百都便命令柳子言背着她:"你不悦意吗?不悦意也得背!"柳子言巴不得一声唤。女人双手搂了他的脖子,树叶一般飘上背来,立即感觉到了绵软的肉身热乎乎地如冬日穿了皮袄。哎呀,女人的香口吹动了一丝暖气悠悠在后脑勺了,女人耳后别的一撮柔发扑散了前来抚摩着他的额角了,柳子言重新温习了久久之前的那一幕的情景,他不知道自己是载负了重量行走,还是被一朵彩云桊着在空中浮飞。当半跪在背上后来又换了姿势的女人将两条腿分叉地垂在了两边,柳子言紧紧反搂着一双胳膊,眼睛就看见了两只素洁的肥而不胖的红鞋小脚,呼吸紧促,噎咽唾沫。洋洋得意的苟百都在马背上又吹起口哨。柳子言终于腾出手来把那脚捏住了,捏了又捏,揣了又揣,乐得女人说一句"生了胆了!"苟百都看时,女人用手指山崖上一只在最陡峭处啃草的羊,而同时另一只手轻抠起柳子言的后心了。

到了过风岔,苟百都的家就在岔垴,三间石板和茅草搭就的屋里独住着瞎了一只眼的老娘。山婆子见儿子冷不防地带回一个美妇,喜得没牙的嘴窝回去,脸全然是一颗大核桃了。举灯将女人从头照到脚,悄声对儿子说这婆娘是从哪儿拾掇来的,屁股好肥,是坐胎的坯子,只是奶太端乍,将来生了娃娃恐怕缺了奶水子吃。天一黑,柳子言被安置到屋旁的旧羊棚里歇息,女人才过来看他,苟百都便也过来扔给了一个缝了筒儿装塞着禾草的老羊皮,说:"你要孤单,搂了它睡吧。"一弯腰将女人横着抱到草房东间的土炕去了。

幸福了一路如今又被抛进冰窖和油锅受水火煎熬的柳子言,掩了柴扉,静听着山里的鸟叫。鸟叫使夜更空。石磴上插着的松油节焰也不旺,直冒起一股黑烟,柳子言想,这烟也是松油节的气吗,燃不起焰就只是生黑烟吗?躺卧在深山破败寂冷的旧羊棚里,自己背了来的女人却在了一墙之隔的炕上,这是与那个女人算什么一种孽障啊,而苟百都呢,一个黑皮土匪,今夜里却搂了爱自己的恁个美艳的妇人在自己旁边,这真是天下最残酷不过的事情。这样想着的柳子言,随手咚的一声,抛过褡裢将那个松油节打灭掉了。

石板房里,传来了苟百都熊一般的喘息声,间或有女人的一声"啊"叫,睡在房西边炕上的山婆子开始用旱烟锅子敲着柜盖了,问:"百都,你怎么啦?你们打架了吗?"苟百都回话了:"娘,睡你的!你老糊涂?!"后来,一切安静,老鼠在拼命地咬噬什么,柳子言听见石板房门在吱呀拉响,女人嚷着拉肚子,经过了旧羊棚,就蹲在棚门外的不远处。隔着柴扉的缝儿,柳子言看不清她的眉脸,一个黑影站起又返回房中去了。一次如此,二次又如此,柳子言知道了女人的用意,她并没有闹什么肚子,她冒着寒冷为的是经过一次旧羊棚来看看他了!柳子言的眼泪潸然而下,他把柴扉打开,他要等待女人再一次来解手,但女人重新蹲在了旧羊棚门外,他刚要小声轻唤,野兽一般的苟百都却不肯放掉一刻她的肉体,赤条条地跑出来一等她解了手就抱她回去。

翌日,同样是消瘦了许多的三个人在门前的涧溪里洗脸,柳子言在默默地看着女人,女人也在默默地看着他,飞鸟依人,情致婉转,两个眼睛皆潮红了。早饭是一堆柴火里煨了洋芋和在吊罐里煮了鸡蛋,苟百都只给柳子言一颗鸡蛋吃,便爬上屋前槐树杈去割蜂箱中的蜜蘸着鸡蛋喂妇人。女人说:"我是孩子吗?你把你鼻涕擦擦!"苟百都的一珠清涕挂在鼻上,欲坠不坠,擦掉了却抹在了屋柱上。女人一推碗,说:"柳先生,你吃我这些剩食吧,我恶心得要吐了!"柳子言端过碗,碗里卧着囫囵囵五颗荷包蛋,心里就千呼万唤起女人的贤惠。

柳子言有心给出土匪的苟家踏一个败穴,咒念他上山滚山下河溺河欹了刀的打了枪的得病死的没个好落脚,而苟百都毕竟在姚家时跟随诸多风水先生踏过坟,柳子言骗不过他。"你要好好踏!"苟百都警告说,"听说吉穴,夜里插一根竹竿,天明就能生出芽的,我就要生芽的穴!"柳子言踏勘了,苟百都真的就插了竹竿,明天也真的有芽生出,苟百都喜欢了,提出一定要亲自送他走二十里山路回去。柳子言又得和女人分别了,女人说:"柳先生,你现在该记住我家的地方了,路过可要来坐呀!"苟百都说:"是的,苟某人爱朋友。"女人送着他们下山,突然流下泪来,说:"山里风寒,小心肚子着凉呀!"柳子言按按肚子,感觉到了那肚皮上的裹兜,苟百都就笑了:"瞧,一时也离不得我了! 柳先生,你不知道,有娘儿们和没娘儿们真不一样哩!"

苟百都真的把柳子言送出了二十里,到了一座山弯处,正是前不着村后不靠庄,苟百都拱手寒暄柳子言是苟家的恩人,永远不会忘了,柳子言喉咙里咕哝着一个谢,爬上山坡去。差不多是上了坡顶,苟百都掏了一颗弹丸儿,在鞋底上蹭了又蹭,还涂了唾沫,一枪把柳子言打得从坡的那边滚下去了,说:"苟百都有了美穴,苟百都就不能让你再给谁家踏了好地来压我!"

已经是一年后的又一个初夏。苟百都已不再是昔日的苟百都,黄昏里蹶在前厅后院的新宅前,举枪瞄一棵山杏树上的青果子打,打下一颗就让妇人吃一颗,得得意意又说起柳子言踏的坟地好。可不是吗,自滚了坡的老娘白绫裹了葬在吉穴,他不是顺顺当当就逃离了白石寨,竖了杆子坐山头,他唐井是司令,咱也是司令嘛! 做了司令就有人买司令的账,这不就一院子的青堂瓦舍吗,不就有大块的肉,大碗的酒,苎麻土布,丝绸绫罗,连尿盆不也是青花细瓷吗?妇人在姚家那么多年,生养出个猫儿来吗?没有,现在凸了肚皮,一心只想吃个酸杏,这狗×的柳子言真是好本事!

女人听厌了苟百都的摆阔,扭头起身回屋坐了。她不能提柳子言,柳子言就是一枚青杏果,一提起心里便要汪酸水。柳子言为苟家踏了好风水,柳子言却恁地再不照面过风岔!不爱着的人,狼一样地龇牙咧嘴敢下手,爱着的人却是羊羔似的软,红颜女人的命就是这等薄了?!

哀怨苦命的女人,只有独坐在后窗前凝视林中月下的青山。青山是那么照人的明艳却不飞扬妖冶,白杨林子是那么庄严又几多了超逸,但青山与杨林的静而美、美而幽、幽而哀的神意实在不容把握。这样的月夜里,是决不要听到枪声的,白石寨的土匪一来,枪支并不比唐井多的苟百都就要着人背她先去山峰顶上的石洞里避藏了。石洞里凿有厅间卧间的粮仓水房,洞外的光壁上石窝中装了木橛架了木板,人过板抽,唐井的子弹爆豆般地在洞口外的石崖上留一层麻点。这样的月夜里,也是不要狗吠的,一条狗吠起,数百条吠声若雷,苟百都的喽啰回山了,鼓囊囊的包袱摊在桌上,黄的铜钱,白的银圆,叮叮当当抓着往筐里丢,同时在另一处的幽室中就有了一个呻吟的绑了票的人。这样的月夜里也是不要酒的,喝得每一个毛孔都散着酒气的苟百都就又要得意于他的艳福,想象着皇帝老儿该怎么淫乐,把炕席揭了,撒上豌豆,放上木板,使行房事晃悠如在船舟。今夜的月下,就只让女人静静地临窗坐吧,恨一声柳子言你哄了我,骗了我,一架蓬萝开了耀眼的葫芦花就是不见结葫芦!但终在一个月夜,女人看到了窗外不远的涧沟畔上的一株钻天的白杨,白杨通身生成的疤痕是多么活沷的人眼哪。这眼就是柳子言的眼,原来柳子言竟天天在看着她!女人从此天天开了窗户,一掰眼就看着他的眼睛在看她。但是看着她的只是眼睛还是眼睛,柳子言,你到哪儿去了,真的再也不来了吗?婆婆的泪水溢满了女人的脸面,女人最终把双手抚在了突出的肚腹上,将一颗慈善的心开始渐渐转移到了未出世的儿子身上,说:"你将来要当官的,真的,娘信着柳先生的本事,你也要信哩!当了官你就要天南海北地寻了他回来!"

柳子言其实并没有死。

一颗子弹打了来,那涂了唾沫的炸子儿当即炸断了一条腿在坡顶,而柳子言血糊糊滚落到坡那边的一蓬刺玫架里了。一位砍樵的山民背回了他,他央求着说他可以禳治这一家祖坟使主人从此家境滋润而收留他养伤,便开始了整整半年的卧床未起的生涯。半年里,北瓜瓤子敷好了断腿的伤口,他单足独立,再也不能爬高下低地跑动了。被抬回到老家去拄了拐杖学行走,一次次摔倒在地,磕掉了两颗门牙,终于能蹒跚移步了,就常倚残缺的石砌院墙看远山如眉,听近水呜咽,想起那一个自己答应过要去见的女人。但他独足去不了过风岔,他没有枪,他对付不了土匪苟百都。

夏日正热,于堂前的蒲团上坐了燃香敬神,祈祷着思念中的女人能大吉大安的柳子言,听到了一阵异样的脚步声,回过头来,一副滑竿抬进门,下来的竟是仍没有老死的姚掌柜。掌柜一脸老年斑,给柳子言拱拳了,说找了先生数年,一会儿听说先生遭苟百都的害了,一会儿听说先生还活着,他无论如何要亲自来看看,果然先生还这么年轻这么英俊,竟好好的嘛!柳子言无声笑了笑,就站起来,一条腿没有了,惊得掌柜忙扶住他,日娘捣老子地骂那土匪苟百都,"苟百都害了你害了我,他是咱俩不共戴天的贼啊!"柳子言又一次被掌柜请去北宽坪重新踏风水了。但他不是骑了驴子,他坐在背篓里雇人背着。

旧地重游,柳子言坐在了女人曾经赐给他情爱的那个小房里失声痛哭。掌柜问他伤了什么心,他说想起了四姨太,还是这间房,还是这把椅子,却再见不到四姨太了!掌柜遂也老泪流出,劝慰柳先生不必为她难受,说四姨太好是好,再也寻不到她这般俏眉眼的娘儿们了,可毕竟现在是土匪的婆子,他掌柜也不为她哭坏身子了。柳子言说:"你知道她的近况吗?"掌柜说:"我只说她被抢了过去不是拿剪子捅那土匪,也得触柱死去,她竟旺旺活着!听人说她出门,后边有两个护卫跟随,真真正正是土匪婆子了!"柳子言心里愤愤起来:一个家有万贯的财东,一个不该娶少妇偏娶了少妇的老头,你拱手把四姨太献给了土匪,却要怨怪四姨太没有在新婚的夜里触柱死亡,得一个贞节的名号!这也算一个与四姨太十余年的丈夫,算北宽坪地方的绅士吗?对着并不慈善的掌柜,柳子言收回了对他遭到苟百都的迫害的同情,也全然坦然了多少年里总有的一丝对他不起的心思。厌恶起掌柜的柳子言这么骂着一个男人的歹毒,却也从掌柜身上看见自己的丑恶,骂起自己不也恰恰和这枯老头一样没有保护了那个女人吗?女人原来不爱掌柜,况且掌柜人也老了,而自己呢?柳子言扭头看窗外,窗外的枣树还在,他不禁戚戚感叹:"今年枣树上没干枣了。"

"枣树上哪儿还会有干枣的?"掌柜干笑了一下,忽问起一个问题来,"柳先生,听说苟百都也占了一处吉地?"

柳子言说:"那也算一块吉地吧。"

掌柜说:"那他还要有大气数吗?你知道吗?为了占那吉地,他是将他娘掀进沟里跌死,对外说是失了足……哼,一个瞎眼山婆子能守得住?!"

柳子言说:"甭提土匪那一宗了,柳子言会给你再踏出一块好穴位迁埋骨殖的。"

掌柜连声就呼着丫头,催问酒温好了没有,又说柳先生这次来不必着急踏勘,先喝三天的醉酒,姚家大院中的这些使唤丫头喜欢上哪一个了就只管招呼了去伺候你。

柳子言也真的这一顿酒吃醉了。

就在柳子言醉吐了一定要掌柜来打扫着秽物的时候,一个爆炸的消息传到了北宽坪,说是苟百都被龙抓了!掌柜一把搂住了也被惊得酒醒的柳子言长一声笑,短一声哭,夸讲着天神之公道,也夸讲土匪早不死迟不死偏在柳子言要重踏坟地迁葬父母骨殖的今日而死,这定是将要踏出的美穴预先兆应了。两个人已经听报信人说过一遍苟百都被龙抓的经过,却仍要再说一遍又说一遍,确确实实地核证了这一切皆是事实。威风着方圆百里的苟百都是在前三天下山到黑龙口坪坝里的一家财东炕上抽烟土,已经抽过三个时辰仍不过瘾,他眉飞色舞地给财东和另几个土匪讲他的英武。说唐井派人来杀他,此人枪法好,刀法也好,却不知他苟百都是怎么个人物竟使唐井也奈何不得！那人来了,他枪也不带刀也不挎,端了火盆在门口吸旱烟哩。来人问:"谁是苟司令?"他说了:"我就是苟百都,伙计,来吸一锅子吗?"来人说:"嗬,原来是黑皮八斗瓮!"他说:"是长得差些。"还是低头吸他的烟。烟灭了,用手在火盆里捏一颗红炭按在烟锅上,来人眼就看直了。点燃了烟叶取下火炭,火炭没放在盆里却放在了膝盖上,膝盖上的肉就嗞嗞响,再说一句:"这烟叶真香,你真不吸吗?"来人就跪倒在地了,说:"苟司令你是条汉子!要么你砍了我的头,要么我跟你吃粮!"那一把短刀就摔在他面前了。在座的财东说苟司令就这么收了来人了?苟百都说,屁!当粮子逛山不敢杀人我要他干啥?拾起来人的刀在眼前看锋刃,说句好刀口哩,忽地一下砍下来人的头。头因为掉得太快,那眉眼儿还在笑笑的,就再割了鸡巴塞在嘴里差人直送白石寨去了!在座的皆土色了脸面,苟百都就哈哈大笑,笑未毕,屋外忽然天变,一朵云停在屋当顶,接着嘎嘟嘟一个炸雷一道电光打开窗子冲进来,众人全都震昏了。待眼目睁开,屋里一切完好。唯独不见了苟百都,急奔出门,空中咚地掉下个黑炭来,苟百都烧焦成二尺长。掌柜又是一串大笑,突然说:"可惜了,可惜了!"报信人说:"掌柜说土匪死得可惜了?"掌柜说:"听说他有两颗金牙,花了大钱镶的那金牙就烧化了!"报信人说:"哪里就烧化了,他的喽啰敲了金牙才用白布裹了苟百都,正为了这事,他们不敢回去见那四姨太,不不,见那匪婆了,才一哄都散了,苟百都的尸首还是那家财东埋了的。"掌柜说:"你说得对,是四姨太,今日晚上我就要去过风岔接回那娘儿们,回来了你还叫她四姨太!"

姚掌柜匆匆去张罗要接四姨太的事宜了,留在厢房里的柳子言却仍在为突如其来的喜讯震得说不出话来。四姨太,那个心爱的美妇人竟然还能再次一见吗?他不能不感慨这是怎么的一种缘分啊!当掌柜领了一班人灯笼火把去了过风岔,柳子言的死而复生般的惊喜却遂被另一层为自己和那女人的悲哀代替了,一个逃离了老朽去当了三年的压寨夫人的四姨太,到头来又回到朽而又朽的老头的炕上,那女人就是因为长得太美吗?每一次像猎物一样被狼叼来叼去,又每一次偏让柳子言遇着,短暂的相会,留下的竟是长长久久的悲伤和凄凉,这是对那可怜女人的残忍呢还是对为此而残废了的柳子言的残忍?!那么,自己对一个可望而不可即的女人的爱恋是一种自寻的罪过了,就不要再把这种罪过同时带给那个女人吧。这么想了一夜,发起了高烧的柳子言终于决定在四姨太被接回时绝不去见她,眼不见心则不乱,让她度过她半后世的清静岁月吧。

天稍稍发亮,柳子言收拾了褡裢,扶杖而走了,但门前的土场上一副滑竿急急抬了过来,他看见了坐在滑竿上面色黑灰眉眼扭曲的掌柜,却没见到四姨太。他拱手搭问:"四姨太呢?"掌柜却并没有回答他,昨晚那飞扬的神气没有了一点痕迹。"四姨太没有接回来吗?"他又问了一句。掌柜哼了一声,显得那么的不耐烦,却恶狠狠对放下了滑竿要散开的随从说:"把吃的用的东西送去,好好看管。今日大门关了,后门掩了,外边人一个不准进来,家里人一个不许出去!"便踉跄着进了大厅去自个卧屋了。柳子言是不能私走了,看着立即有人抱了被褥提了饭盒出去,大门砰砰下了横杠,不知究竟出了什么事情。姚家的丫头和跑腿的在没人处交头接耳,一有人又噤声散开,柳子言不能询问任何人。他默默地回坐到厢房去,寻思四姨太一定没有接回来,或许四姨太已经死了。或许四姨太已逃离了过风岔。厢房的门口远远地正对着院角的厕所茅房,短墙头上的一蓬豆荚萝窣窣窸窸响后,一个人头冒出来,柳子言知道这是姚家大太太在那里解手用豆荚叶揩了屁股了,但大太太却在短墙头上向他招手。

"来呀,柳先生!"她又一次招他,"你不想听听稀罕吗?"

柳子言走近去,蠢笨得如捣米桶一般的肥婆子走出了茅房短墙,一边系裤带一边说,"你知道小骚货的事吗?"

"四姨太?"柳子言忙问,"她到底怎么啦?"

肥婆子说:"哼,老鬼总忘不了吃嫩苜蓿,只说小骚货的×叫土匪×了,心还在他身上,没想骚货死了土匪还不回来!"

"不回来了。"柳子言说,"她到底是不肯回来的了。"

"不回来老鬼行吗? 她有一副嫩脸脸吗! 老鬼真不嫌她脏了,她是给土匪怀了个仔儿,肚子都那么大了,喝苦楝子水怕也坠不下来了!"

柳子言惊呆了:"四姨太有了孩子?!"

肥婆子说:"老鬼一看就上了气! 要当场把土匪仔踢落下来,又怕丢了骚货的小命儿。可那匪婆子竟也往涧里跳,被人拉住,头上已破了一个洞。老鬼气得骂:你那时怎不就跳了崖,我还给你立个节妇牌呢! 我现在来接你,你倒寻觅死活?! 就把骚货用滑竿抬回来了,真该让她死去才好!"

柳子言忙问:"怎不见抬了回来?"

肥婆子说:"抬回姚家让生下那个土匪种吗?姚家是什么人,不要说招外人笑话,这邪祟气儿要坏姚家的宅舍吗?你瞧瞧,关在那个石堡里,让生下匪仔儿了,还要放三天的爆竹,艾水洗了身子,方能倒骑了驴子回姚家的门!"

肥婆子说着捂了嘴嘎嘎直笑,柳子言的脑子里已一片混乱,他望着院外山坡顶上的古堡,泪水拂面。那一座古战场残留的石堡,数年前他默默地从远处观望,想象了一个月夜他怎么地能和四姨太幽会其中。数年后的今日,四姨太竟真的被幽闭在那里了。石堡上到底是如何地败旧,荒草横长,野鸽遗矢,孤零零的一个美艳女人就在那里生养胎儿再将胎儿亲手处死吗?柳子言不知道肥婆子何时离去,他双手抠动着墙皮一步一跳地不能在厢房门口安静,指甲就全抠裂了,墙面上抹出了一条一条血道。突然单足跳跃竟走到厅房台阶下,他改变了主意要看看四姨太,甚至拿定主意请求在姚家长期住下,他要永远见着那个女人,也要让那女人永远能见到他!他跳跃到台阶下再要跳上台阶,他摔倒了,碰掉了一颗门牙。对着听见响声出来的掌柜说:"你怎么能将四姨太关在石堡呢?你不能这样待她!"

掌柜疑惑地看着他,说:"柳先生,我是器重你的,你不要管我家私事。"

"不!"柳子言再一次从地上跳起,单脚竟如锥一样直立着,说:"掌柜,这是你家的事,我本是不能管的,可我是你请来为姚家踏吉地的。你是知道的,积德为求地之本,知积德善人未有不得吉地的。苟百都为何死于非命,他行恶多端,吉地也成了弃地啊!"

掌柜说:"我何尝不正是这样做呢,那娘儿们怀的是土匪的种,我让她出血流污地在姚家生养,岂不辱没了姚氏祖宗?我要不是待她好,我早在过风岔一刀挑开她的肚皮了!柳先生是手艺人,怕是昨日的醉酒还没完全醒的吧?来人,扶柳先生回屋去,熬了莲子汤好好服侍先生吧!"

几个跑腿的男人几乎是抬着柳子言到厢房去了。

躺倒在厢房土炕上的柳子言,现在只能是无声地抽泣,为了将来还是掌柜的四姨太的女人,他的求情遭到了掌柜的拒绝和厌烦,他的那点勇敢可怜得毫无作用可起。漫长的一天里,他恨着自己不是个土匪,若是有土匪的蛮力和枪杆。他也不至于这般容忍了掌柜这老狗!到了这时想,反倒那苟百都真是个汉子,可惜了苟百都的死去,女人宁愿跟着土匪也比来姚家要好了。这一天终于将尽,四山严合,逼出了黑暗下来,月亮也随之出现,多清丽的月夜呀,原来是浪漫的人儿飞身于山崮,依山上下曲折的石堡栈道,让月光浸着白净的衾绸,让月光逼着玲珑的眉宇,有了如丝的幽梦,有了如水的思愁,有彻悟有祈祷有万千种话……而现在的女人于石堡中哭淌了多少泪水?柳子言担心着女人经受不了生下骨血让人活活弄死的折磨而要死去。是的,她要死去的,任何一个最坚强的女人都会在灰了心的绝望中死去!一时间,柳子言紧张得一身汗都出来了,他似乎就看见了女人披头散发地在那里吼叫,风却灌满了她的口,谁也听不到她的呐喊,她开始痴痴地盯着石壁看那一群快活的蚂蚁了。她是那蚂蚁就好了,上苍啊,怎么不在这女人来世时托生一只自由自在的蚂蚁呢?石堡的门洞外,女人能看到月下起伏的万山壑岭么,能看到浮云浸拥的栈道石廊吗？不不,石堡如塔压着她,如笼囚着她,她从门洞看到的是一堆堆磷火。对了,柳子言想起了发生在这山间的一个古远的传说,说是一位英武的将军驰骋鏖战了一生却终在最后被敌军包围在了这座石堡中。同样是一个美丽的月夜,石堡的内外躺满了部下尸体,只剩下了将军的妻子和一个忠诚的卫士,将军看着满山围拢上来的敌军。他血刃了自己心爱的年轻的妻子,他不忍心妻子落入敌军手中受辱。他血刃了妻子而又抱着她还微笑的头颅而哈哈大笑,对着吓呆了的卫士说:"好了,我英雄的一生要结束了,现在,我要成全你,他们以三百两白银悬赏我的头,你就提了我的头去见他们吧,我忠诚的卫士!"说完,风吹动着他的长发,星月照耀着他的铠甲,一只手抓着头发,一手扬刀就抹掉了自己的头,竟然那只手把抹掉的头颅提着而身子不倒！这古远的传说这么清晰地在柳子言脑海中浮现,他想,四姨太一定在这个时候听见了一片鬼的嚎叫,看见了那英雄的将军和将军的妻子而在哀叹了:谁是我的英雄呢,英雄的将军保不了妻子的活着,却保护了妻子的死去,这妻子也是幸福的。我一个容貌美丽的女人,因美丽而为臭男人们活着,如今要死在一个可爱的人的刀下也不成啊！柳子言愈这么想,愈坠进了不可自拔的境界里去,过去的一幕幕的无能、软弱、忍耐全然激发了一个男人的所有勇敢,咬牙切齿道:"我是你的英雄,是的,我是你的英雄!"

英雄了的柳子言在夜静人睡之时,拨开了姚家的大门挂杖往山上去了。

崎岖的山路上,柳子言摔倒了一次又一次,他开始往山头爬,他的衣服全破了,一条唯一的腿和两条胳膊血肉模糊。他预想着爬到古堡怎样地打开石堡洞门的栅栏,怎样地呼叫着四姨太的名字而与她相见,他要告诉她不要哭,也不要叙说长长久久刻骨铭心的思恋,赶快逃离石堡吧,即使天黑不能远离,也要到另一处的什么地方躲起来,然后他们在某一处相会,然后他要和她,或许她愿意独自一人,他都可以帮她逃到很远很远的地方去的。但是,当柳子言刚刚爬到了古堡下的栈道长廊下,看守着四姨太的人发现了。这是一位年迈的在姚家跑腿的老头。他是认识柳子言的,询问着柳先生摸黑怎么能到山上来。柳子言瞒不了他,老老实实地把一切都告诉了,他明白有人看守着古堡他是不能去搭救女人了,却说尽了女人的苦愁来感化这看守,甚至应允,若看守人能放他上去救那女人,他保证付一笔数目巨大的银钱,也保证为看守踏勘出一处大吉大贵的坟地,永保其家族后代安乐昌盛,看守同意了,却劝柳子言不要亲自去,一个残废的人怎么能爬上那古堡,就是这栈道长廊,健全身体的人也要小心才能过呀。"先生请相信我,我就去帮四姨太逃走吧。明日掌柜要问,我就说我去拉屎,回来不见人了,大不了掌柜勒我一绳,罚了我一年的工钱。"柳子言感动得直磕头,说他今生今世忘不了老伯大恩,又千万叮咛了许多许多要小心的事,方又倒爬着下山。

柳子言返回了姚家,天已经麻麻泛亮了,他若无其事地招喊了一个下人要求背篓里背了他去后坡根踏勘坟地。背篓背出了大门外,他却对着从河里挑水的姚家用人说:"你就给掌柜说一声吧,我去后坡根踏吉地了,让他随后也来看看。"可是,当柳子言踏勘到了晌午,掌柜却没有来,柳子言也不急着回去,就躺在暖和的地坎下打盹了。昨夜的奔波已经弄得他疲倦至极,现在该是好好地歇息了。蠢笨的掌柜这阵在干什么呢?他哪里能知道石堡中的四姨太已远走高飞,而这一切又都是一个残废的风水先生所为的呢!他作想不出在某一个山洞里还是松林中的四姨太,这阵儿是怎么地感激和思念着他啊,他得很快地踏勘完坟地去相见,而那个尊敬的看守老头能在他一回到姚家碰见,告诉他四姨太的去处吗?柳子言终于在松弛心身后迷糊起来,将隐隐的一种后怕和一种暗自涌上来的英雄气概的念头带到了梦境,但同时听见了声音:"先生,你醒来,掌柜来了!"被用人推醒了的柳子言果然瞧见掌柜远远走来了,且笑眯眯地在几丈外就说:"柳先生,你怎不多歇几天就踏坟地了!你这么为姚家费力,姚某人真是不知该怎样谢你了!"

柳子言说:"掌柜不必客气。你来瞧瞧,这个穴可真不错哩!"

掌柜说:"是吗,这么快的?!先生你怎么受伤了,满手是血呢?"

柳子言脸红一下,忙说:"刚才下坎时不小心跌了,没事的。我想你既然来了,咱就把方位定了好下楔哩。"

掌柜却说:"先生急着是要走吗?这次来可不能让你很快就走的,我得好好款待你才是,过午了,回家吃饭吧,明日再来好了。"

柳子言被背了随掌柜回到姚家大院,掌柜却并没有让他去厢房用膳,而让人一直背他到厅房,掌柜则仰躺在睡椅抽起烟土了。一个泡抽完再抽一个泡,掌柜再不看他,也不说话,柳子言起身要往厢房去,掌柜突然说:"柳先生也爱上我的四姨太吗?"冷丁一句,柳子言脸刷地黄了,扶桌站了起来又坐下,说:"掌柜,你怎么说这话?我姓柳的有什么冒犯了你吗?"掌柜说:"昨晚出了一件怪事儿,有人想要再夺走我的女人,竟到了石堡去,先生是能人,你估摸这是苟百都吗?"柳子言心里作慌了,他想一定是女人逃走后,掌柜在追查了。一想到女人已经逃走,柳子言又暗暗得意,恢复了脸面,故意作惊道:"四姨太真的接回来了,谁到石堡上去干什么,苟百都不是早被龙抓了吗?"掌柜就冷笑了:"苟百都是死了,可惜学苟百都的人没他那身膘肉!德顺,你进来吧!"厅房里便有一人进来,竟是石堡那看守四姨太的老头。老头看了一眼柳子言将头就垂下了。掌柜说:"姚家的下人出一个苟百都咬人的狗,可再没第二个对姚某人二心的人,德顺告诉我了一切,我现在只想问柳先生一句,你爱上我的那个四姨太了吗?"柳子言在刹那间天旋地转了。他恨死了这个叫德顺的老头,龙该抓的不是苟百都而是狗德顺了!自己英雄了一场,竟坏在一个卑贱的下人手里,柳子言知道他现在的结果了,却为女人将受到又一重的惩罚而叫苦不迭了。到了这步田地,柳子言还掩饰什么呢,胆怯什么呢?他虎虎地看着掌柜,突然说:"是的,我是爱上四姨太了,我第一次到姚家来就爱上了四姨太!掌柜你杀了我吧!"掌柜一丢烟具,哈哈大笑不已,直笑得身子连同睡椅前后摇晃,说:"柳先生真个坦白!我这可以告知你,你不但是爱上四姨太,四姨太也爱上了你!"柳子言叫道:"不!这与四姨太无关,要杀要剐,我柳子言一人承当!"掌柜说:"柳先生真是爱女人爱得深呀!我并不杀你,你是我请来的贵客,我还要酬谢你哩,你知道我要谢你什么吗?我就把四姨太送你!我虽然爱这娘儿们,我为她破过家,在她当了匪婆子还把她接回来,但我今早去到石堡里见了她,我决定就送你了!"柳子言直直看着掌柜,他估摸不出这老谋深算的掌柜说这话的真正含义,他站在那里不动,等待掌柜的突然变脸而吆喝了五大三粗的打手冲进来。掌柜却又在说:"柳先生,难道你也不回谢我一句吗?"柳子言简直不能相信事情竟是这般变化,阴霾密布的天突然透亮,湍急凶猛的水突然拐弯平缓,狂旋的龙卷风突然消失了吗?他一低头颔答道:"掌柜说话若真,那我多谢了!"掌柜却说:"但我却也要你保证,一定要踏勘个吉穴给我!你今日草草踏了一下就说要定方位,我姚某就不能依你了!好吧,四姨太我先让她在石堡上待几日,几时吉穴踏成,你就带她走吧!"

整整踏勘了六天,真心真意地选好一处美穴吉地的柳子言爬到了石堡,出现在他面前的四姨太已是于那一日的早上被掌柜抽打一通鞭子将儿子降生,儿子却活活地在她的面前摔死了,而她也同时于掌柜的面,用石片从左额直划出四条裂口到右腮,说:"你不是总爱着我这张脸吗?我现在一心一意是你的四姨太了!"柳子言看着毁了容的女人,他啊的一声惊跌在地了。几分得意的掌柜也觉得愧对了柳子言,几分歉疚地说:"柳先生,我不该瞒着她毁容的事,望多谅解。娶女人就是娶一张脸,柳先生若不喜欢这个,姚某再送你个丫头女子,整头洁脸的乖巧人哩。"柳子言一下子跳起来,将女人搂抱住了!

用鸡毛粘好了脸伤的女人,从此再也没有了往昔的俏丽,那四条从左眉斜斜下来到右腮的疤永远留下了红道,但柳子言用驴子领回到他的家屋,怜爱如初。他拥抱着这个千难万难方遂了心的女人,再不是旧日无能的男人,他是丈夫,尽着丈夫的职责。

他们在五年之后终于生下了一个儿子。

有了儿子,使这一对夫妇不再是为了过一种安静可心的日子了,他们幻想着在这个世界上,要活得顺心适意,有头有脸,必须是要当官的。他们商定要为柳氏家族选一个最好的坟地,大半生为了他人的幸福,柳子言踏遍了山山水水,现在他们是在为自己而选穴了。一头瘦小的毛驴子,载着已经花白了头发的夫妇,终于在一个雨后天朗的正午寻觅到了一个山嘴下,柳子言激动不已,满口白沫论说勘踏美穴的妙处,什么风水以山名龙,故山之变态千形万状,走垄之体转移顿异,其潜现跃飞变化莫测,惟龙为然。何以曰脉,是统人身之脉络,气血所由以运行而一身之禀赋,脉清者贵,浊者贱,吉者安,凶者兀,地脉亦然。什么龙要旺,脉要细,穴要藏,局要紧,沙要明,水要凝,化生开帐两耳插天,虾须蟹眼左右盘旋,明堂开睁沙脚宜转。他满口文言古辞,女人哪里听得明白,问这山嘴下该是什么穴,柳子言又得意指点,说那山嘴两边呈半环,环后要横峁,峁后又一山成大环拘,虽不是五山皆秀四水归朝,青龙双拥官诰复钟,但却也是梧桐枝穴,此龙身枝脚均匀之格,梧桐枝双迎双送,网平势对节,分枝作穿心,该是祖宗儿孙相顾,至贵呢! 女人乐道:"好了,好了,我不懂你的这样穴那样穴,我只要我儿子当官的穴哩!"

柳子言自小没有了父母,被师傅收养学道,他不知道自己的父母葬在哪里,坟墓拱好了,便做了先考先妣的灵牌安放进去,又为自己和女人拱了双合大墓,便宣布再不为人察识风水了。在儿子长到了十二岁,男长十二接父志,在一个早晨,夫妇俩烧了一锅菊花汤水沐浴,穿好了所有崭新的衣服,对儿子说:"儿呀,我们不可能看着你长到三十四十,也不可能为你留下青堂瓦舍的一院房屋,百亩良田,万贯资产,可我们可以助你去当官。从今往后,你不要想着你的父母,也不要守在这个地方,你可以出外去干你的事了!这个世界这么大,你不会孤单,你会有许多大事要干的。"儿子是聪明俊秀的人物,听从了父母的话,磕下一个响头,下山而去了。

这父母骑上了毛驴。女人虽然老了,身架还俏,人依旧干净,头脚整洁不乱,却把一块印格手帕顶在头上,手帕太大了,四个角便遮了脸。柳子言说:"今日暖和没风,遮得那么严干吗?"妇人说:"不遮,难看呢。"柳子言端详着她,脸上皱纹是纵横了,五官却不多一分不少一分地端正,那四条伤痕虽是发红,他却看到了往昔的美艳,说:"你一点不难看。你是天人,你原本是在天上,但你到了人间,桃花恨你,春风恨你,所以你尽受磨难,你只有了这四道疤你才活得安生了!太阳这么好,咱要出远门,为啥要遮呢?"

妇人听从了丈夫的话,要骑上毛驴了,柳子言就去扶她,趁机要捏捏那一双精精巧巧的脚,再将一秆柳条给她,让她当驴鞭。女人就说:"你再捏,我可要抽打你了!"两人遂想起过去长长的一幕,相视在阳光下就全笑了。

他们一个在前一个在后,就这么骑着毛驴来到了他们的坟地,直走到地下拱好的坟墓穴里,便动手将墓坑中的砖石一块一块封了墓穴口。封得是那么严,没有一丝风可漏,没有一点光可透。柳子言说,今晚会有一场雨的,坟顶上的土能塌下来埋了墓道,咱们可以安安静静睡下。

该怎么睡呢?漆黑的世界里,女人并没有立即感到呼吸的紧促,她询问着柳子言,并撒娇地一定要柳子言扶了她睡了,且要双手就紧紧搂住她,让她头枕在他宽宽的胸脯上。柳子言按她的要求去做了。他们在这个时候听到了坟外风扫过墓顶,那几丛枯草摇曳着泠泠的金属声,有蚂蚁在叫,蚯蚓在叫,墓壁上爬动的湿湿虫释放着姜葱一样的气味。两人同时想起了过去的岁月,想到了那一切一切细微得不能再细微的细节,倒后悔忘了带一壶酒来,这些记忆是用盐风干了的肉丝,蛮能有滋有味地下酒呢。柳子言开始摸索着从身上解那件已经很旧很旧几乎稍稍一撕就破的红绸裹兜,妇人并没看见,却感觉到了,也伸过手来,拉平了,盖在他们的脸上。

"这是咱们的铭旌哩!"柳子言说。

"铭旌都是要写一生功德的。"妇人说。

"那上面不是有血斑吗,那就算咱自己写下的。"柳子言说。

两人无声地笑了。

"咱们的儿子会当了官吗?"妇人悄声又说。

"会的,这是一个好穴哩!"

"能做了什么官呢?"

"很大的官,真的,大官哩!"

十年后,四十里外的洪家戏班有一个出了名的演员,善演黑头,人称"活包公"。他便是柳子言的儿子。柳子言踏了一辈子坟地真穴,但一心为自己造穴却将假穴错认为真,儿子原本是要当大官,威风八面的官,现在却只能在戏台上扮演了。

阿　吉

阿吉原名叫阿鸡,从城里打工回来后村人才知道他已经改名了。

城里人将妓女称作鸡,这使初次进城的阿鸡很没体面。虽掏了五元钱在环南十字路口的卦摊上求了个"吉"字,但字改音未改,仍被人瞧不起,只能在建筑工地上当和灰的小工。工人们一边劳作一边要说些荤段子,阿吉呆听着就捏了锹把不动。老总便骂阿吉懒,不出四个月,结算了三百元,让他走人。

阿吉在城里浪逛了一天,无事可做,将一泡屎拉在草帽里,把草帽又摔在一堵砌了瓷片的墙上,离城回家。

回家要坐一天的火车,三百元钱藏在鞋垫下,不敢随便买吃喝。同椅上和对面椅上是三男两女,衣着鲜亮,又啃着烧鸡。阿吉就很孤独,把鞋脱了,抱起双膝在座位上做瞌睡状,心里骂:好东西都叫狗吃了!好女人都叫狗×了!骂着骂着心理平衡下来,真的便瞌睡了。一觉醒来,刚好车快到站,赶忙要穿鞋往车门口去,却怎么也找不着自己的鞋。

"鞋呢,我的鞋呢?"椅下满是皮鞋,阿吉急出一头水。

旁边人问,你是什么鞋?阿吉说条绒面,布底子。那人说,就是那双破鞋呀?臭死人了,早从窗口扔出去了!阿吉质问谁扔的?拳头便提了起来。但阿吉很快就松开了手,因为他面前站起了三个男人,又粗又高,拿眼睛盯住他。阿吉说:"扔了……就扔了。"

人站在车外了,却对着车窗破口大骂:"扔我鞋的,我×你妈!"骂一句,跳一下;再跳一下,站台上一块玻璃碴子扎了脚,扎出血来。

阿吉并不可惜那双鞋。鞋确实是破鞋了,他也是可以打赤脚从小站上走十里路回村的,但阿吉遗憾的是鞋垫子下藏着钱,硬咯铮铮的三百元钱。

阿吉赤了脚到小站东边的席棚里去找阿狗。阿狗是阿吉的同胞哥哥,父母死的时候,阿狗待阿吉还好,发誓说他卖豆腐也要供弟弟念完高中念大学。可阿狗一娶了婆姨就听婆姨话了,分家过活,搬到小站卖豆腐了。阿吉也瞧不起阿狗,进城时跑过豆腐棚就恼得不去打招呼。现在,他只好向哥哥借钱了。阿狗听阿吉说得恓惶,扇了他一个耳光,却把五十元钱捏一疙瘩塞给他,低声说:"别让你嫂子看见。"

阿吉说:",我会还你的!"

原来阿吉要买双板儿鞋的,想了想,一怒买了双人造革皮鞋,二十元。又三元钱买了一副墨镜。镜一戴上,眼前蓝瓦瓦的,感觉换了个人似的。

阿吉回到村里,天已麻麻黑,老远看见巷口村长家的窗口亮了灯。灯光映在山墙外的碾盘上,阿米和小安圪蹴在碾盘上赌红桃四。阿吉咳嗽了一声,端端走过去。阿米"哈"地咋呼了一下,说:"是鸡哥回来了?!"

阿吉说:"从城里回来了!"

阿米抬起身要摘墨镜看看,阿吉喊了一声:"臭手!"阿米就不敢动了。

小安说:"我手才臭哩,叫他赢了十元了!"

阿米说:"这靠智力哩,又不是抢的。"

阿吉说:"你以为你是谁,看我收拾你!"

阿米是村里的上门女婿,阿吉没进城前就眼里没有他。婚后的第二天,牡丹引着新夫阿米来给本家子各户认门磕头。到了阿吉家,阿吉问:"贵姓?"阿米说:"免贵,姓米。"阿吉就笑了。阿米说:"大哥的大名?"阿吉说:"说了嫌你怕怕哩!"阿米说:"莫非大哥叫老虎?"阿吉说:"老虎倒不是,叫鸡,往后你不要惹了我!"从此阿米果然害怕阿吉。阿吉去城里打工的时候,阿米就求过能不能跟着一块去,阿吉没有理他。

一张牌一块钱,三个人赌了几个来回,阿吉果然赢了。阿米嚷着再来,阿吉说行么,我也不嫌钱多了扎手,却一定要验资。小安是没钱了,只好袖了手在旁当牌警。阿吉和阿米两个人一来二去继续赌,阿吉把赢来的输了,又把身上的二十七元钱输掉了,一摔牌,说:"权当我耍了个歌厅的小姐!"

小安说:"吉哥在城里耍过歌厅的小姐?!"

阿吉说:"城里讲究夜生活嘛!"

阿米死死捏着把钱,看着阿吉走了,一张张清点,却突然想:阿吉他是骂我哩嘛!恰好村长的公鸡天黑了从人场上回院中的架上,阿米一脚踢去,骂道:"黄鼠狼拉了你去!"往常,骂黄鼠狼阿吉是不会饶的,但现在阿吉竟不理。这使阿米有些纳闷,看着那一溜皮鞋脚印,甚至有了点失意。

阿米说:"阿吉怎么不理会?"

小安说:"阿吉见过大世面了。"

阿吉走得很远了,站住,回过头来,而且是把墨镜推架在了脑门上,说:"阿米,我告诉你,我不是鸡狗的鸡,我是吉,上边一个士下边一个口的吉!"

阿鸡改名为阿吉了,这消息很快就在村里传开来,能改了名字,肯定是在城里做了大事。园园甚至听到议论,说是阿吉在一家公司里当了什么主管,皮鞋西服那是上班的工作服,一月发一次,常陪客户去歌舞厅,耍的是白脸长身的小姐,还泡过俄罗斯来的妞儿,园园就惊慌了。

因为阿吉以前曾要和园园谈恋爱,园园拒绝了他。说,你能给我盖一院像拴子家的两层水泥板楼房,我就嫁你!拴子的舅舅在县公路局当局长,拴子的爹能长年在公路工地上包活干,是村里最富的人家。阿吉哪有和拴子家的比头,打死他也盖不了那样的房子!阿吉进城也是受了园园的打击而走的,那时阿吉说:我在城里不干出个名堂就不回来!如今阿吉回来了,一定是会羞辱她的。

园园就去找拴子,拴子和他爹正从害了肾病的刘干事家出来往回走,园园立在树后叫了一声"拴子",自己脸都红了。园园是和拴子在他家的磨坊里亲过嘴的,说话已经不心跳,但园园怯拴子的爹。拴子的爹眉眼威严,却是开通人,说了一句"你们说话",自己就先回去了。拴子见爹一走,急猴猴就扑过来拉园园的手,园园说大白天的,把手收了:"你知道阿吉回来了吗?"拴子说:"知道。"园园说:"你知道他改了名吗?"拴子说:"城里的王八大三辈啦?何况他还不是城里人!"园园说:"听说他在城里耍大牌,交识的都是些有头有脸的,装了一口袋名片哩!"拴子说:"别听胡说!"心里却吃了一紧:现在的世事说不得,什么情况也会发生,难道阿吉还真脱胎换骨了?就拿眼睛盯着园园:"他又骚扰你了?"园园说:"这倒没。你说他这回来要干啥呀?"拴子说:"管他干啥呀,咱俩的事我爹催着待客的,你定个日子吧。"

园园很快定了日子,毛看待了十桌客。按风俗毛看就是订婚,但订婚分两道手续,得毛看一次,男方的父母要给女方钱财首饰,再得正看一次,男方的父母还得给女方钱财首饰,方可领取结婚证,商定结婚日期。园园和拴子毛看待客的那个上午,阿吉和小安,还有小安的相好豆花,去逛镇街。小安年纪轻轻的就有了相好,阿吉气有些不顺。好的是豆花腿短屁股下坠,阿吉便让他带着豆花。豆花是石头的侄女,进乡政府院子去询问修水渠经不经过她家坟地的事,小安便问阿吉:"你觉得好不好?"

阿吉说:"鞋好。"

小安说:"鞋是我买的,脚胖了些,看不见鞋沿了。"

阿吉说:"你倒舍得!"

小安说:"咱想讨个婆姨么。"

阿吉哼哼地笑,问小安,婆姨是什么?小安说婆姨就是婆姨呀。阿吉说你也学过拼音的,你念,慢点拼拼。小安念:"婆　　姨——ㄨ!"叫道:"原来婆姨是指那个呀,你怎么知道的?!"其实阿吉也是听城里人说的,城里人曾经听阿吉口里婆姨长婆姨短的,就嘲笑乡下人把女人不当人。

但现在阿吉却嘲笑小安了,为讨个"婆姨"就买那么好的一双鞋。阿吉再问小安,你知道日子是什么意思？小安说这我知道,油盐柴米醋吧。

"你什么也不懂!"阿吉说,"你没进过城!"

小安完全是低了一辈了,他歪着头看阿吉的脸,问日子到底是什么。阿吉的脸定得平平的,什么却不说了。豆花从乡政府出来,脸色灰了一层。小安问怎么啦。豆花说水渠已定了线,是要经过她家坟地,去年才给爷爷造了新墓,又得迁移了。阿吉说迁移的事有你爹和你叔哩,用得着你犯愁。你操心个草帽是正事,大热天的,人都晒成红薯啦。豆花说,小安不给买吗？小安翻着口袋,口袋底都翻出来了,说,哪有钱？街上的人窝里有人戴了个新草帽,阿吉说,豆花你要不要那个草帽？豆花说,要哩么。阿吉说,你有一条绳带没,有绳带了这草帽就归你。

豆花把一条绳带给了阿吉。阿吉将绳带从头顶系到脖子上,还打了个结儿,就走近那个戴草帽的人。他是站在了那人的左边,右手极快地揭了草帽戴到自己头上,那人头扭向左边张望,喊:"谁抢帽子？我的帽子？!"阿吉在右边拍拍那人肩:"嫂子,这街上贼多哩,戴帽子你要系帽带么。你瞧我,有帽带儿谁抢得去？"

阿吉戴着草帽踅过来,把草帽戴在了豆花的头上,豆花眼里都放了光。

阿吉一得意就想尿尿,他去街边的公共厕所里尿得老高,但阿吉听到了两个人说话,话说得像五雷轰顶。两个人是蹲在坑边边拉屎边议论拴子家的事。一个说有钱的人都长得好,一个说那不见得,东洼村的得胜该有钱吧,脸窄得像刮刀。一个说得胜不行他儿子拴子也不行,可拴子生下娃娃了你瞧吧,那园园就人样稀么。一个说拴子真的能娶了园园?一个说今日毛看哩你不知道,得胜昨天在银匠铺里取了戒指哩。阿吉不等尿完就提裤子,裤裆里湿了一片。他没有再去理会小安和豆花,小跑进村要查个究竟。村里果然有许多人都往拴子家走,当下拐脚回到自己家,哐啷把门关了。

阿米也是去拴子家吃席的。走到半路,牡丹让阿米回去拿个空桶,说是拴子家今日待客,肯定剩菜剩饭多,到时候盛在桶里提回来喂猪。阿米就返回去拿桶,跑过阿吉的后窗,听见屋里有吵架声,吓了一跳。放下空桶站上去从窗缝往里看,看见阿吉一个人在屋里走过来走过去,大声地说:"嗨——把我气死啦!嗨——我×你妈!"

阿米同情起阿吉了。他在拴子家坐了一会儿,想,这时候安慰阿吉,阿吉就不会再欺负他阿米了。便推托家里有急事,向拴子告辞。拴子大方,说那让牡丹带些饭菜给你捎回去。阿米便来敲阿吉门,什么话都不提了,只邀请到他吃饭去。阿吉在阿米面前是不倒威的,他把皮鞋穿上了,又穿上了那一件很短的西服,戴上墨镜,说:"请我去你家呀,没有肉我不去给你充脸哩!"

牡丹从拴子家带回来的是一盆米饭和一碟红烧肉,阿吉吃毕,问:"有没有牙签?"阿米说:"牙签?"阿吉说:"瞧你,你家哪儿会有牙签?在城里用牙签惯了,吃完饭不剔剔牙就像每天不洗脸一样难受!"牡丹看着阿吉上嘴角沾着的一颗米,她不敢说阿吉你擦擦嘴,便夸奖道:"吉哥不显老,嘴上不长胡子。"阿吉抹抹嘴,笑笑,是不?米粒掉下来。牡丹说:"吉哥在城里是个主管了?"阿吉说:"你看我像不像?"牡丹说:"我早就说了,吉哥大鼻子,不是乡里能呆住的人,果然是了!东洼村最俊的女子数园园,可惜园园眼里没水,鲜花插到拴子的牛粪上了!"阿米知道底细,立即用眼睛瞪牡丹。阿吉却嘎嘎大笑:"你说园园是鲜花呀?!"牡丹说:"园园不是鲜花谁还是鲜花啊?"阿吉说:"你没进过城,我怎么给你说呢?我告诉你,即使是我一辈子在村里,我也不会娶园园,她是个白虎哩!"这下阿米和阿米的婆姨都吃惊了:白虎?我的天!

女人若是白虎便命硬,嫁谁克谁。阿米千叮咛万叮咛婆姨不敢把这话扬出去。可牡丹哪里能憋得住一个屁,先给隔壁的石头爹说了,石头爹又告诉了阿财的婆姨,不几天村里人都知道园园是个白虎。园园人称小观音的,毛看的时候虽然得胜一再挡客,村里仍是十分之七的人家去行情恭贺。猛一下形象坏了,好像兴善庙里的佛像在"文革"中被人砸了头,庙从此成了生产队的仓库,什么东西都可以扔在里面。大家对得胜家的敬畏没有了,也避着园园和拴子。拴子已经感觉到有些不对劲儿,但他弄不清是什么原因。

一日,小安和拴子去镇街,拴子给小安买了一碗凉粉吃。小安受感动,两人小便的时候,小安往拴子腿根看,说:"拴子你是不是青龙?"拴子说:"不是青龙怎么啦?"小安说:"不是青龙压不住白虎。"如此这般那般说了一通。拴子说:她是白虎?拴子的衬衣都汗湿了。当晚约了园园到村后的废砖瓦窑上,拴子和园园亲了嘴,拴子的手就往园园的裤带下钻。园园坚决不愿意,说不到洞房花烛夜,是绝不会干那事的。拴子梗着脖子不言传。两人挽缠了半天,园园只允许手伸进去摸摸。拴子摸了,倒在地上狂笑。园园说:"瞧你这瓜样!"拴子才把小安的话说了一遍。园园当下打了拴子一个耳光,说:"别人这么坏我名声,你竟然信了来验证我?!"转身跑走,拴子叫也叫不回。

这一恼,园园数天不理拴子。拴子去她家,门都是哐地关了,门外的狗还在喊:汪!拴子就把这事告诉了爹。得胜勃然大怒,他不允许阿吉来诋毁,就召集了曾在公路上包过活的一帮熟人要教训阿吉。

镇上的灌溉大渠开始栽桩画线,阿吉去现场看了看。正逢着邻村有人给孩子过满月,阿吉也去了,问:"是男娃女娃?"主人说:"生得不好,女娃。"阿吉:"不就是长大了嫁给皇帝吗?!"主人高兴了这一句话,也拉他去吃席。阿吉吃得肚子多大,往回走时弯不下腰。路过一片芦苇地,墨镜掉在地上,醉眼蒙眬的,又折不了身。芦苇里出来三个人,一女两男,他说:"嫂子,帮我拾拾镜。"女的说:"你眼睛瞎了?"阿吉看了一眼,女的也是大肚子,阿吉说:"唔,嫂子也去吃席了?"两个男的便扑过来一顿打,阿吉说:"我没看清她是孕妇么,我就该打?"两个男的并不说话,又是一顿打。

"我是阿吉!"阿吉赶忙说。

一个拳头戳过来,阿吉只觉得嘭的一声,人就倒在地上。赶忙用手护头,人就像西瓜一样滚过来滚过去。滚到了芦苇丛里,两个男人解他的裤了,阿吉立即叫道:"不要不要!"害怕被割了尘根。但阿吉的裤子被拉开了,手脚同时也被压住,他看见一个人拿了剪刀,说:"就这么一点点呀!"阿吉就昏过去了。不知过了多久,阿吉醒来了,满天星斗,芦苇地里一片蛐蛐叫。我还没有死?阿吉想,赶忙用手摸下身,那尘根还在,却没有了毛,爬起来唾了一口:"呸,是瞎子还讲究杀人哩,剪×把×毛剪走了!"四下里瞧瞧无人,一瘸一跛回了村。

二道巷拐弯处是刘干事家,刘干事家的屋檐下燃着一堆火,火旁几个人在杀黄鼠狼。刘干事的肾病已经很严重了,中医和西医没办法,家人开始缝制寿衣。来修水渠的技术员提供了一偏方:喝黄鼠狼血,喝过十只黄鼠狼的血就会好。刘干事的婆姨哭着说,死马当着活马治吧。可黄鼠狼许多年不见踪影,托人去南山总算捡了一只装在铁笼里提来,却没人敢杀。正急着,阿米的婆姨看见有人从巷道走过,就喊:"那是谁?"阿吉听见了,说:"是我!"

"是吉哥?"阿米的婆姨喜欢了,"吉哥是男人,让吉哥杀!"

几个人去拉阿吉。阿吉不知道是干什么,后来听说杀黄鼠狼给刘干事治病的,挣脱了众人,说:"谁的忙不帮,刘干事的忙得帮哩。"把西服领子提了提,强忍了右腿的疼痛,走过去。一看,铁笼口被口袋套住,黄鼠狼就在口袋里乱蹬,口袋就这儿一个包,那儿一个疙瘩,阿吉就不敢下手了,说:"把口袋剪个小洞,只让头出来吗?"小洞剪开了,一只黄脑袋钻出来,几乎整个身子也要钻出去。阿米的婆姨赶紧压住口袋,说:"吉哥,快拿剪子剪!"阿吉剪了一下脖子,没剪开,手一抖,黄鼠狼把剪刀咬住了。阿吉就跳开去,说:"使不得,我是鸡,黄鼠狼要吃鸡的!"

阿米婆姨说:"你不是士字头口字底的吉吗?"

阿吉说:"你知道士字是什么意思?士不杀生的。"

石头的媳妇也在场,说:"让我来!"胖身子拧过去,抓住口袋扭了一匝,黄鼠狼一动不动了。然后拿剪刀剪黄鼠狼脖子,血就流下来,而同时有屁发响,熏得众人都背过头。石头的媳妇一丢剪刀,将血手往阿吉的腮帮抹,说你不如个娘儿们!却又大叫:"你留胡子啦?"

众人看去,阿吉是留了胡子,两撮小八字胡。

阿吉用手摸摸,果然唇上有胡子,他也不知道这是怎么回事,却说:"少见多怪,城里的人越年轻越要留胡子哩!"

阿吉回了家自个纳闷怎么就长了胡子。照照镜,揪了揪,就揪下来,发现是用胶水粘的。忽地醒悟了,就吐了一口,还恶心,把座席吃的酒肉全吐了出来。

阿吉一口气咽不下去,找村长告状。

村长说:"你怎么知道是拴子家找人打了你?"

阿吉说:"我说了园园是白虎。"

村长说:"你怎么知道园园是白虎?"

阿吉说:"她应该是白虎。"

村长说:"那你就应该挨打。"

告状自然是不了了之,但阿吉丢了面子,几天闷在家里不出。后来坐到村长家山墙外的旧碾盘上,招呼人来玩"红桃四"。阿米路过,阿米说他到地上摘茄子呀。叫小安,小安说让他上个茅房,进了茅房却翻过茅房矮墙跑了。阿吉坐在碾盘上,看见巷子东口走过来一只狗,巷子西口也走过来一只狗,两只狗在巷子中同时发现了一根骨头,就咬着抢骨头。阿吉便过去用脚踢狗,把骨头捡起来扔到了村长家的房上。村长的婆姨一直在窗里看阿吉动静,说话了:"阿吉,你真缺德,一块骨头也不让狗啃?"

阿吉说:"干骨头有啥啃的?!"

村长的婆姨说:"狗就图个肉味嘛。"又说:"阿吉,你那胡子呢?"

阿吉拾了身就走,巷口里两个人吵吵闹闹地过来,一个说:"你把爹叫爹哩,我把爹就不叫爹?一个萝卜你两头切,这天下还有理没?!"一个说:"什么理,给了你就是理?咱寻村长吗!"阿吉见是石头和石头的哥,就又坐在了碾盘上,而村长的婆姨忽地关了窗。石头和石头哥便敲村长家的院门,敲了一阵敲不开,拳头砸得门窗咚咚响。村长的婆姨在院里说:"是土匪打劫呀!?"石头说:"我们找村长断个理,婶子。"村长的婆姨还是不开门,院墙上撂出一句话:"村长不在!"石头说:"村长几时回来?"村长的婆姨说:"村长就是回来,他也断不了你们家窝事!"

石头和石头的哥见敲不开门,靠着院墙闷了一会儿。阿吉拿石子在碾盘上敲,石头的哥说:"你烦不烦?!"石头就对阿吉说:"阿吉你是从城里回来的,你来评评这是个什么理儿!"石头的哥说:"让阿吉评就让阿吉评!"

阿吉来了精神头,说:"等等。"阿吉把墨镜取下来,收了镜腿儿装在上衣口袋,说:"谁先说,啥事么,说截快些。"石头就先说,说得满口白沫;石头的哥又说,也说得满口白沫。阿吉终于听明白了,原来是石头的娘死得早,埋在老坟里,剩下一个爹八十多了。兄弟俩分家时讲好爹轮流着在儿子家吃饭,而爹将来死了,石头的哥管待造坟制棺材,石头管待埋葬时的待客吃喝。石头的哥前年春上就选了新坟地给爹造了墓,没想修水渠正好经过新墓址,这新墓就得迁移。当然,迁移新墓乡政府给迁移费的。迁移费石头的哥拿了石头没意见,可新坟四周栽了二十棵小柏树,乡政府一棵树赔十元钱,二十棵树赔了二百元。石头便提出二百元一人该分一半,石头的哥死活不愿意。两人吵闹了两天吵闹不清。阿吉说:"就为这事?"

石头的哥说:"墓是我造的,树是我栽的,为啥要给他分一半?"

石头说:"你要这么说,爹死了待客的事我就不管了!"

阿吉还是问:"就为这事?"

石头和石头的哥说:"就为这事。"

阿吉说:"这是打的事么,吵个熊哩?!"

村长家的院门哐啷打开了,门口站着的是村长。村长竟一直就在他家里。村长黑着脸说:"阿吉你真个是臊嘴,你就这样评理哩?打起来你还要不要安定团结啦?!"

阿吉瓷在那里,说:"你安定团结哩,你还不就是个倚老卖老的专制呀!"

村长说:"该专制就专制哩!"把石头和石头的哥拉进院去,回过头还说:"你往一边冷着去!"

阿吉灰不塌塌回坐在自己家里,拿瓢在水瓮里舀水喝。喝得牙根疼,喝得肚子和心都凉了。他突然觉得在村里难待下去了,可不在村里待又能到哪儿去呢?阿吉实在不愿意再往城里去打工。蹴在地上,用柴棍在地上划,划着划着,划出阿吉两个字,猛地想到吉字上半部是士,自己也多少有文化的,下半部是口,莫非该要我做口力工作者?阿吉这么想去,精神振作了,重新穿好了西服和皮鞋就出门。走到门外了又回来,从柜盖上拿了墨镜戴上。

阿吉去的是镇街上的龟兹班。龟兹班主一脸麻子,先是在县剧团唱黑头,剧团没了演出,工资发不开,他就拢了一帮人吹龟兹。逢着谁家婚嫁,给老人祝寿,为孩子过满月,或者死了人葬埋和过三年忌日,被请去吹吹唱唱,赚三二百元,吃三顿饭,末了还能带一条烟一瓶酒的。麻子的龟兹班在这一带还挺红火。阿吉去麻子家时,麻子正在他家山墙边的茅房里蹲坑。茅房的挡墙低,头能露出来,阿吉一进院,麻子就看见了,麻子没有理。阿吉却瞧着麻子在对他笑哩。

"麻哥——"阿吉把墨镜摘下来。

麻子的脸还在笑着,一颗颗麻子红趄趄的。

"麻哥——"阿吉回笑了一下。

一阵扑里扑通响,麻子的脸不笑了,阿吉才明白麻子刚才不是对他笑,是努了力拉屎哩。麻子说:"你是不是阿吉?谁又死了?"

阿吉说:"人倒没死的,我想跟着你哩。"

麻子说:"你会干啥?"

阿吉说:"我能唱。我唱一板《张连卖布》。"将一口稠痰唾给脚下的鸡,唱了起来,鸡立即跑远了。

麻子说:"好了,你甭唱了,该做啥就做啥去!"

阿吉一时眼前乌黑,想起了城里工地上老总的训斥,再勉强说了一句："我……我还会说段子。"

麻子说："你说说我听。"

阿吉想了想，说道："说的是两头牛，一头公牛一头母牛，犁完地后没有回村，在村外河边吃草哩。吃着吃着，公牛说回吧，母牛说你要回你回，我还要再吃哩。公牛就蹶子一尥一尥回村了。但公牛很快便从村里跑出来了，一边跑一边喘着气，牛鼻子都歪了。母牛问：咋啦咋啦？公牛说：县上来了几个干部，嚷道着要吃牛鞭呀！母牛说：噢，那与我无关，你就在这儿躲着，我回呀。母牛回去了，母牛很快也从村里跑了出来。公牛问：你怎么也出来啦？母牛说，干部说了，吃了牛鞭今晚吹牛×呀！"

麻子用粪铲将坑槽里的屎往下捅，忍不住扑哧哧笑了，拿着粪铲在矮墙上磕，说："你狗日的阿吉，嘴比这屎还臭！"

阿吉从此留在了龟兹班。龟兹班始终是坐在过事人家的院子里，面前啰着茶壶，耳朵上别着烟，敲板鼓的敲板鼓，拉二胡的拉二胡，麻子和一个女的脖子上暴了青筋地唱。吹唱之后，轮到阿吉说段子，以麻子的想法，要用白粉给阿吉按个白眼圈儿，阿吉坚决反对，他就戴墨镜。阿吉的本事是嘴皮子利，说得别人笑了他不笑。豆花来听了一场，豆花就佩服得不得了，说："吉哥，你真行，你也给小安教教呗。"阿吉说："小安那猪嘴！"小安的嘴唇是厚，豆花就丧气了，豆花说："那我拜你为师。"

阿吉领着豆花去镇街的饭馆里吃麻辣粉。一个盆里你夹一筷了，我夹一筷于，吃看吃着，一条长粉一人吸了一头，像两只鸡争吃着一条蚯蚓。豆花一松口，阿吉把整条粉吸进了肚,他看着笑得整个下巴呼噜呼噜抖肥肉的豆花,说:"再有场合了,你把园园也叫上。"

豆花立刻不笑了,说:"你请我吃饭,原来是要我叫园园啊?!"

豆花赌了气离开饭桌,阿吉再喊也不回头。

阿吉到底没有在场合上碰见过园园,阿吉肚子里的段子也差不多掏空了。重复老一套,听者就生了腻歪,常常一开口,说上三句,有人就跟着一块往下说。阿吉急了,说我这段子可是从城里听来的!主人说,我这钱也不是我家印的!主人不高兴,麻子自然分给阿吉的钱少,赚来的烟,别人可以分得一盒,麻子也只给他几支。

麻子说:"阿吉,屁放三遍都没味了,你得说些大伙儿爱听的吗。"

阿吉说:"我又不是每个人肚里的蛔虫,我咋知道爱听啥?"

麻子说:"农民么,你说联合国的事鬼听呀,你不会编些东家长西家短的事儿?"

阿吉开了窍,编造起本乡的趣闻轶事,这阿吉是在行的。比如谁家的公公天一黑就给儿媳拿了尿盆呀,谁家的婆姨把丈夫打得钻在炕洞呀,谁家的两个儿子都是结巴,两个结巴吵架,一个比一个如何地能换气呀。阿吉成了长舌男,逮住个影儿就编造得云山雾罩,听的人蛮起哄,阿吉的嘴成了名嘴。

阿吉终于发现了自己的天才,每说过一个段子,自己也被自己感动得热泪盈眶。正流泪着,被作践了的人骂阿吉,阿吉阿吉你嘴里就吐不出个象牙来?!阿吉还未回应,听众就说,这你就气量小了,说笑说笑就是说一说笑一笑嘛!有众人叫彩,阿吉就轻狂了,越发要哗众取宠。往后的场合上,有的事说上,没有的事也捏上,肆无忌惮。凡是编造了谁的段子,犯不上法也出不了人命,但尿泡打人不疼,臊气重哩。每次场合前,就有人来求阿吉,你今日把某某给咱糟蹋一下。或许,有人就提前打招呼,阿吉,你今日可别作践我啊。阿吉说,这我考虑考虑,你去买一包烟吧。

没有了场子,阿吉在家里用锅煤子涂鞋帮,人造革皮鞋磨出了一片白,思谋着是不是去买一双真皮子的,就听到巷口有人吵架。一个说:"你没文化,这事我不和你说了!"一个说:"你有文化,不就是个民办教师么,你给学生教课,你说光,光,光明的明……"一个说:"你污蔑!"一个说:"我污蔑?阿吉当着那么多人都说了,我污蔑?!"阿吉就得意了喝酒。喝酒把酒瓶子提着蹲在院外的碌碡上喝。阿米提了粪笼从村外回来,阿吉就说:"阿米拾粪起得早?"

阿米说:"石头他爹那老家伙没瞌睡,他拾过一遍了。你说说,墓都给他造了两回了,咋还不死吗?"

阿吉说:"你要当皇帝哩,当了皇帝天下的粪都归你拾!"

阿吉把酒往嘴里灌,灌过了从口袋掏钱数,一张,一张,对着天空辨真假。

阿米说:"哇,这么多钱?"

阿吉说:"常言说,钱难挣屎难吃。屎真的难吃,钱倒好挣的。"

阿米说:"吉哥的日子和拴子家一样了!"

阿吉说:"甭提他!"

阿米说:"我有气哩么,都在一个村里,都是农民,他日子恁好过,我日子恁难过?!"

阿吉说:"你恨他哩?"

阿米说:"我咬牙哩!"果然嘴里响,吐出一颗蚀了一半的黑牙。

阿吉拉阿米坐在了碌碡上,把酒给他喝,阿米一口气灌下二指深,顿时耳朵都红了。阿吉说:"慢慢喝,这半瓶你拿上,让小安也喝几口了,都归你。你晚上和小安来我家说说话。"阿米喜欢地走了,继续喝酒,一条巷没走完,把酒全喝光了。

晚上,阿米和小安就来了。小安一进门便骂得胜,说他去向得胜借钱,得胜有得是钱却不借给他。阿吉说:"他不借你钱,让他留着买药吃吗?"小安说:"他吃人参哩,身体壮得很!"阿吉就关了门,叽叽咕咕地给阿米和小安出主意,末了说:"这话就烂在咱肚子里了。小安你要漏了风儿,我和阿米就一口咬定是你干的;阿米你要漏了风儿,我和小安就指证你。指证你懂吗?"阿米说:"不懂。"阿吉说:"就是吃不了兜着走,你是上门女婿,你该知道轻重!"一条烟拆开,一人给撂了一包。

自后的日子里,阿米见了得胜,说:"叔,你咋啦,脸色这不好?"得胜说:"胡说了,拉条牛看你扳得倒还是我扳得倒?"小安见到得胜了,说:"叔哎,要那么多钱干啥呀?"得胜说:"咋啦?"小安说:"你也买些好东西吃么,瞧瘦成啥了!"得胜说:"我是瘦人,肚子里吃头牛也不胖。"得胜回到家就照镜子,纳闷怎么几个人说我瘦了,气色不好?又过了几天,阿米碰上得胜说:"得胜叔你越来越瘦了,你得去医院看看,到了这个岁数突然消瘦就有问题了。"得胜握握手腕,也似乎觉得有些瘦,回来窝在家里休息了几天。得胜是闲不住的人,休息了几天,就觉得身上不自在,吃饭也觉得不香。小安在镇街上当着很多人的面还是说得胜气色不好。而且问周围的人是不是气色不好,众人也说有一些,得胜心里就有了慌。如此阿米小安逢人就说得胜有了病,许多人倒跑来问候。得胜嘴里说没事没事,却背了负担,饭量越来越少,两腿也沉起来,终于去找镇街上的跛子医生抓了七服中药。

拴子家门外的巷子十字口开始每日倒一摊药渣。阿吉约了阿米到镇街的酒馆去喝酒,两人坐在条凳上,说起得胜婆姨近日脸上的愁苦相,高兴得呱呱大笑。笑过了,就比着努屁。阿米先努响了一个,阿吉就努了连声响。阿米再努,没有成功。阿吉憋了一口气,一抬屁股又是一个,虽然嘶哑,却使酒馆的掌柜都听到了。掌柜说:"阿吉,啥事这么高兴,捂了嘴用尻子笑哩!"

阿吉说:"笑掌柜要给我们免这一壶酒钱哩!"

掌柜说:"我这小生意可免不起的。"

阿米说:"要是乡长来你免不免?"

掌柜说:"阿米,我晓得你,你是上门女婿,你可不是乡长!"

阿米登时蔫了,阿吉说:"阿米是试试你德行哩,你以为我们掏不起一壶酒钱吗?"从口袋里掏出一张钱往桌上拍,拍出来却是五角钱,再掏,是五十元,拉了阿米顺门便走:"多余的,不用找啦!"

阿吉和阿米到了街上,坐在一家屋檐下的台阶上了,阿米还在说:"那一壶酒十元钱,两碟小菜六元钱,你就给他五十元?"阿吉说:"你为啥穷,你眼窝子浅嘛!"阿米不言语了,手伸进怀里搓垢甲,搓一个泥球儿出来,说:"吉哥有钱么,有一句话我想给你说的。"阿吉说:"啥事?"却大声叫道:"老侯哎!"

邻村的老侯披着一件褂子,从斜对面的裁缝铺出来,抬头看了,骂道:"阿吉,你狗日没进城前叫我侯叔哩,从城里回来了叫我老侯,赶明日发财了就该叫我侯老屃了?!"

阿吉就嘿嘿地笑,走过去。他喝了酒,鼻子里就流清涕,捏了一把趁机在拍打老侯的后背时抹了上去,说:"咱这乡上,我最服气的还不就是你,听说你当了工头了,县医院门前的那一条下水道是你修的?几时也让我给你帮个下手嘛!"

老侯说:"我可不敢请你!给我当下手?干不了一个月真说不定谁成谁的下手!"撇开阿吉,径自走了。

阿吉尴尬地回坐到台阶上来,呸了一口,说:"他还真以为我去给他当下手啊?!"侧过头问阿米:"你刚才要给我说啥话?"阿米说:"姓侯的就靠胡煽乱吹着办事哩,修了个下水道,整天吹嘘他认识县上这个头头那个脑脑。你现在要给他说帮买个原子弹吧,他也会说没问题,我给你去挑一个没把儿的!"阿吉说:"我问你要给我说啥话的?"阿米说:"你能不能给麻子说说,让我也去龟兹班吧。"阿吉扳过阿米的脸,看了一会儿,说:"你瞧着我潇洒啦?"阿米说:"牡丹老唠叨我挣不来钱么。"阿吉掏出一支烟叼在嘴上,阿米立即用打火机给点着了。阿吉就眯着眼看街上行人,说:"看见那并排的一男一女吗,你给我说说,他们是什么关系,是夫妻,还是情人,还是男的拐来谁家的婆姨?你说说,你能不能编一个段子?"

阿米说:"这我咋知道人家是干啥的?"

阿吉说:"是吃哪碗饭的料就吃哪碗饭吧,你好好把地种好,早上起早些多拾些粪……"

阿吉突然间不说了,因为阿吉看见了园园从街东头走了过来,手里提着一大袋中草药包,阿吉就站了起来,软软地叫:"喂!"园园瞥了一眼,立即斜侧了身,假装在看对面街房的门面,腿换得很快地走过去了。阿米说:"园园走路水上漂一样,把人看得骨头都酥了。"

阿吉重新坐下来,一口一口吐烟圈,说:"阿米,哥在城里耍过小姐,你信不信?"阿米说:"信的。"阿吉说:"你想不想听哥咋耍来?"阿米说:"咋耍来?"阿吉拉了阿米就走,园园远远地在前边走,阿吉和阿米慢慢地在后边走,阿吉没有再说他是如何耍小姐的。走出镇街,走过了一片苞谷地,远处的园园回头看了一下,阿吉拉了阿米躲身到一棵树后,园园钻进苞谷地里不见了。

阿米说:"你是要看园园哩?"

阿吉说:"我是看她提草药包子的,她一定是给得胜抓的药。哼,她现在就是洗得白白的睡到我的炕上,我理都不理呢!她到苞谷地做啥去了?"

阿米说:"是不是去尿了?"

约莫过了五分钟,苞谷地里又走出了园园。还是回头看看,然后提着草药包顺着小路走,拐了一个弯,消失了。阿吉和阿米便走过来,阿吉竟也钻进了苞谷地,阿米一时纳闷,哎哎地叫阿吉。阿吉不理,只管往苞谷地里走。阿吉也已经猜出园园钻进苞谷地一定是尿了一泡,果然在一个地塄和一个地塄的中间处有了一片湿。阿吉就端详着那片湿,看着像一块地图。像哪一个国家的地图他没看出来,却猛地听到,左边地塄上有人急促地跑开,踏倒了一溜苞谷秆。阿吉大声问:"谁?"那人也不管,还是跑。阿吉斜插着过去,跌了一跤还未爬起来的是小安。

阿吉揪着小安的耳朵从苞谷地里出来了。

阿吉怒不可遏地在小路上审讯起了小安:"你说,你刚才在苞谷地里干啥?"

小安说:"我不是故意的。我在地塄上扳甜秆吃,是园园在地塄下尿哩。她碰到我眼里了吗?"

阿吉说:"你看见什么啦?"

小安说:"我看见她的脑壳。"

阿吉说:"胡说,往下说!"

小安说:"看见脖子。"

阿吉说:"胡说,往下说!"

小安说:"看见了腰杆。"

阿吉说:"胡说,往下说!"

小安说:"看见了大腿。"

阿吉说:"胡说,往上说!"

小安说:"我看见毛啦。"

阿吉扇了小安一个嘴巴,骂道:"把你眼窝咋不瞎了哩!"拉了阿米就走,小安再叫"吉哥吉哥",阿吉就是不理。

阿吉恼得不理小安,阿吉并不担心小安会把他们密谋过的事漏出风去,反倒是小安惶惶不可终日了。第三天,小安硬让阿米作陪来见阿吉,说:"吉哥,我想来想去,我没有啥错么,就是看见了园园光着尻子尿尿,园园又不是吉哥的婆姨,我咋就错了?"阿吉说:"你还没错?!"小安说:"好,好,就算我错了。吉哥没看到我看到了,我赔个罪儿,我还要给吉哥说一件大喜事哩!"阿米说:"小安真有个大喜事哩,你笑笑,让小安给你说。"阿吉皮笑肉不笑了一下。小安告诉道:"得胜原本是承包了水渠二里长的一段工程,这一病,眼看着修不成了,许多人就吵闹着寻乡政府要重新承包。争得最厉害的就是邻村那个姓侯的,听说乡政府也动了心,要再研究哩。"

阿米说:"得胜这一下亏得多了!这不是喜事?"

阿吉说:"这倒还是个喜事。我阿吉命硬着哩,谁要和我作对,没有不栽了的!"

阿吉这一夜没有睡着,他冲动起了一个念头:既然得胜承包不了水渠工程,别的人要重新承包,我阿吉也可以去重新承包么!阿吉就盘算着若要自己承包了,工程三个月即可完成,工程若是一里十万元,二里就二十万,三分之一买钢筋、水泥和石料,三分之一付做工的工钱,三分之一就全是盈了的利!阿吉想着想着却叹气了,乡政府肯让我承包吗?承包了能招来做工的吗?阿米是跟着干的,小安也可以,石头和石头的哥肯不肯呢……阿吉不去想了,天也就亮了。

天亮起来,阿吉便去找老侯。阿吉去找老侯是要探探承包的事,而老侯却刚刚从乡政府大院回来,粗着声给几个人说:"论能力,县城的下水道我是干过的,我修不了一条水渠？论担保,我一院子房,青堂瓦舍的,还不够抵押？况且我有电视机,我还有存款哩,谁比得了我？可乡长就会说要研究要研究。还有啥研究的,他要研究给他的熟人啊?!"阿吉一听,扭头就走,心里说:毕了毕了,我拿啥担保呀？走到村口,却收住脚又往老侯家去,一进门喊:"侯叔！"

老侯说:"又叫侯叔了？肯定有求我的事了！"

阿吉说:"求着给你送钱哩！"

老侯说:"你要送钱,钱也是被药水煮了的！"

阿吉说:"你是不是想承包水渠工程？"老侯说:"想哩。"阿吉说:"是不是还没有承包上？"老侯说:"是没有。"阿吉说:"这事你包在我身上好了。明人不做暗事,我要给你争取到了承包,你得给我两千元。"老侯说:"行吗,再给你添二百！"阿吉当下就趴在柜盖上写了约定书,说:"口说无凭,咱以城里的行规办。"自个咬破中指摁了一个指印,让老侯蘸了他的血也摁了一个指印。

现在,倒轮到阿吉来求小安了。小安把刘干事叫姑父,刘干事是可以给乡长写推荐老侯的条子的。但小安在家里坐着,阿吉喊了三声,小安都没理。阿吉说:"啥,我来了你不拿烟倒茶,连理都不理了？"小安让了座,说他生豆花的气哩。豆花刚才还在这儿,他要亲嘴哩,豆花不让亲。他把嘴洗了还是不让亲,说嫌他黑,人长得黑那是能洗白的吗？阿吉说:"她是老鸦笑猪黑哩！你给哥说,你把她放展过没有？"小安说:"没有,要亲个嘴把脸都抓烂了。"小安的鼻子上果然有道指甲印。阿吉说:"没出息！你得硬下手哩！"小安叫苦没有个环境,豆花家他不敢去,他家里又有个老娘,总不能把豆花往苞谷地里拉吧!阿吉说:"哥给你寻地方,你就在哥屋里!"小安简直不敢相信,眼睛珠子都要掉下来了。阿吉说:"这你得办件事哩。"将想法道出,小安当下出门就要去找姑父,却又回来,说:"豆花不去你家怎么办?"阿吉说:"你就说我叫她哩。"

小安真的去了刘干事家,央求姑父给乡长写个推荐老侯承包的条子。刘干事的婆姨就骂小安:"你姑父病成这样子了还写什么条子?姓侯的承包不承包与你有屁干系?!"再骂,小安就是纠缠,刘干事趴在炕沿把条子写了。

小安把推荐条交给了阿吉,就去找豆花。豆花一个人先去了阿吉家,豆花说:"你叫我来的?你眼里只有个园园,叫我来干啥?"阿吉说:"你往我眼里看,看到底里边是谁?"豆花竟真凑近来,看见了阿吉的眼球里有一个小人儿,是她豆花,就吃吃地笑。阿吉顺手把那个胖奶子握了一下。豆花一对小拳便在阿吉的胸上打:"吉哥你坏!吉哥你坏!"院门外一声干咳,小安进来了。小安脸红彤彤的,才喝了酒。豆花登时安稳了,噘嘴坐到一边。阿吉就把一筐陈年老苞谷棒子拿出来,说:"小安来了更好,你们给我帮着剥剥苞谷颗儿,我出去割些豆腐,今日就在我这儿吃饭啊!"一出院门,却喊小安。让小安把院门关了,隔了门缝说:"成不成是你的事。你记着,你得把被褥揭了,若在被褥上留下不干净东西,我可饶不了你!"

阿吉把小安和豆花关在了自己的家里,心里总不是个滋味。见着了阿米,要阿米跟他一块去乡政府找乡长。两人走着走着,阿吉就低声嘟囔道:"有贼心的时候没贼胆,有贼胆的时候没贼钱,贼心贼钱是有了,贼却不行了。"阿米说:"你贼不行了?"阿吉说:"你贼才不行了!"

走到乡政府,乡政府的大门口拥了许多人,吵吵嚷嚷地要往里进。而大门口站着三个派出所的警察,黑着脸说县上来了领导了,谁也不能去干扰,把人往散着赶。阿米腿就有些发软。

阿米说:"咱回吧。"

阿吉说:"我在城里看电影从来没买票哩!"

阿吉就把西服的扣子系上,墨镜也戴上了,端端地朝着大门口走,竟一直走了进去。然后站在那里还给阿米招手:"进来呀,从这边走,从这边走!"

阿米脸色煞白,走进大院了颜色还未变过来。阿米说:"怪了,他们怎么就不挡你?"阿吉说:"这得有气质!"阿米说:"啥叫气质?"阿吉说:"说句你能懂的话,老虎天生下是吃肉哩,老鼠就只会溜墙根。"阿米说:"来了县上领导,乡长还会不会见咱俩?"阿吉说:"有县上领导,咱还见他乡长干啥!"阿米就跟着阿吉走。

走过院子,拐一个墙角,是后院招待楼门口。还往里走,有人很快跑过来挡住了门。阿吉不认识这人,说要找县上领导。当然阿吉阿米这回不得进去了。阿米说:"这是阿吉!"那人说:"什么阿鸡阿狗的,领导正吃饭哩,要告状明日寻你们乡长好了!"阿吉说:"我不是鸡,是士字头口字底的吉。我哪里是告状了,要告状我能进了大院吗?"一吵嚷,乡长出来了。乡长头梳得油光光的,正和县上领导碰杯照相着,见着是阿吉,定着脸问阿吉怎么进来的。

阿吉眨巴眨巴眼,说:"乡上招呼领导哩,需要不需要龟兹班来热闹热闹?"

乡长说:"这里啥场合,用得着你吹龟兹?"

阿吉便把干事伯的推荐条子交给了乡长。乡长看了看,说:"他病成那样子,还操心这事?!"收了条子,转身就走。阿吉赶紧说:"乡长乡长!"乡长已经站到饭厅门口,说:"事情我知道了,回去好好伺候老刘,好吃的就让他吃,好喝的就让他喝,就说有空了我去看他!"阿吉却大了声说:"我想和领导照个相哩,行不行?"

声音响亮,饭厅的领导就听见了。问乡长谁要和他照相呢？乡长说,"决定修水渠,群众高兴得不得了。自发成立了自乐班,每天晚上唱戏哩。现在知道您来了,派两个代表想和你合张影的。"领导说好么好么,阿吉和阿米就赶紧进了饭厅。

领导原来是个白胖子,这让阿吉和阿米肃然起敬。拍照的时候,阿米的头发乱,在手里唾着唾沫往头上抹。脸上的肉是硬的,摄影师叫他笑,他紧张得不会笑了。阿吉说:"领导,咱农民要给你们修庙哩,这水渠可修好啦!"

白胖子说:"干部就是为群众办事嘛！修渠是大家的事,大家都来关心和支持,这水渠就能修得快、修得好!"

阿吉说:"就是就是,得胜他病了,可不敢让他的病延误了工程。"

白胖子就问乡长:"得胜是谁?"

乡长说:"得胜是工程承包人,现在突然病了,我们正考虑让别的人重新承包哩。"

白胖子说:"那就得抓紧物色人,可不得误了工期!"

乡长说:"这不会的,误了工期你把我这乡长撤了去!"就推了阿吉阿米出去。阿吉说:"那我们走了呀!"眼瞧着饭厅的门就关了。

阿吉一出了乡政府大院,直脚往老侯家去。阿米也要去,阿吉拒绝了,说:"你回去,回去了不要洗手,让牡丹也瞧瞧,你阿米也是和县上领导握了手的!"阿吉到老侯家,端了桌上的茶壶就喝。老侯说:"阿吉,你怕是走错了门了吧,这可不是你家!"阿吉慢条斯理地说了他怎样托干事伯给乡长写了条,又如何见到县上领导直接反映了得胜有病而工程要让你老侯承包,再是乡长说了什么话,表了什么态,末了说:"你老侯这茶喝得喝不得?"

老侯说:"我现在又不是你侯叔了?"

阿吉说:"你现在的任务一是这两天直接找乡长去落实,二嘛,给我付两千二百元吧。"

老侯揭了炕席,炕席下压着一沓钱,但老侯只数了一千元给阿吉。阿吉脸长起来。老侯说:"你就靠两片嘴皮子挣这么多钱呀? 即便现在事情十有八成,那也只能付你一半呀!"

阿吉说:"八成比五成多三成。"

老侯说:"八成也可能事不成,这和五成有啥区别?"

阿吉说:"那两百呢?"

老侯从炕席下又拿了一百元给了阿吉,说阿吉你心沉得很。阿吉走出门,吐了一口:"这侯老尿!"

三天后,老侯如愿揽成了水渠工程,喜欢得念了佛。借着他生日过寿要待客庆贺,就请龟兹班去热闹。阿吉曾鼓动着麻子不要去给侯家凑兴,但麻子说,姓侯的给的钱多。又说,姓侯的承包水渠工程,势头压过了得胜了,这号人不要得罪。阿吉也只好跟了去。

龟兹班在老侯的院子里吹吹唱唱后,阿吉就开始卖嘴了。众人说:"阿吉,今日咬谁呀?"

阿吉说:"逮住谁咬谁!"

众人说:"老侯绊一跤拾了个金疙瘩,咬老侯!"

阿吉说:"我是咬哩,可我有个原则,以势欺人的我咬,村盖子我咬,别人不敢咬的我咬,别人咬不动的我咬,你说不能咬的我偏咬!"

众人说:"阿吉倒成了纪检委的人了?!"

阿吉说:"你以为我只为混个小钱来的?要挣钱我进城去了,我又不是没挣过大钱!"

众人就嚷嚷得胜是没人咬也咬不动的人,你把得胜外派外派。阿吉说得胜叔现在病了,水渠工程也干不了了,外派他我心里不忍,但得胜叔前日请了南山的大夫,大夫让他每日喝钱哩。

麻子拿敲板鼓的棍儿敲了一下阿吉的头,说:"你说着说着就胡扯了,有喝钱的药方?"

阿吉说:"我听说了我也不信,昨日早起,我去看我得胜叔,我没敢进去看,站在窗外看的,我那婶子真的是把一百元的票子剪成碎末儿,冲了水让我得胜叔喝。得胜叔喝不下去,我婶子放了些红糖,他就喝了。喝毕了,我婶子问,还吃啥呀不?得胜叔摇了摇头。我婶子又问,还喝啥呀不?得胜叔摇了摇头。我婶子再问,还干啥呀不?得胜叔说话了,得胜叔说的话是:那你活活把我放上去啊……"

众人哄然大笑。老侯骂道:"你狗日的缺德!"却把一瓶酒塞在了阿吉的怀里。

阿吉在老侯家外派得胜,当然有人就传到东洼村。阿吉问过阿米:"拴子家什么反应?"阿米说:"倒能沉住气,没动静。"阿吉说:"他害怕了!"

阿吉认为拴子一家害怕了,就想为啥害怕了,一定是有更大的见不得人的事。比如,他得胜为什么就长年在公路上包活干,他给县上领导行了多少贿?这回承包水渠工程为什么又首先他能承包?他和乡长有没有猫腻的事?阿吉想着想着,感到他若真能弄点情况来捅出去,他阿吉就会被乡人捧为打虎的武松了。到时候得胜的势一倒,园园就不一定还会嫁了拴子。阿吉一高兴,在院子里唱龟兹班里麻子曾唱过的一段戏:

> 眼看着他起高楼,
> 眼看着宾客宴,
> 眼看着楼坍了。

阿米和阿米的婆姨经过院外,阿米喊:"吉哥,你段子说得好,你唱戏聒人哩!"

阿吉在院内说:"你懂得屁!"

阿米和阿米的婆姨要走过了,阿吉却说:"阿米,你进来,咱俩到刘伯家去落实个事儿!"

阿米说:"哪个刘伯?"

阿吉说:"还有哪个刘伯,在乡政府当干事的刘伯!"

阿米和阿米的婆姨进了院子,阿米说:"刘伯家我昨儿去过,喝了五只黄鼠狼的血了,病还不回头,我看人快要毕了。今日石头的哥给他爹新墓拱好了,你去不去行情?"

阿吉说:"麻子没有通知去给热闹吗?"

阿米说:"石头的哥舍得花钱请龟兹班?咱一个村的,再不亲,你也该去去。"

阿吉该去的。阿吉说我拿啥礼呀,仰起头看屋檐下一串晾着的辣子,要过去取,却一拍手说:"咍,人去了就给他壮了脸了,拿什么东西?我烦就烦咱这里提酒呀送糖的,一瓶酒一包糖又能值几个钱!"

到了石头的哥家,人来得不多,坐了三席客,席上没见石头。阿吉一见石头的爹,老人是坐在他的那副已做好了十年的棺材上,阿吉说:"老伯,你有了新房子,恭喜恭喜!"老人说:"阿吉,你几时还进城呀,听石头说你在城里坐大啦?"阿吉说:"那有啥哩,几时我把你老领到城里也去看看。"老人说:"我不中了,都八十有六了。"阿吉说:"你还能活哩,你给咱往一百上活!"老人说:"活得丢人了,再活就丧德了。"

饭菜很简单。吃饭的时候,小安嘟囔没有鱼也没有鸡,石头的哥这么啬皮,到时候老伯倒了头,看谁还来帮着抬棺材呀。他说:"反正我不会来啦!"石头的婶子听见了,脸不好看,舀了一勺肉片扣在小安的碗里,说:"兄弟,别人我不管,你得吃好!"小安端了碗就蹴到了阿吉身边,讨好地说:"吉哥,这几天你见着园园了没?"

阿吉说："吃你的肉,我见她干啥？"

小安说："我看见她在镇街上买红裤带哩,买了两条。说是今年她晦运哩,要给她和拴子系红裤带辟邪呀。"

阿吉说："是不是,怕快要系白腰带了吧。"

阿米也凑过来问："吉哥你是说得胜要死呀？我可没想让人家死……不会闹出大事吧？"

阿吉说："出啥事？话就多得很！"

阿米受了噎,瓷在那里。正好石头的爹叫阿米给他舀一碗汤来,阿米把汤端给老人,问了一句："今日石头呢,他没来？"

石头的哥听见了,没好气地说："我爹就我一个儿！"

阿米的婆姨就用手拧阿米的腿,低声说："你不会说话就别说话！"一时众人寂静下来,只有很响的吃饭声、咳嗽声和擤鼻声。阿米的婆姨便说："吉哥,你到处都在说段子哩,今日你也不来几句？老伯有了新房是喜事,又不是到了刘伯家看病人哩。"

阿吉就把一片肥肉末嚼碎咽下了肚,说："那我给老伯热闹几句。说啥呀,原本我要去看咱干事伯的,得知老伯新房盖好了,就又赶了过来,那我说说干事伯的事吧。前年秋天,县长到咱乡政府来检查工作,乡政府当然就做了一桌饭菜招待县长。咱干事伯是负责伙食的,饭菜好后他就端上来,端上来时大拇指伸在菜汤里。乡长就说,你瞧你那指头？干事伯说,指头咋啦？乡长说,指头都伸到汤里了！干事伯说,我这指头风湿,伸在汤里暖和么。乡长说:你咋不伸到尻子里去呢？干事伯说,端饭前我就在尻子里伸着呀！"

阿米噗地把满口的饭菜喷出来。喷了对面人一身,有肉,有米,还有一片菠菜。大家就笑,阿吉说:"阿米,你也文明些,你瞧瞧喷在你婆姨身上的肉,你吃肉要嚼烂么!"

石头的爹却指着阿吉说:"你看看你,耳朵上也不挂了根粉条!"

阿吉一摸,在耳朵上真的就也挂了根粉条。

阿吉作践刘干事的段子,有人就传给了刘干事。刘干事已经喝了五只黄鼠狼的血,又托人逮来了第六只,杀了正喝血哩,听了传过来的话,说:"他阿吉谁都糟蹋!"一口气憋住,没返上来,倒在炕沿上翻白眼死了。

刘干事死了是命到头了该死,虽然死时是听了传过来的话才死的,但不能说是阿吉气死的。阿吉坦坦荡荡没有内疚,刘干事的家里人也没怪罪。尸首在家停放了三天。第三天下葬,村人从坟上回来,刘家照规矩招待吃饭,堂屋里、院子里都摆了席。

龟兹班是一早就来的,起灵时吹唱了《诸葛亮吊孝》,也吹唱了《血染的风采》。阿吉没有卖嘴说段子。阿吉随着送葬人往坟上去的路上看见了拴子和园园,故意咳嗽着,但园园没有正眼看他。现在吃开饭了,阿吉心情还是不好,只闷了头扒饭。一只鸡就盯着他,掉一个米粒,鸡吃一颗。他不吃了,鸡却跳起来啄他腮帮上的一颗米,把脸啄破了。阿吉一下子躁起来,放下碗把鸡扑住就拔毛。刘干事的婆姨说:"阿吉阿吉,我那鸡是卜蛋的鸡!"

阿吉下不了台,呼哧呼哧出粗气。小安就打圆场:"吉哥,轮到你的节目了吧!"

阿吉说:"我说啥呀,刘伯不是旁人,他一死我心里难受得很,我不说了吧。"

梨子树底下坐了几个人,冒了一声:"恐怕怕刘伯的鬼哩!"

阿吉明白这话指的是什么,憋着的火儿就攻上了心,说:"我怕啥鬼哩,我阿吉这张嘴天王老子都钝不了的!"

小安说:"吉哥你说,说个带彩儿的!"

阿吉说:"我不说带彩儿的,今儿谁说风凉话我就说谁。刚才是拴子撂凉话了吧,拴子在学校的时候,有一天……"

拴子放下碗站起来,唾了一口,往院外走。走到院门口了,又给园园招手,园园帮着刘家人洗碗,起身也跟着走了。

阿吉说:"走了?这让我很遗憾,走啥哩,阿吉是老虎吃了你?走了我就不说了?我还要说,有一天……"

堂屋台阶上的一张凳子倒了,发出很大响声。从凳子上立起来的是阿财,他把阿吉的话打断了。阿财是乡小学的民办教师,穿着四个兜儿的中山服,口袋里插了钢笔。阿财说:"阿吉,我整日在学校忙着,可你进了一回城回来,干了些啥事我也听说了,你也太过分了吧?谁你都作践糟蹋,你要真有能耐,你批评腐败么,你说你敢吗?老是你那一套,我也就小看你了!"

阿财的话说得很慢,但阿财把阿吉镇住了,立在那里没再能说下去,脸一阵红,一阵又白了。麻子敲了碗说:"都吃饭都吃饭!"阿吉的脸颜色缓过来了,擦了一把鼻涕,抹在了身边的桌腿上,说:"阿财老师身上插钢笔哩,是知识分子,知识分子我是尊重的。阿财老师说我不敢说腐败的事,我不敢吗？我敢！阿财老师的嘴哄娃娃哩,阿吉的嘴从来没有不正义的,今日我就说一个段子,阿财老师你听着!"

阿财说:"你说吧!"

阿吉说:"这个段子有一个背景,就是咱们乡里修水渠,原本是五里长的水渠,但乡政府上报的材料是十里水渠。县上拨款当然要拨十里水渠的款。那么,多拨的款到哪儿去了？前五天,县上来了一个领导,来了后就住在乡政府的接待楼上,请注意,故事就从楼上发生了……"

满院的人都不吃饭了,拿耳朵听,却听到了堂屋里有人喊:"阿吉!"

声音尖亮,是乡长的声。乡长在群众会上总是讲话,声音是大家都熟悉的。阿吉下意识应了一句:"嗯。"便说:"乡长没走？"

乡长是代表了乡政府也来给刘干事送葬的,但乡长来时在灵桌上上了香,奠了酒,没有去坟上。原本告辞了要回去,刘家的亲戚却硬留下让吃饭,就一直待在堂屋吃烟喝茶,饭时也便坐了上席在堂屋。这些,阿吉不知道,阿吉听见乡长叫他,不能不去。阿吉就到堂屋,一条腿在堂屋门槛里,一条腿在堂屋门槛外。阿米看见阿吉的皮鞋后跟一边磨损得已经很厉害了。

乡长指着阿吉说:"你在说啥哩？"

阿吉说."我还以为你走了。"

乡长说:"我不在你就可以信口雌黄？你有事实根据吗？你有证据吗？"

阿吉赶忙笑,说:"乡长你也信我说的是真的吗？"

乡长说:"你红口白牙地当众造谣,我不信别人信不信?你如此造谣诽谤,我得告你!"

阿吉脸一下子绿了,当下就扇自己嘴,墨镜掉下来打碎了。阿吉说:"乡长,我不是诽谤你呢,你问问大伙,我在背地里常说乡长是好人。就是有一天乡长你坐监狱了,别人躲着你,我阿吉能去给你送饭的……"

乡长更火了,说:"这么说,我真贪污水渠款了?我告诉你,你要送饭,我不会给你这个机会的,我永远坐不了牢!"

院子里当下混了,一部分人顺门就走,一部分人进了堂屋去拉劝。阿米也往堂屋钻,阿米的婆姨拽了他的耳朵拉回来。堂屋里,麻子扶住了乡长,让乡长坐椅子,说:"阿吉的嘴上贴过×毛,是臊嘴。狗咬了人,人犯得着去咬狗吗?"乡长方坐下来,一拍桌子,桌子上的酒杯全跳起来。

乡长到底没有告阿吉。使阿吉躲过了一难。但乡长把麻子叫去,指示麻子开除阿吉。若阿吉还在龟兹班胡说八道,破坏社会安定,那么龟兹班就要负法律责任了。麻子当天便把阿吉除了名。

阿吉没事干了,地里的草长得比庄稼高,他是个懒身子,不去料理。嘴还是能说,但说了话没人接茬儿。阿吉就在自己家里骂乡长,骂阿财,骂拴子和园园,骂:"'文化大革命',我×你妈!"

阿米从院外经过,立住脚听了听,说:"吉哥,你骂错了!"

阿吉开了院门,让阿米进来,说:"我就骂啦!"

阿米说:"'文化大革命'惹了你了?咱那时还穿开裆裤哩。"

阿吉说:"我骂它怎么就不再来啦?!"

阿米听不懂阿吉的话,阿米有阿米的心思,他想着能几时进城打工去,说:"吉哥,咱俩一样,在村里混笨了,你要进城了,给我说一声。"

阿吉说:"我和你咋能是一样?你是上门的女婿!"

阿米低了头就走。阿吉却说我到十里外火车小站上找阿狗呀,阿米你愿意不愿意跟我一块去?阿米说:"卖豆腐呀?"阿吉骂:"你就只会出瞎力。我告诉你,这世上是出力的不挣钱,挣钱的不出力!"阿米点点头,说:"去哩。"

阿吉说:"那好,我带着你。你把你家的莲花白给我装一口袋,不给带点东西去,我那嫂子脸比尻子还难看哩!"

阿吉在火车站东边的席棚里,他对来收管理费的人说他名字叫鸡,左边一个又,右边一个鸟的鸡。

猎　人

戚子绍在礼拜五的下午去秦岭打猎时要带上一个叫夏清的女子。王老板问是不是情人。戚子绍说才认识的,应该是熟人,女熟人。王老板就认为打猎带女人不好,又累又不安全,而且三天里住宿也不方便。戚子绍噎了一句:"你舍不得花钱了?!"王老板便不再嘟囔,将车开到A路B楼外的花坛边按喇叭,一长一短地按得生响。楼道里跑出来的却是两个女人,打头儿的是个胖子,四肢短短的,跑起来像是鸭子。戚子绍迎着阳光,把眉头皱成一疙瘩,等胖子跑过来了,一边替后边的夏清拿了大包小包,一边却对着胖子笑。

"怎么个给你拨电话也联系不上!我还担心你不能去呢?"戚子绍说。

"怕不是吧,"胖子做着鬼脸,胖子做鬼脸的时候很性感,"认识了夏清就不想见我了?这我知道。可我和夏清是笼沿连着笼襻儿,不拆伴的!"

夏清站在车尾,抿着嘴笑,戚子绍又一次笑了。

"我怀疑你俩是同性恋!"

"或许是吧!"

王老板已经把车门打开,胖子的一只腿伸进去,又取出来,哇地叫了一下,瞧见了装在里边的长舌帽、爬山鞋、军用水壶、雨伞、毛毯、一袋子矿泉水和三支长长短短的猎枪。说:"戚处长,你还真的是个猎人了!"

"干啥就要像啥嘛!"戚子绍在后车厢帮夏清将一个大旅行袋放好,这是一顶军用的野营帐篷。戚子绍低声说:"是你通知了她?"夏清说:"你打电话过来时她就在旁边,我不能瞒了她。"戚子绍说:"傻女子!"夏清说:"我是傻。"蓝底碎白花的裙子在阳光下一抖,戚子绍觉得满地都是坠落的花瓣了。胖子在问王老板:"这是你的三菱吉普?多有个性的车,我就喜欢红颜色的!"王老板说:"是小了点,但爬山功能好。"戚子绍关了后车厢盖,悄悄说:"他是我的客户。"揩了夏清手背上的一点土,夏清忙把手塞进了口袋里,戚子绍却冲了胖子说:"车不错吧,老王可是个大老板喽!"胖子说:"你净结识大老板!"戚子绍说:"也结识美女哇!"走到前面,为胖子拉开车门,很绅士地说:"请!"胖子却说:"是要我坐在前边,你们坐后边呀?我也偏坐在后边!"把吃的喝的用的东西,往前边座位上堆,堆成一个小山。

"不愿意我坐后边?"胖子让戚子绍坐在后座位的中间了,自己挤进来。戚子绍说:"这盼不得么,东宫西宫,我过的是皇帝生活么!"故意摇晃着身子,将手在胖子的膝盖上拍了一下,便问:"最近做啥哩?"胖子说:"啥也没做,只做爱。"四个人都噗地笑了,戚子绍说:"这话说得好!王老板,你瞧我这女熟人有意思吧?"胖子说:"我可告诉你,下次再出来现不首先通知我,我会生气的。你要待我好些,我可以继续给你批发美人。我是胖了点,我的女朋友却没有不漂亮的!"

戚子绍确实是先认识了胖子,然后通过胖子认识了夏清的。那日他在一个朋友家搓麻将,麻将桌上有胖子,她是一家公司的职员,询问他们银行能不能采用她经销的UPS不间断电源器,这是微机上使用的配件,一旦使用上了就能长期使用。"这有什么问题呀,"戚子绍是当场拍了腔子,"用谁的配件都是用,辞掉别的供货用你们的就是了!"但过后他却没有动静。有一天胖子又来了,领着的是夏清,夏清是一个瘦高瘦高的女子,戚子绍就有些拘谨。戚子绍是见着了漂亮的女人就拘谨的。"你是上海来的?"他舌头硬硬地说了普通话。女人说:"鄂不是。"一听把我念成鄂,戚子绍才知道夏清是本城人,他就说西安还能有这么漂亮的女人呀,而且气质好。那天戚子绍说了许多话,都很幽默,简直是妙语连珠。胖子说你爱上她了。他说:哪里。胖子说,这你瞒不了我的感觉,瞧你想象力多好!第二天戚子绍就约了夏清去茶楼吃茶,夏清应约而来,来的还有胖子。戚子绍是有了许多话想要给夏清说,但胖子老在旁边,她们总是一块来一块去。戚子绍没有了机会,但戚子绍还是帮忙推销了。

秦岭在城南五十里外,车行驶了半小时,进了沣峪口,路就在峡谷的半崖上蜿蜒盘旋,每每车在拐弯处就倾斜,坐在座位中间的戚子绍就一会儿靠在胖子的身上,一会儿挤着了夏清,夏清被挤得嗷嗷地叫。戚子绍说:"这是身子要倒的,与道德品质无关啊!"头与头要挨上的时候,戚子绍瞧着夏清的眼睛说贴这么长的睫毛,夏清说不是贴的。戚子绍用手去拔了一下,果然不是贴的,就感叹什么叫天生丽质。王老板故意把车开得很猛,三个人就颠得像在舞蹈。戚子绍就势用双臂搂住夏清和胖子,却叮咛王老板把反光镜拧上去,专心开车。王老板真的把反光镜拧了上去,声明他不会看的,他什么都没看见。就听着他们在后边说女人的高跟鞋和香水。戚子绍的观点是高跟鞋是世界上最伟大的一项发明,但香水却破坏了女人特有的体味。这话惹得胖子坚决反对,因为她今天没有穿高跟鞋而喷洒了强烈的香水。夏清立即将双腿收缩在身下。戚子绍也就说了一句胖子的丝袜好,丝袜是女人的第二层皮肤。胖子说:"只许看不许摸!你们常进山打猎吗?"戚子绍说:"当然喽,差不多的礼拜都来!"胖子说:"有钱有权的人真会生活!政府不是禁止民间有枪吗,你长长短短三支枪?"戚子绍说:"这办了许可证呀!你需要办不?我可以帮你办一张。"王老板说:"这可是真的,在西安市里戚处长没有什么事情搞不定的!"夏清说:"这我信的,你就是要颗原子弹,戚处长就说你要圆头的还是方头的?"车突然地一个急刹,胖子和夏清从座位上滚下去,而戚子绍一个前倾头撞在了前边的椅背上,哎哟叫了一声。一辆车从拐弯的对面擦身而过,在后面发出了剧烈的机器响。戚子绍脸色愠怒,随之解嘲说:"王老板你是牺牲我呀?!瞧见了吗?刚才那辆车上坐着一位少妇!"

"你眼睛那么尖的?"胖子重新坐好,但她的丝袜被座位上的硬垫角剐破了。

"这就是猎人的眼睛!"戚子绍说,"看女人瞥一眼就知道什么模样了!那少妇倒有些姿色。"

三个人扭过头了,看见那辆车在后边二十米远停住,先是司机下来查看轮胎,接着是一个女人也下来,腰身很好,但脸是刀把脸。两个女人同时地噢了一声,汽车也已转过了弯道。

"戚处长是这样个欣赏水平呀?!"

戚子绍似乎也不好意思了,从前边的座位上拿起了一支枪,向窗外做着瞄准的姿势。

"我是侧面看她的,"戚子绍说,"侧面看了想犯罪,正面看了想自卫。"

"我现在也不能不怀疑你的枪法了。"胖子说。

"可以说,来秦岭打猎的没有谁能和我比枪法的!"戚子绍说,"我曾经一枪打下两只鸟的!"

"是两只鸟,"王老板作证,"鸟落了一树,一枪放上去,掉下来了一只,过一会儿,又掉下来了一只。"

"第二只是吓昏了的吧。"夏清说。

"不打鸟而让鸟掉下来才是高手!"戚子绍说。

两个女人却听不懂这样的话,相视着格格地笑。

"你瞧着吧,这次打猎我不往崖鸡子身上打一枪,却要猎到十只八条的!"

两个女人还是在笑。

戚子绍就给女人讲他和王老板上次猎崖鸡子的经历。如何潜伏在一个土沟里,看着对面崖畔上落着一群崖鸡子,咚地朝天放一枪,崖鸡子就扑棱棱地起飞了,飞过沟就落在这边崖畔上,咚地朝天又是一枪,崖鸡子又飞落到那边崖畔上。"崖鸡子是没脑子的,就像是夏清。"戚子绍趁机敲了一下夏清的鼻子。夏清回击了,捏了戚子绍的鼻子。戚子绍的鼻子被捏得发红,他继续说,他和王老板不停地朝天放枪,崖鸡子就不停地飞过来又飞过去,崖鸡子就累死了,接二连三地从空中像石头一样掉下来。

"哦。"

两个女人终于相信戚子绍是个猎人,一个真正的猎人了。

车愈往秦岭的深处去,景色愈好。山有开有合,云忽聚忽散。两个女人兴奋不已,后悔着从来没有进过深山,这般好的去处,住十天八天也不想回城了。戚子绍说:"那就不回去了,咱们就住在山里,到时候咱们六个人……"胖子说:"四个人怎么成了六个人?"戚子绍说:"那还有孩子呀!"胖子说:"想了个美!"车从一个隧道里穿过去,一阵黑暗,隧洞外是一个小的山村。

山村河的这边有几户人家,河的那边有几户人家。河这边的人家除了路边高高地架着皮管子接引了山泉里的水,为过往车辆冲洗外,又都开着饭馆。洞开的土窗外挂着酱黑色的腊肉,干蕨菜和酱条串成的卤汁豆腐干。卖饭的男人或女人圪蹴在门口的石头上。刚才车到的时候,一个肥胖的女人从厕所里出来,站在公路中间,一边系裤带一边乍了一下腿,车就地停了。肥胖女人扒住车窗往里一看,就乐了。

"是戚处长呀,不挡车你还不停哩!又来打崖鸡子啊?"

"打崖鸡子!"

"守着凤凰还要崖鸡子呀?"

"凤凰只能看不能吃嘛!是漂亮吧?"

"漂亮得像是狐狸变的。"

夏清低声说了句："你是猪托生的！"下了车和胖子看这看那，看啥都稀奇。戚子绍觉得很得意，提醒着山里路不平，走路脚要抬高点，继续和肥胖女人搭讪："近来打猎的多不多？"

"来得少了，你不知道吧，山顶上有了狗熊啦！都怕啦！"

"狗熊有啥怕的，以前又不是没出现过狗熊？！"

"这狗熊可是成了精了！上一个月来了个打猎的，也是开着辆小车来的，遇着了狗熊。狗熊一巴掌把半个屁股挖去了，人昏迷不醒地抬了下来，醒来说狗熊会说人话哩！"

"人会学着野物的声叫，哪里会有野物学人的话？"

"人都能学着野物的声叫，野物又怎么不能说人的话？"

"他一定是没打败狗熊，脸面上不能下来，胡诓哩。"

"反正是风声传得紧，来打猎的人少了。"

"那你就看着我怎么收拾这狗熊了！"

夏清和胖子听到他们说狗熊，已围过来听，听得面色都苍白了。待到戚子绍说他能收拾狗熊，就问："你打过狗熊？"戚子绍说："当然打过狗熊的，不管是什么厉害的野物，你只要摸清它的习性，没有猎不了的。狗熊么，也是个笨，它只会直线扑，你就只拐着弯儿和它斗。如果你碰到了一群狗熊，那你就更好打了。你只需藏在一个地方向它们开枪，一枪或许撂倒一只，另一只便顺着子弹也冲过来，你姿势不动地一个一个打。再如果你能引诱着一只向你扑来，一闪身让它扑下崖畔，后边的也就一条线地扑下崖畔。你可以直接到崖畔下收获罢了！"两个女人眼里闪动了惊异的光，说道："这太精彩，太刺激了，咱们不打那些崖鸡子了，一定要到山顶去猎狗熊！"

王老板用油布一直在擦拭着车身，他不愿意把车继续往山顶上开。

"怎么能不去呢？"戚子绍说，"咱们不是打过熊吗？"

王老板含糊地点着头，说要去的话只能是他和戚子绍去，两个女人就留在这儿。这儿有吃有住的，又好玩，若去山顶遇见狗熊了，是该打狗熊呀还是顾及她们呀？

"咱是老猎手，还保护不了两个女人吗？"

两个女人欢喜跳跃，说："要去嘛，我们一定要去嘛！"

车重新发动起来，向深山钻去。两个小时后，路拐着之字形向秦岭的主峰爬。两边都是大的松树，路面上不时地出现了松鼠，但都是影子般地穿过公路。两个女人又是大呼小叫，要汽车停下来，王老板没有听使唤，用力扳动着方向盘，因为弯道很大而路面又窄。突然间汽车油门加大，人似乎都飘起来，车的前面一只野兔在拼命地跑，不一会儿，车嘎的一声刹住了。戚子绍首先下去，从路上捡起了一条兔子的尾巴，兔子则泥浆般贴在地上。

到了道班，天就黄昏了。山顶道班是全程公路上最小的一个道班，只是一幢三间木屋，两个上了岁数的养路工。两个女人麻雀一般地喳喳乱叫，说这里是童话的世界，就在松树林子里捡蘑菇，采繁星般的小花。夏清说："我相信这里有各种各样动物的，动物都会说着人的话！"胖子噎道；"你相信你也会长翅膀的！"两个女人闹起了小小的别扭。

可能是养路工寂寞得太久了，他们应允了客人就歇住这里，又提供吃的和喝的，但言语不多。尤其两个城市的女人向他们问这样那样的时候,显得手脚无措。木屋分两个小房间,原本两个养路工分住着,现在腾出一间来睡胖子和夏清,而在路的北边撑了军用帐篷,只有戚子绍和王老板去睡了。夏清对睡帐篷感兴趣,但帐篷里毕竟潮湿,保不住夜里又有什么野物闯进来。胖子便把木房里的旧的被褥抱出来,替换了带来的毛毯。"如果被褥上有虱子,"她说,"让吸有钱有权人的血去!"

戚子绍换上了一身猎装,在林子里踱过来踱过去,感觉非常好。后来采着了一朵红色的七瓣花回到木屋,夏清已烧了一盆水洗脸洗手。戚子绍将花插在她头上了,说:"让我也洗洗。"手伸进盆了,在水里抓住了一双嫩手。夏清往出抽,抽不动,拿眼睛看了一下帐篷边的胖子,不动了,手觉得越来越小。

"要是只来你一个人多好。"

"这不可能。"

"为什么?"

"第一次见你的时候,她并不想让我见你的,后来想了想,才领我上去……"

"你要是没上来,我也不用她的配件了。"

"……"

"她真会利用你!"

"她也保护我。"

"傻姑娘!"

"……她也漂亮哩。"

"是吗?我没感觉。"

帐篷边胖子在嘎嘎地笑,王老板在系帐篷门口的绳子时说了什么趣话,胖子拿拳头捶王老板的背,嚷叫:"你坏,你坏!"夏清再次要把手抽出来,戚子绍低下头去,迅速地吻了一下那根中指,夏清就鹿一样地跑去了,叫喊着:"打牌,打牌呀!"

帐篷里的光线已经幽暗,四个人并没有玩"升级",戚子绍要教给大家一种扑克算命法。他光是默想了一个念头算了一次,情绪颇高。胖子问你算的是什么,他笑而不答。胖子说你不说我也知道,是谋算着夏清吧。戚子绍说:"即便爱夏清,那也是我的权利,这没什么错呀!"夏清已经脖脸通红,把扑克拨乱,说:"都胡说,胡说!"戚子绍趁机张狂了,当场挑明他就爱上了夏清,爱上了夏清但能不能离掉现在的老婆,会不会最后娶了夏清,这得看天意了。就以某种牌代表能结婚,以某种牌代表不能结婚,重新洗牌起牌。大家都屏了气息看翻牌的结果,竟然是代表能结婚的牌首先翻了出来。戚子绍就说:"夏清,你也是亲眼看了,你要等着我!"夏清一时无语,眼睛扑忽扑忽地闪。胖子说:"夏清真老实,你以为他说的真话?"戚子绍说:"信不了我也该信牌呀!"王老板就让给他的房地产生意算一下,算出来的结果也是好的。王老板就说:"既然做房地产能成功,你得支持我了。"戚子绍没有回应,却问:"你觉得夏清怎么样?"王老板说:"好嘛。"戚子绍问:"怎么个好?"王老板说:"五官好,身架子也好。"戚子绍说:"夏清有综合之美!"胖子说:"呀呀,世上还有什么好词?可别忘了,这么好的人是谁给你介绍的?"戚子绍说:"这一句话你说得好,得感谢你,晚饭咱要喝酒,炒熊掌吃!"

当戚子绍从帐篷里出来,似乎觉得夏清差不多已经是他的人,哼着小调往木屋去,一进门就喊:"晚饭吃什么呀?"

木屋里烟雾腾腾,锅灶边只看到养路工汗油闪亮的脑袋,他在把面条往开水锅里煮。

"没有炒熊掌吗?"戚子绍说。

"哪儿会有熊掌。"养路工说。

"别的野味呢,譬如黄羊、果子狸、崖鸡子?"

"用菌子做了汤。"

"只有菌子?"

这使戚子绍很丧气。

胖子说:"瞧,他的话落实不了吧?"拉了夏清到房间里去了。戚子绍听见夏清在房间里还说了一句:"我就要吃熊掌么!"于是,故意提高了声音和养路工说话:"听说山上又有了狗熊呀?"

"是有吧。"养路工说。

"怎么不打了狗熊吃呢?"

"我们都在这山上。"

"你们?你是指你和狗熊吗?"

"是吧。"

戚子绍进了房间,说两个养路工是素食主义者,他们常年待在山上认那些野物都是同类了。"我现在明白了,"他说,"山下边嚷道狗熊成精了,会说人话,一定是他们传出来的,为的是不让别人捕猎。你们没注意他们的模样也差不多快要像狗熊了,腰粗屁股圆的,行动迟缓,还不停地吭哧吭哧着。"

戚子绍说没有道理,夏清却仍在说:"我偏要你给我熊掌吃!"

"我会的,小姐!"

"戚处长,这可是你说的,"胖子说,"吃不到熊掌我们就不走啦!"

吃过面条,两个女人就在房间的炕上歇下了,她们光着脚,披散了头发,脱去了外套而紧窄的内衣使身体该瘦的地方都瘦下去,该胖的地方都胖起来。戚子绍和王老板在房里赞美了一通女人形体的艺术,对面房间里的养路工就起了鼾声。屋外十分地安静,偶尔有车辆呼啸地从公路上驶下山去,听到的就是松塔落地的声音。说好的今晚上都不要睡,直聊到天亮,两个女人却很快就显出倦容,慵懒的姿态是特别惹人爱怜的。戚子绍满嘴的口水,言语开始放荡,王老板就说他是困了,打了哈欠去了帐篷。王老板一走,两个女人就并排靠在炕头上和戚子绍说话,越说身子越往下溜,后来就躺下去,而且胖子的眼睛也合上了。戚子绍真想胖子是睡着了,他就敢去和夏清接近一番。但胖子偏是躺在炕的边上,让夏清躺在靠墙的里边,又不知道胖子是真的睡着了还是假睡,他不敢造次。

"养路工在山上待久了,真的能和野物和平共处吗?"夏清说,"那么,山上所有的野物都能认识他们了?"

"动物都是有灵性的。"

屋外有什么鸟在叫,一声长一声短,长长短短的。

"听见了吗,鸟在说话了!"

"你能听懂它们的话?"

"我是猎人呀!"

"这鸟在说什么?"

"一个说:你在哪儿? 一个说:在你心里。一个说:干啥哩? 一个说:想你哩!"

夏清挤了一下眉眼,她知道戚子绍在给她骚情。戚子绍却走过来,一下子捏住了她伸在炕边的脚。她吓了一跳,用手指指胖子。胖子睁开眼来,说:"你去睡吧,我可困得不行了!"

"那你怎么就不睡着呢?!"

戚子绍说了一句,离开了房间,胖子猴一样跳下炕就把房间门关了。戚子绍听见了快速的关门声,心里有些不悦,站在门外了发现山顶上的夜黑,黑得伸手不见五指。这时候,公路上有一辆车驶过,他往路边闪了闪,但车依然挂了他的衣服就跌倒了。车剧烈地刹住,司机从车窗探出头来,看见他已经爬了起来,问:没事吧? 戚子绍勃然大怒:"你是怎么开车的? 你要把我轧死了,我再和你小子说!"但车却呼的一声开走了。

王老板闻声从帐篷里出来,瞧着真的没事,就说:"真把你轧死了你怎么和人家说?!"戚子绍气咻咻又骂了一句,自己也笑了。

第二天早上,四个人又坐在车里往山上行驶了一段路,戚子绍和王老板就拿了枪往树林子深处走。胖子和夏清不愿意留在车里,也要厮跟着,和王老板吵了一架。戚子绍没了办法,就叮咛王老板要寸步不离她们。他们走过了一面斜坡,草丛里就发现了熊粪。胖子不相信是熊的粪,戚子绍便用树棍拨着粪讲解。扭头见王老板和夏清还在后边,就趁势抱了一下胖子的腰。胖子说:"你不爱我,你爱夏清的。"戚子绍说:"也爱的。"胖子说:"我这腰粗,你抱不住的。"戚子绍用力抱了一下,放下了,说:"你要不是我乡党的老婆我肯定就把你……"戚子绍知道自己在应付,但胖子也是女人,需要安慰的,果然瞧见胖子高兴了,在说:"我其实不是胖,是丰满哩。"

夏清去了坡下的崖坎后小解。三个人坐在坡上等了一会儿,夏清还是没有上来,却有了一声尖叫。戚子绍立即让王老板拉了胖子往坡上去,自个就跑下崖坎。原来是夏清也发现了一堆熊粪,而且熊粪是湿的。戚子绍就又喊王老板快把两个女人送回到车上,不管发生了什么事情都不要开车门下来。夏清才一走,他就提枪继续往坡上走,走了一里,果然就看见了一只狗熊,狗熊正蜷成一团在蒿草丛里睡觉哩。

啪!戚子绍瞄准着放了一枪。

狗熊翻了一个滚儿,滚出了草丛,窝在一块长满了苔藓的石头后。

戚子绍兴奋地跑过去,他没有想到今天打猎是这么顺当和容易,在他动手去提狗熊的后腿要把它翻过来的时候,他想到这只狗熊的掌真大,是让养路工来烹饪呢还是拿到山下那个小饭馆去爆炒?"不,养路工是反对吃荤的,"他自言自语道,"让肥胖女人做,要做得没一点腥味。"但是,戚子绍刚刚提住狗熊的后腿,狗熊却忽地站了起来,黑乎乎的一座小山一样,他被压住了,那只熊掌就踩在他的胸口,他有些喘不过气来。

"你想死还是想活?"

戚子绍听见了一句人声,扭头看看周围,周围并没有人,声音是从狗熊的口里发出的。狗熊真的会说人话呀,戚子绍眼前一阵漆黑,他知道他是遇见了那只传说中的成了精的狗熊。

"想活。"他说,他还能说什么呢?

"想活?那让我把你干一下。"

戚子绍脑子里还没有转过弯来,他已经被狗熊提起来翻了个身,而且裤子就被抓了下来。他感到了屁眼非常地痛。然后,眼看着狗熊顺着一行白桦树一步步走远了。

戚子绍狼狈地返回来,他的衣衫肮脏不堪,屁股撅着,一跛一跛的。大家忙问怎么着,是碰着狗熊了吗?戚子绍说他和狗熊突然遭遇了,他打了一枪,把狗熊的前腿打折了。他去追时狗熊却一抱头从荆棘丛里往沟下滚,他也滚,滚在半坡被树茬挡住了,只好回来。

他们回到道班的木屋里吃饭。王老板和两个女人为戚子绍敬酒,虽然没有猎到狗熊,但他们已为他的不凡的身手而佩服了。戚子绍是喝了很多酒,心里郁闷,脑袋就晕晕乎乎,说要睡觉就睡下了。一觉醒来,又是个黄昏,但这个黄昏比不得昨天的黄昏,月亮早早地就挂在西边山峰上。戚子绍听见王老板和两个女人在房间的土炕上打扑克,他就提了枪往山上去了。

越往山上走,越是风清月明,露水已经潮上来,渐渐湿了裤腿。戚子绍在林子里的一块草坪上长长嘘了一口闷气,看见了狗熊在一口山泉边喝水。忙呸了一口,呸出了半截咬断的牙齿,同时开了一枪。狗熊在枪响中一只脚栽倒在了泉里,接着脑袋也栽倒在了泉里,不一会儿整个熊都栽倒在了泉里,水哗啦地扑溅出泉沿。戚子绍跑近去,才要想着怎样才能把死了的狗熊从泉里弄出来,狗熊忽地又从泉里腾跃而起将他压在熊掌下了。

"你是想死还是想活?"狗熊又在说人话。

"想活。"他说。

"那让我再把你干一次。"

戚子绍自个翻了个身,把裤子拉下来,他听见了水声,屁眼更是钻心地痛。

戚子绍是跟跟跄跄地赶回来,王老板和两个女人还在木屋土炕上打扑克。他们不知道戚子绍又出去打猎了,也没有听到枪声,当戚子绍进了木屋,他们嘲笑着戚子绍一醉竟能醉大半天,睡起来还是形容憔悴,衣衫不整!戚子绍只好笑笑,说他也要打牌的。

"你走路怎么啦!"夏清说,"匡着腿?"

"上了火,痔疮犯了。"

"烂尻子!"

两个女人哈哈笑起来,她们开始用一种暗语对话,音调极轻极快,戚子绍觉得是外语,听起来嗡嗡一团。

"请说汉语!"戚子绍有些难堪,他听不懂她们的对话,但他猜想一定是在说着他的坏话了。

"我们说的是重叠音。"夏清说。

两个女人又对话了一番,戚子绍听出是把每个字音重复一次,但因为说得轻而快,他只能听出前边一句,后边的又不知说什么了,而夏清的脸顿时绯红。

"你们再这样说话,我得抽你们舌头了!"

"他俩合伙欺负我!"夏清说。

"是王老板喜欢上你的搭档了?"

"是喜欢上了,戚处长,"胖子说,"但你一定不会吃醋的,因为我们决定要牺牲夏清了!"

说罢,王老板竟揽了胖子的腰走出了木屋。

"哎哎,"戚子绍故意地叫着,却把木屋的房间门掩了,笑笑说,"再不牺牲,贷款和推销的事恐怕就吹了。"回过头来,夏清却端端直直坐在炕上。戚子绍去摸了一下她的脚,她的脚缩了,又去拉她胳膊,她往炕角退,说:"他们要牺牲我,我却不愿意哩。你坐好,咱们说说话不行吗?"

但戚子绍一时没话可说。

"说狗熊的事吧。"夏清说。

"那就说狗熊吧。"戚子绍说,"狗熊是世上最丑的野物,也是最坏的野物,我和它不共戴天。我一定要把它打死,我一定能把它打死!"

"戚处长,你怎么啦?"

"你应该叫我戚哥!"

"戚哥,你怎么突然恨起狗熊啦?"

戚子绍哦了一声,恢复了平和,说:"我是有过猎狗熊的经历的。那一年我们猎狗熊,我是没经验的,放了一枪,它竟顺着枪子朝我扑来。狗熊的掌只要抓一下你,就会抓下你一个膀子的。旁边人就喊快趴下装死!我告诉你,狗熊是不吃尸体的,但它不知道人会装死。我就趴下装死了。狗熊过来拨我的腿,我不动。狗熊又过来拨我的头,我还是不动。狗熊就把鼻子凑近我的鼻子试,还有没有气儿,我闭住了气,仍是不动。我是猎人,我斗不过狗熊吗?!狗熊真以为我就是尸体了,就坐在那里发呆。我开始摸枪,拉动了枪栓,但拉动枪栓要出响声的,我必须在它扭头过来的瞬间一枪打死它,要不然狗熊即使不抓我,它一屁股坐在我身上我也会被压死的。狗熊果然扭过了头,瞧我还活着,就张开了嘴要来咬我,我的枪响了,这一枪就打进它的嘴里,把它打死了。你不信?你到我家去,我家地上铺着一张熊皮,那就是我打死的狗熊的皮。"

"我信的,戚哥!"夏清说。

"好了,我可以把那张熊皮送你了!"

夏清简直视戚子绍是英雄了,她的身子放松开来,一双脚从屁股下伸开来,直直地在炕上。戚子绍口里又汪出了水,但他的手没有敢过去。"我真的送给你!"他再一次说。

突然有了一声奇怪的嚎叫,寂静的夜里十分响亮,似乎山林里有了回音,加长了音节和嗡声,传递着一种神秘的恐惧。两个人立即停止了说话,戚子绍侧耳又听了一下,叫道:"狗熊来了!"脸色寡白,随之通红,像喝过了酒,一下子跳起来就要往外走。夏清也跳下炕,炕下边却一时寻不着鞋,而在帐篷里的王老板和胖子已经跑了过来,他们拿了枪,惊慌地说狗熊就在附近。

"来了好!"戚子绍极快地把子弹装上膛,说,"我非报仇不可,这回我再不打死它,我就再不来打猎了!"从屋里跑了出去。

两个女人也要去。王老板这回发怒了,哐把门拉闭,又在门闩上插上了木棍儿,提枪去撵戚子绍。夏清隔着门缝喊:"我真的要吃上熊掌了!"

　　戚子绍是听到了夏清的喊声,他朝林子的深处跑,他的屁股还火烧火燎地痛,仍疯了一般地跑。山坡上没有狗熊,草坪上也没有狗熊。戚子绍又跑到山泉边,狗熊还是没有。王老板是一直追着他的,但王老板没能追上,他自叹不如,就坐下来等待枪响而辨别戚子绍的方位。

　　戚子绍像一只没头的苍蝇,四处乱撞,越是寻不着狗熊越是复仇的火焰熊熊,又翻过一个崖嘴,终于发现了一个黑影在前边移动,他知道那是狗熊了。但这一次的戚子绍发誓要打死狗熊,又汲取了前两次的教训,他爬上了崖嘴。在崖嘴,他瞧见了月光下的一块平台石上,狗熊在那里蹭身子,就静静地瞄准着放了一枪。

　　啪!

　　这一枪是百分之百地打中了,狗熊是从平台石上跌了下去。戚子绍并没有立即下了崖嘴,他又瞄准了跌下去的狗熊放了一枪,狗熊就动也不动了。

　　"我要打烂你的×!"戚子绍骂着从崖嘴下去,站在了狗熊的面前,狗熊是四脚朝天地躺着,他踢了一下,已经不会动了,他端起了枪瞄准狗熊后腿中间的部位准备打三枪,不,打四枪,打它个稀巴烂!

　　但是,这一次仍和上两次的情况一样,当戚子绍刚刚把四颗子弹装进了膛,狗熊却一下子扑上来抱了他在地上了。这次狗熊不是一只掌压着他,而是两只掌压着了他。

"你是想死还是想活？"

戚子绍是彻底地绝望了。他想起了夏清，不能给她吃熊掌，也不能送给她一张熊皮了。狗熊张合着满是牙齿的大嘴，锋利的掌爪搭在他的脖颈，月亮下他瞧见爪甲闪闪发着白光。戚子绍没有再说"想活"，其实他哪里不想活下去，也没有主动去拉脱裤子，他知道狗熊即使不侮辱他，也不会再让他活着离开了。

"随便吧，"他说，"要干要吃你随便吧，我只是想问你一句：你到底是狗熊还是魔鬼，这么厉害？！"

"你问我？"狗熊说，"我正想问你呢，你到底是猎人还是卖屁股的？！"

这个时候，趴在木屋窗口上的胖子和夏清听见了连续的两声枪响，欢叫如雀，急切地盼望戚子绍回来，她们可以吃到稀罕的熊掌了。

饺 子 馆

在西安,常常被编成段子受戏谑的是上海人和河南人。说上海人如何地小气,买烧鸡只肯买鸡爪子,买一只鸡爪子从西安上火车,一路都在嘴里啃呀,啃呀,到上海了还没有啃净。编河南人的段子就更多了,著名的是董存瑞炸碉堡:董存瑞去炸桥上的碉堡时是和他的战友一块去的,战友是河南人。河南人让董存瑞手撑着炸药包,说,我去寻个棍儿来支。河南人一去却再不回来,总攻的号角吹了,董存瑞只好拉响了导火索。董存瑞是一边拉导火索一边喊:河南人——你日弄了我……就牺牲了。西安人戏谑上海人,上海人不多理会,因为上海离西安远。河南人就不行了,骂西安人"日巴耍"。"日巴耍"是西安的土话,意思即没正经没品位。陕西和河南是邻省,西安城里五分之一又都是河南籍人,西安人和河南人就有故事啦。

这个故事是在西安的一家饺子馆里开始的。

时间是中午,咚,门被脚踢开了,胡子文领着三个中学时的女同学进来吃饺子。胡子文说:日巴耍,这么小个饭馆!同学说:不小啦,再大的饺子馆还不都是只吃一肚子。胡子文说:那就委屈各位了!同学说:是荣幸,文联外联部的主任平日都是吃请哪有过请吃的?胡子文笑着说:这倒是。勾着一个指头把服务员招来,问都有什么馅儿的饺子?服务员很热情,忙说了两个"中,中"。胡子文说:怎么说河南话?服务员说:老板是河南人,要求我们必须说河南话。胡子文说:这才是怪事,日巴耍,我就要你说西安话!服务员说:对不起,这是我们饭馆的特色。胡子文有些躁了:把你们老板叫来!服务员转身走去。同学劝胡子文:说河南话就说河南话吧,只要饺子好吃,生什么气呢?胡子文就笑了笑,把眼镜卸下来放在桌上,一边松着领带一边逐个询问同学的近况。三个女同学大概说了一下,因为都混得不好,有些不好意思。胡子文说:好日子会有的,以后就顺了。一仰头,瞧见从收银台处有一个黑矮胖子迈着步子走了过来,就把眼镜又戴上,说:工厂效益差,可以辞职自个儿干嘛,比如卖服装……一个同学说:老板真的来了!胡子文已经估摸过来的是老板,哼了一下:农民!接着说:人家农民进城都赚钱了,城里人倒混得没头没脑了?那个同学一直在看着过来的老板,低声说:这么个黑胖子,怕是黑道上的人哩。胡子文当然不能和一个黑道上的人论埋了,老板站在了桌边,张口才要招呼,胡子文偏不理会,继续给同学说道理,甚至说到了古人:熬过一段,前景就光明了,古人也说了,"远上寒山石径斜,白云生处有人家"。黑胖子和蔼地说:斜字在这里恐怕不念邪音,该是念峡音吧。胡子文猛然觉悟斜字是要念作峡音的,耳梢红了一下,却随之眼睛也斜了,说:你是这里的老板?胖子说:小门面,不成体统。胡子文轻笑了:我难道不知道念峡音吗,我是故意试试你的！西安自古居不易，我要看看一个河南人在西安怎么就办红火了一个饭馆?! 还行，老板！老板更加和蔼了，胖脸上开始出现酒窝，酒窝不是在腮上而在两眼角下，显得憨厚又滑稽，说：我是从河南乡下来的。胡子文说：这看得出来。老板说：我小学没毕业，到西安怕人瞧不起，多认了些生僻字罢了。胡子文说：平日看些什么书？老板说：就是字典。三个同学嘎地笑了，胡子文却说：这倒是捷径。书用不着看很多，这如口袋上插钢笔，不插是文盲，插一支是小学生，插两支是中学生，插三支四支就成修理钢笔的了。老板说：说得好，先生是文化人？胡子文把自己的名片递过去，老板立即惊乍：是文联主任呀，我没文化就最尊重文化人！服务员有眼无珠，她把界石当兔哩……胡子文对同学说：听懂了吧？这是乡下的歇后语。老板说：不好意思，说几句就露了底了……主任，我能不能和你照个相？胡子文说：行嘛。服务员立马跑到后室拿来了相机，就给胡子文和老板合影，说：主任你笑一笑。胡子文没有笑。拍照了一张，老板说他可能眨眼了，要求再拍一次。又是咔嚓一道闪光，胡子文的眼睛被光耀得发花，一边揉着一边说：那就和三位副处也合个影吧！胡子文指的是三个女同学，三个女同学面面相觑。老板说：副处？这么年轻的小姐都是副处级了?! 三个女同学笑了一团，说：还是小姐？小姐都在家里，这里的是小姐的娘喽！老板说：城里人嫩面。一阵拍摄后，老板让服务员上菜上酒，说能结识四位文化人真是三生有幸，这顿饭就算是他请了。胡子文偏把钱包掏出来，说：那不行。老板说：这你就不给我面子了，难道以后不让我再求教你啦？胡子文就把钱包装进口袋,说:那就简单上几个菜。

胡子文就这样认识了饺子馆的老板。老板叫贾德旺。胡子文觉得这个河南人有辅导性,往后的日子就常到饺子馆去。胡子文每次去,显得很匆忙,一只手插在裤兜里一只手弯着抱一堆书和杂志。不是说吃罢饭要去审查一个歌手赴京参赛的节目,这个歌手是他在歌厅发现后推荐给音乐家协会的;就是说下午有一个业余作者要拜会他。他说:这孩子潜质不错,你瞧瞧,新发表在这份杂志上的小说蛮有味道啊!贾德旺就说他不懂小说,狗看星星一处明。胡子文说:你还是读字典?贾德旺说:字典够我读一辈子了。胡子文说:那你就好好给咱赚钱,如果人人都只读书,社会也害怕了。贾德旺就殷勤地把饺子端上来,又掏出两包香烟放在桌上,问照片放大了挂在墙上好看不好看。胡子文瞧着墙上已挂着的他和老板的合影,心里受活,嘴上却说:这让我给你做了广告么!贾德旺说:秃子要沾月亮光呀!胡子文吞进一个饺子,舌头搅着,说:沾就沾吧,不帮朋友又帮谁去?贾德旺就忙添酒,胡子文说:酒不敢再喝了。又吞进一个饺子,他觉得饺子很香。

胡子文再一次领了三朋四友去饺子馆,贾德旺没有在。他问服务员:老板呢?服务员在旗袍开衩处抓痒,赶忙侧身靠了墙,说:去银行了。一句话未落,贾德旺推门进来,一把将胡子文抱住,说:你不想饺子,我倒想你了!胡子文一一介绍了朋友,贾德旺说:那几个副处没来?胡子文说:哪儿的副处?贾德旺说:一起照过相。胡子文嘎嘎大笑:日巴耍,我给你说个段子吧。贾德旺说:你们西安人爱作践我们河南人,是不是又说董存瑞的故事呀？胡子文说：那不是，我说的是一个干部在歌舞厅问小姐是不是处女，小姐说这该怎么说呢，要说是处女，我怀过孕，要说不是处女，我还没结婚，就算是副处吧。贾德旺恍然大悟，拿拳头捶着胡子文的肩大笑，一笑，一排牙掉下来。贾德旺是假牙，他把假牙又塞进嘴里，说：今日来的都货真价实？胡子文严肃了：虽不是干部，可尽是些文豪哩！贾德旺便指使厨房先弄一桌菜，专挑了那个穿旗袍的服务员往上端。服务员漂亮，几个人话就多了，不说人漂亮而说旗袍漂亮：小姐，能不能让我抱抱你那衣服？服务员害羞，端一盘菜放下了，慌慌就退下去。胡子文说：小姐，你得报名哩！服务员再端一盘菜了，说：王桂花！又端上一盘菜放上了，说：王桂花！胡子文说：让你报菜名不是报你的名！大家就笑这是个河南农民开的店，就议论起文化界的人人事事。有人说到从北京来了个著名诗人，市上接待的规格很高，从机场接回来用警车开道哩。胡子文说：你知道他的代表作吗？那人说：不知道。胡子文说：我也不知道，恐怕谁也不知道，他是人人都知道的著名诗人而人人都不知道写过什么诗的著名诗人！那人说：日巴耍！不服一人或见人就服都是妄者。他是妄者。胡子文说：对不起，那不是妄者，是佞者。那人说：我把它念妄者。胡子文说：文化人老念错别字就丢脸了！那人说：好，好，你能行，我给你写个字你认认。指头蘸了酒在桌面上写，写的还是一个行字。但行字的左右两部分写得很开，成了两个字。胡子文认不得。在座的人都认不得。胡子文说：你说是什么字？那人说：我问你呢。贾德旺端了酒杯过来要给大家敬一杯，看见桌面上的字,说:这念耻音和厨音。大家都抬起头,对贾德旺刮目相看了。胡子文趁机说:贾老板可是满腹经纶哩!写字的那人喉咙干咳了一下,较了真儿,伸手又在桌上写了一个字:孑。说:这怎么念?胡子文瞅了瞅,说:那一笔是平的还是斜的?那人说:斜的。胡子文说:我认得它,它认不得我。贾德旺说:基耶杰的杰,念杰音。那人说:错了,念决音!贾德旺说:念杰不念决。双方各持己见,争执起来。胡子文说以字典为准,饭馆里有字典没?饭馆里当然有字典,服务员立即跑到贾德旺的办公室拿来了字典。字典已经污损不堪,翻了半天,查出来了,孑字是读杰音。桌面上的气氛有些尴尬,贾德旺一抹袖子,将那个字擦了,给大家斟酒,说:关公门前耍大刀,我玩胆大哩,正好碰上我认得这个字,瞎猫碰上死老鼠了!大家也就说:你这个河南人不像河南人。胡子文说:吃羊肉图膻哩,没膻味了就不叫羊肉。贾德旺说:我是河南人。大家说:河南人把耍猴能称作文化娱乐活动,你肚里墨水不少倒还开了饭馆!失败了的那人一时落寞,出气不顺,噘了嘴拿筷子也不夹菜,梆梆在桌沿敲节奏。旁边的一位便给他台阶下,随节奏哼了一句流行的歌:我们的大中华,五十六个民族五十六朵花……

"不对,"失败了的那人说,"是五十七个民族!"

"还有哪个民族?"

"担族。"

大家就拿眼睛看贾德旺。因为说担族,人家都明白是指河南人。上个世纪三十年代河南遭水灾,大量的灾民挑着担儿逃来西安,西安人便称河南人为河南担。而现在在河南人开的饭馆里吃饭,又当着饭馆的老板说担族,大家就觉得贾德旺要生气了。但是,贾德旺没有生气,脸定得平平的,说:你还少说了一个民族。

"哪一个?"

"耍族。"

"耍族?"

"耍族。"

贾德旺笑笑的,一笑又出现了眼角下的酒窝,憨厚又滑稽。贾德旺笑过之后转身走了,大家猛地晓得了耍族指的是日巴耍族,是贾德旺在戏谑了他们这些西安人。西安人的好处是爱戏谑别人而受别人戏谑了也不上怪。贾德旺戏谑得有趣,就都也笑了,倒惹得失败了的那人骂道:真当的是日巴耍!

胡子文和他的朋友受了戏谑后,一连十天再没去饺子馆。第十一天,他却在一家茶社里拨通了贾德旺的电话。

"喂,儒商!"

"你这是在骂我哩么。"

"狗咬人不是新闻,人咬狗才是新闻。"

"可咱是卖饺子的呀!"

"你是想挣些零花钱了就回河南乡下去,还是要在西安当餐饮界龙头?"

"你要给鸡戴暗眼呀?!"

"日巴耍!"

胡子文咔嗒把电话挂断了。

电话突然挂断,还拿着听筒的贾德旺喂喂了几声,立在那里发了愣。发过愣了,拿过字典在翻,蓦地觉得不对,拔脚就赶往了茶社。

胡子文正要结茶水钱,让服务生打个折。服务生请出示打折卡,胡子文没有打折卡。没有打折卡是不能享受打折的,胡子文说:你们老板呢,让你们老板来!一扭头,瞧见玻璃窗外贾德旺往里瞅,一张脸压扁了个大柿饼状,挥手让服务生走了,继续吃茶。贾德旺就进来了,说:处长生气了?

"你要不来,我永远也不会见你了。"胡子文说,"弹琴不能给牛弹,朽木上雕花雕不成还坏我手艺哩!"

"上次冒犯了你和你的朋友还望包涵。"

"冒犯得我要让你发大财呀!"

贾德旺就坐下来,憨厚而滑稽地笑,并且用手指将胡子文面前桌上的茶水痕拭擦了一下。两人就叽叽咕咕说起来。胡子文说话要做手势,说着说着身子就坦靠在沙发上,贾德旺先是低着头,再是抬起头,渐渐距胡子文越坐越近,末了就侧了身子,只将半个屁股坐在沙发沿上了。

"就这么吧,"胡子文说,"下午我还要开个会的。"

"到底是文化人,点石成金!"

贾德旺满怀喜悦,主动将茶水钱掏了。两人出门,又抢先把门拉开,拦了出租车,付了车费,还叮咛司机开慢点,一定要安全送到。

从此,贾德旺每天在饭馆门口竖一块广告牌,上面写着一个极生僻的汉字,注明凡是来饭馆的顾客若能认得此字,所用饭菜酒水全部免费。头三天,广告牌上的生僻字竟无一人认得,但消息却传开来,说南大街那个开饺子馆的河南人是个儒商,办的饺子馆富有文化味。越是认不得的生僻字越是有更多的人前来要认。饺子馆的生意陡然火爆,往往顾客没有座位,就在饭馆门口排长队等候叫号。到了深夜,贾德旺把饭馆的前后门关了,让三个员工在那里点钱。自己则在旁边翻字典,寻着一个生僻字,写下来,问点钱的员工:认不认得这个字?员工不认得。又写一个,员工还是不认得。贾德旺说:你能认得个啥?员工说:我只认得钱。贾德旺发了一声恨,却笑了,说:这也是,认得钱就好!寻生僻字寻到十多个了,一时再寻不出,一个员工说:老板,我写个字也认认。贾德旺说:用河南话说!这个员工是从陕西乾县招来的,学说河南话说得不好,就不说话了,拿指头在地上写了个曌字。贾德旺当然认得这个字念照音,也知道这是埋在乾县的那个武则天在生前所自造出来的字,但贾德旺的脑子一下子活了:何不也自造些字呢?于是,第二天,饺子馆门口贴了一副对联,上联七个字谁也不认得,下联七个字谁也不认得。门口时不时有了争论,贾德旺听着十分得意,专等着一伙人进来让他定夺正误,贾德旺偏笑而不语。这一日饭馆才打了烊,有服务员慌张张过来说:对联的一半被撕了!贾德旺说:是谁认得了那些字?跑出去,一只游狗就在旁边,嘴角还叼着一团纸。就乐了:这是只文化狗嘛!着人把狗撵到饭馆,拴在厨房后每天喂骨头养着。

一年后,这只狗养得肥头大耳,贾德旺的饭馆也扩大了门面,左右两边的店铺全部吞并,又把上边的二楼买下,饺子的品种也越来越多,发展成了饺子宴。西安的电视台请他去做过节目,贾德旺当然说的是河南话,好多人都觉得这河南话蛮好听的。任何企业有了钱,肯定就有人来要拉赞助了。比如报社需要办个征文比赛,电视台需要播放一部新片,还有音乐会、艾滋病预防宣传、书画联展,贾德旺都掏了钱,胡子文也就来了。

"生意好得很啊!"胡子文用河南话说。

"你也说河南话了?"

"现在不是春节冷清而圣诞节热闹吗!前几年广东发达了到处是广东话,再过几年西安恐怕要规定河南话是第二语言了。"

"都是托文化的福!"

"是要打文化品牌!"胡子文说,"听说你又给一个观赏石协会赞助了?"

"要是五年前向我借二百元钱,那我拿不出来,现在也是回报社会么。"

"小勺子也会把一头牛炒完的!如今兴建设企业文化,你为什么不在饺子文化上想些招呢?你知道不知道'马太效应'?"

"不知道。"

"不知道算了。"

"我是狗咬汽车不用脑子!"

"不要说这农民的话!"

"可我就是农民啊!"

"你不是农民!"胡子文说,"你记住,你现在是饺子王,是西安著名的儒商!"

"那你说怎么办?"

"我想了,开一个饺子文化研讨会。把国内的一些专家学者教授请来,研讨会的规格越高,饺子馆的声名越大,将来可以去北京上海广州开饺子宴连锁店么!"

"嘿嘿嘿。"

"嘿嘿啥的?"

"我这是狗吃麦苗装羊(洋)呀!"

"又说农民话了?!"

"我能把专家学者教授请来?"

"这有我哩,以文联外联部名义来请。"

"那你给咱整!"

"这还像个大老板的气派,办大事就得有八个字:整大,煽起,咚匀……"胡子文不说了。

"那最后可不能尿管呀!"

"你也知道八字方针?"胡子文笑了,"我怎么能尿管呢,我策划过的事没有不成功的。"

"那你做个计划表,看得多少钱?"

胡子文在夜里起草了一个详细计划表,各项开支用费一合计,得二十五万元,笔一挥,写成了三十万。翌日,贾德旺认认真真审核了计划表,他决定只拿出二十万元。贾德旺用一只破面口袋装了二十万元提到胡子文家里时,胡子文没在家,在朋友家里搓麻将。老婆电话里说:贾老板给咱行贿来了,你快回来。胡子文说:你净想得好,那是会议经费哩。老婆说:还送来一只狗,狗肥得很肥得很。胡子文赶回来,问:这是多少钱?贾德旺说:二十万元,你点点,给我打个收条,将来会毕了你拿票证来换条子,花销不能突破这个数。胡子文有些不高兴。贾德旺说:我打问了,会议机票和宾馆客房都打折哩。胡子文还是阴沉着脸。贾德旺便拍着胡子文的肩称兄道弟了,拿出一份聘书,说:我请处长老兄当顾问,顾问当然要有顾问费,一个月一千元!你不是说嫂子喜欢狗吗,我把我的狗送来了。狗一分不取,拴狗的那条绳子是用皮子拧的,也一块送啦!胡子文说:我的大老板呀,你到处赞助,我以为你是出手大方的人,原来你和上海人一样,精明又小气。你要明白我这是在包装你,搭了台子让你唱戏哩。日巴耍!贾德旺说:这我怎么不明白呢?你瞧瞧这钱,都是零票子积起来的,每张票子都油腻腻的,也不容易啊!这些钱办会可能手头不滋润,以后事情真的弄大了,有我的就有你的。你知道我贾德旺毛病不少,但能从河南乡下到西安站住脚,得益于就是爱交朋友嘛!胡子文说:不说啦,那就这样办吧。贾德旺说:那你给我笑笑,你不笑,我心里不踏实。自己先笑起来。胡子文见贾德旺黑胖脸上又出现了眼角下的酒窝,也就笑了。

　　胡子文真的以文联外联部的名义邀请了十多位国内著名的专家学者教授,很快地在西安召开了"饺子文化研讨会"。贾德旺很谦虚,对各位专家学者教授毕恭毕敬。他愈是这样,专家学者教授愈尊重他,开幕的那天让他坐在主席位上,贾德旺坐在主席位上只让人拍照了一张相就离开了,此后就回到饺子馆再不露面。专家学者教授对贾德旺印象极好,也满意这次会议商业味道淡,便围绕着饺子文化畅所欲言了。专家学者教授却有一个秉性,什么都要往性意识上寻究竟,认为性是世界万物的根本,自然就论起饺子的形状便是从女性生殖器逐渐演变而来的,甚至大而化之,论证了大米就是阳具形状,小麦是阴器形状,还有油条和油饼的关系、春卷和馒头的关系……会议结束了,专家学者教授揣了红包坐上飞机都走了,胡子文带着一份整理出的会议纪要和一堆票据来向贾德旺汇报。

"会开得非常成功!"胡子文说,"纪要在报纸上一发,你得加紧练练字呀!"

"练字?"

"整天有人来请你签名,你那一堆麦秸字可不行喽!"

"你说说,纪要是怎么写的?"

胡子文就把眼镜卸下来,开始讲研讨成果。饺子文化如何是性的文化,饺子的形状又怎样从女性生殖器的模样一步步演变了过来,等等等等。胡子文的喉咙就发干了,喊:服务员,倒茶来! 一抬头,瞧见贾德旺的一双脚搭在桌面上,手搓着脚指头缝。

"你有脚气?"

"往下说!"

"就这些。"

"就这些?"

"研究成果可不是和面包饺子,一包一大堆!《道德经》上有这样一句话:谷神不死是谓玄牝,玄牝之门是谓天地根,绵绵若存,用之不勤……"

"钱花完啦?"

"嗯。"

"哼,"贾德旺说,"花了二十万,就是证明我不是卖饺子而是在卖×?!"

胡子文一时噎得说不出一句话。

但胡子文的好处是干什么事情从不气馁,他骂贾德旺是农民,仍还是把纪要拿去报纸上发表了。纪要的观点使西安街谈巷议,认识贾德旺的都喊贾德旺是贾饺子。一日,饺子馆门前来了一个人,样子怪怪的,探头往里张望,服务员问:先生吃饭吗?那人说:不吃饭,和你们老板做个生意。服务员说:做什么生意?那人从怀里取出一块石头,石头的形状是活脱脱的阳具。服务员就踢了一脚,说:滚!那人不滚,却说你懂不懂奇石,这块石头比你小命值钱哩!别人介绍你老板肯定会买这个宝贝的。服务员这回是扇上去一个耳光,两厢就厮打开来。门口一闹腾,拥集了一大堆人,惊动了在饭馆里吃饭的一个老者。老者虎着脸问怎么回事,旁边有人说:卖屎的来配对了。老者说:怎么是配对儿?旁边人就说了研讨会纪要上对饺子形状的论述,大家都嘻嘻地笑。老者身边的人说:笑什么,这是政协的领导!政协领导很严肃了,说:都散去,散去。这饺子馆办得不错嘛,能在饭馆把文化搞起来,能把国内那么多的文化名人请来研讨饺子文化,这老板为西安争得了荣誉嘛!大伙见政协领导这么说,便一哄而散了。贾德旺在外办事回到饭馆,听服务员叙述了政协领导的话,大受感动,当天下午就去政协机关拜会那个领导。领导说:你是不是政协的委员?贾德旺说:不是。领导说:我要推荐你当个委员!贾德旺激动得不知说什么好,末了倒退着走出领导办公室,一路上拨打手机,将消息告诉了十多个熟人。但是,在审查委员资格时出了问题,因为贾德旺是从河南乡下来的,没有西安户口,几经商议,最后作为特邀委员。特邀委员也是委员,又是餐饮界唯一的委员,贾德旺在饺子馆大摆宴席庆贺,胡子文却没有接到通知。

胡子文的老婆问胡子文:那个河南担老板把什么人都请了,怎么你没去? 胡子文说:等着吧,他会上门来请的。

果然贾德旺西装革履地来了,胡子文没有起身,只坐在办公椅上打手机。手机并没开通,却大声说:"喂,喂,什么?市长请去他家吃家乡豆腐? 那怎么不事先说一声呢,今日报社约我写文章走不开身啊!"放下手机,说:"真是的,中间人得事先打招呼才是,他市长有空了,我却没空呀!"

"市长请赴家宴你还不去呀?"贾德旺有些吃惊。

"古人说:游大人之门,谄固可耻,傲亦非分,总不如萧然自远。"胡子文说,"你找我有事?"

"你是顾问啊。"

"顾问是顾不得去问的。"

"问不问也得有顾问费的。今日政协组织委员视察,路过这里,我给你送钱来了。"

"你还在卖饺子?"

"又骂我了?!"

"这倒不是。"胡子文说,"我问你一个问题,你回答,回答得好了我收你的钱,回答得不好,我一个子儿不取你的。"

"你让我认字最好!"

"一个人救过一个溺水者,而他在遭受歹徒刀刺时又被另一个人救了,我现在问你,如果让他救过的人和那个救他的人其中必须死去一人,你说这个人希望谁去死?"

"你说谁去死?"

"希望救他的人去死。死了,他就再不觉得歉疚了!"

贾德旺哈哈大笑,眼角下的酒窝又出现了,过来抱住胡子文,将一千元塞在胡子文口袋,说:"我知道,你是盼我生意越做越大,当了政协委员以后再当政协主席,你就更有成就感了!"

胡子文的手也伸过去抱了一下贾德旺,将擤过鼻涕的指头在贾德旺的背上蹭了蹭,骂了一句:你这个河南担!

贾德旺主动上门修好了关系,胡子文也按月去饺子馆领取顾问费。胡子文的老婆也招呼三朋四友的去那里吃饭,每次去,都牵着那只狗。人在桌面上吃酒吃肉吃饺子,狗就在桌子下啃骨头。吃毕了,故意让服务员叫老板过来,说:我埋单吧。贾德旺说:"怎么会让你埋单?"出了饭馆,朋友说:胡夫人的面子大,吃饭都不掏钱。胡子文老婆说:这饭馆是我老公一手扶持起来的呀!回到家,就对胡子文说:贾老板让我捎个话,说他想在饭馆墙上装饰些字画,要你联系些书画家。胡子文说:我忙得很,哪儿有时间? 老婆说:你总是忙,整天不着家!胡子文说:你权当嫁了个大领导,你见过哪个大领导天天在家里? 老婆说:可你不是大领导!胡子文说:那就权当是生意人吧,贾德旺不但不治家,老婆娃娃还都在河南乡下哩! 老婆说:贾德旺日进斗金,你呢? 胡子文说:这河南担还有什么,不就是有几个钱吗? 老婆说:人家是政协委员!胡子文不言语了,独自坐在阳台上去喘粗气。

又是□□,贾德旺给胡了文打电话,说外地一个什么文化采风团要去饺子馆参观,而他在政协开会,让胡子文去饭馆陪陪客人。胡子文出门走的时候,老婆叮咛把狗带上,胡子文不带,老婆说:那你回来给狗捎块骨头。胡子文说:贾德旺吝啬得很,他饭馆里的骨头上就没肉!老婆说:狗啃骨头就嚼个味儿。胡子文在路上想,我这是日巴耍么,他贾德旺要我陪客我就来啦?这个河南担,我把他煽圆了,他竟人模狗样地比我还牛了?!在饭馆里接待着采风团,替贾德旺没来打圆场,说老板怎么忙怎么忙,从来没有睡过六小时的囫囵觉。团长指着墙上的照片,说:名人是苦人么,可他倒还这般胖的?胡子文说:他身体好,早晚要喝一种汤的。团长说:什么补汤?胡子文说:钱汤。团长就惊奇了,说:钱汤?胡子文就说了,说他以前听别人说这话没有信,有一次和贾德旺开会睡在一个房间,天一亮贾德旺就起来,用剪刀剪什么,他就不吱声拿眼看着,贾德旺剪的是百元的人民币,剪成碎末儿冲了开水喝。团长便笑了,说:早听说西安人会编段子,胡主任你真幽默!掏了名片,要胡子文转交给贾德旺,希望饺子馆能在他们城市开分店,他一定会鼎力相助。采风团一走,胡子文就把名片撕了。

胡子文编派贾德旺早晚喝钱汤的段子自然有服务员传给了贾德旺,传话人很愤怒地谩骂胡子文不维护老板的形象,完全是嫉妒心作祟。贾德旺倒哈哈大笑,说:你觉得有人信不信这事?服务员说:没人能信的。贾德旺说:就是有人肯信,说我钱多也是吉利话。服务员说:老板不仅是富人,当政协委员了也是贵人。贾德旺说:你说得好,凭这句话应该当大堂经理。可现在的大堂经理干得不错,有机会我会考虑你的。

贾德旺虽然知道服务员打小报告是别有用心,但他记得了富贵二字,就把政协的事看得很重。积极参加着一切活动,并且每次政协开会就把一批委员请到饺子馆吃饭。贾德旺的威信很高,已经有人要帮他迁入户口,准备推选他做政协一个委员会的副主任了。贾德旺踌躇满怀,不久却又听到胡子文编派了他的一个段子。段子说贾德旺经常到城区和郊县去视察,到区上,接待他的人知道他是河南人,而河南人自小吃红薯,胃是有感情的,他一定还是爱吃红薯,就蒸了红薯请他吃。吃了一顿红薯,贾德旺没说话,去县上视察,县上人也得知他是河南人,而区上接待吃红薯,他一定是爱吃红薯的,又蒸了红薯给他吃。贾德旺还是没说话,就盼着到镇上视察时能吃一顿好的。可到了镇上,镇上的干部请示县上,县上说贾委员河南人就是爱吃红薯,镇上依然蒸了红薯。这回贾德旺胃疼了,实在憋不住了,说:同志,我就是在河南农村吃红薯吃怕了才到西安来的!贾德旺听了段子生气了,一天胡子文领着一伙人来吃饺子,贾德旺当着众人直戳戳说:胡主任,你散布我的坏话了?胡子文说:没有,古人说群居防口独坐守心……贾德旺说:几个人都传过来你编的段子了!胡子文说:什么段子?贾德旺说:吃红薯的事,你编了没编?胡子文睁着眼睛,扑忽扑忽看着贾德旺,说:是吗,日巴耍,这都是那几个河南担给你胡传哩!大家嘎嘎大笑,气得贾德旺也笑了。

半个月后,政协组织委员们全面视察市文化建设工作,贾德旺要求把他分在第三小组。因为第三小组视察的重点正好是文联大厦娱乐场所。五年前,文联机关在一座旧四合院里办公,年年打报告希望市政府拨资建一个文学艺术家活动的大厦。政府多方筹资总算把大厦盖了起来,但大厦盖起后,文联便将它全部向社会出租,办成了美容美发厅、游戏厅、桑拿室、洗脚房。文联月月收租金,日子是富裕了,卖淫嫖娼却泛滥起来。得知政协委员要来视察,文联当然清楚被视察的原因,就一方面准备汇报材料,一方面派胡子文到各出租单位布置接待事项。当贾德旺他们听取完汇报又去各娱乐场所实地查看,胡子文已组织了所有娱乐场所的人员列队欢迎,胡子文说:等委员一来,我喊一句口号,大家就跟着喊口号,要整齐,有节奏,知道了吗? 大家说:这个谁不知道?! 胡子文说:好! 指着一个女的说:来视察的都是些老保守,不要把眉毛画得那么翘。女的说:不画眉毛我就觉得没长眉毛似的。胡子文正要批评她,扭头看见巷口有人拿着照相机跑,就拍了一下掌,大声说:来了来了! 众人立即有节奏地喊:来——了! 来——了! 但巷口的一伙人却没有过来,往另一个巷子去了。胡子文说:走了走了。众人又是有节奏地喊:走——了! 走——了! 气得胡子文说:看我的手势,没有手势不要乱喊! 约莫半个小时,贾德旺他们是真的来了,胡子文喊了一声:热烈欢迎! 手从下往上一扬,众人一哇声高呼:欢迎——欢迎! 胡子文又喊了一声:反对嫖娼! 众人一哇声又高呼:嫖娼——嫖娼! 委员们脸色不好看,也不做任何回应,径直就进了各个场所。胡子文也跟了进来,对着贾德旺喊:贾老板! 贾德旺却全然不做理会。胡子文又喊了一声:贾老板! 陪同的文联主席训道:贾委员来视察的,你乱咋呼什么? 胡子文讨了个没趣,脸脖都红了。

视察完毕,委员们并没有在文联吃招待饭,贾德旺带人去饺子馆吃饺子。委员里有一位是区政协主席,知道贾德旺和胡子文的关系,说:你和胡子文崩了?贾德旺说:没有呀。区政协主席说:我看你今日待理不理他的。贾德旺:我故意晾他哩。区政协主席说:他可是能行的文化人呀!贾德旺说:是能行的文化人。可文化人毛病也多哩。他能帮你成事,也能给你坏事,远不得近不得,是属核桃的德行,得砸着吃。区政协主席一高兴,说:"中,中。"贾德旺说:你也是河南人?区政协主席说:老家是河南洛阳的,十二岁来的西安。贾德旺说:那你说西安话说得顺溜。区政协主席说:我那单位河南籍的人少,一说河南话就遭戏谑,可我在家是说河南话的。你了不得哩,饺子馆里的员工必须说河南话,饺子馆又成了名店,你给咱河南人长了脸了!贾德旺说:你老得多指教哩!区政协主席说:好,好,什么都好,如果饭馆里还能卖"水席"那就更好了!水席是河南最有名的菜类,全部的菜都是汤菜。贾德旺说他早有此意,近日就想回一趟老家招些做水席的厨师。区政协主席就鼓动开设水席越快越好,若要回老家,他可以派个小车去。

贾德旺果真就乘坐了小车回了一趟老家。小车一直从村口开过巷子到了家门口,村人已经知道贾德旺在西安混成个大人物了,都跑来看,说:德旺,这是你的车?贾德旺笑着说:把娃娃管好,可不敢用石子在上面划道道。村人说:贾罗锅毒命,一辈子腰直不起,他一死,儿子果然顶天立地了!听村人提说到贾罗锅,贾德旺就怀念起自己的父亲了。他买了烧纸和高香去父母的坟上奠祭,瞧见两个坟堆平塌下去,荒草蔓生,就拿锹铲土垄了垄,跪下去焚香烧纸,磕了三个响头,说:爹,娘,我回来看你们了!你儿在西安把事弄成了,还当了官了,是政协委员。坟头上飞过来一只鸟,喳喳喳地叫,贾德旺挥手把鸟赶飞了,又说:给你们说这些你们也听不懂,政协委员是个啥,就像刘三胜一样,你现在是刘三胜的儿!旁边的小车司机一直笑嘻嘻的,末了说:刘三胜是谁?贾德旺说:新中国成立前大财东家的儿子,在郑州当过省参议,威风得很哩。戴礼帽,拄文明棍,出门有三个背枪的卫兵。

回到西安后,小车司机把贾德旺上坟的事说开了。司机的原意在夸奖贾德旺是个孝子,但一经传开,却成了贾德旺把自己比作伪参议,被编成了段子,而且用河南话讲,讲得有声有色的。听着的人听毕了,就笑着骂:这个河南担日巴耍!段子连市委书记都知道了,一次会议,市委书记在饭厅见到贾德旺,当着好多人的面说:贾德旺,你过来!

贾德旺过来了,倾着身说:书记好!

"听说你在你父母坟上说你现在是伪参议了?"

"这,这……书记你听谁说的?"

"你先说有没有这事?"

"我是上过坟……"

"你怎么能说这样话呢?!"

"书记,这怎么能当真呢,那是哄鬼哩么!"

周围的人哗地就笑了,但书记没有笑,大家也就停止了笑。贾德旺还要解释,市委书记却转身走了。

当再一次开政协会,没有通知贾德旺,贾德旺不再是特邀的委员。贾德旺苦闷了数日,脸就明显地瘦了一圈。终于在一个午后,胳膊肘下夹着一卷纸来胡子文的家,笃笃笃地敲门。胡子文从门扇的猫眼里看出去,贾德旺站在门外理头发,头发蓬乱,向手心吐了唾沫往头上抹。胡子文说:谁?贾德旺说:我。胡子文说:你是谁?贾德旺:是我也听不出来?贾德旺!胡子文说:贾德旺是谁?贾德旺说:有理都不打上门客的!胡子文说:是你呀,你怎么不用河南话说?等一等,我正在厕所,还提着裤子哩!胡子文返回厕所,在马桶上坐了吸过一支烟,过来开了门,一边系裤带一边:你怎么来了,给我送礼啦?贾德旺说:我还不至于给你送礼吧?新买了一张字画,让你鉴定鉴定。打开了,是于右任的一副对联,胡子文念:梦久不知身是蝶,水清安识我非鱼。

"赝品!"

"我五千元买来的怎么是假货,假货能仿得这么真?"

"河南人什么假不了?你看没看昨天报纸,一个河南人拐卖儿童,买方买的是个男孩,回家给孩子洗澡,洗着洗着小鸡鸡就掉了,原来是个女孩。"

"这字要是假的,我就送你了。"

胡子文没有吭声,看着贾德旺将对联挂在墙上了,说:"挂在我家墙上了就算是我的,河南担,没文化就是没文化,我现在告诉你,这对联是真的。"

"你以为我认不得这是真的?我来给你行贿你也不沏一杯好茶给我喝喝?!"

"给我行贿肯定是有事了!政协委员抹了?"

"那段子是不是你加工改造了?"

"这倒与我无关。"

"那个司机我×他娘的!"

"古人说,人有一事不妥,后来必受此事之累,如器有隙者,必漏也。"

"所以我来请主意了。"

两个彼此笑笑,坐下来吸烟喝茶又吃酒,开始起草了一份材料。临分手,胡子文说:笼襻儿是离不了笼沿的,要做儒商,商就要一直和文化结合哩。贾德旺说:所以你始终是顾问呀!胡子文又说:河南出恐龙蛋化石,你那儿联系的河南人多,若能弄些恐龙蛋化石,我去见书记的时候,也不至于空着手。贾德旺说:这个容易。当天夜里,贾德旺就用三轮车运来了一块九颗聚在一起的恐龙蛋化石。待贾德旺一走,胡子文就将恐龙蛋化石送到了市职称评委会主任家,主任好收藏,喜欢得不得了,又觉得这礼重,问胡子文自己有没有?胡子文当然没有。主任说:既然你没有,咱俩一分为二。胡子文说:只要把我的高级职称能通过,放在你这儿就等于放在我那儿了。主任却坚持分开,胡子文便用锯子将九颗恐龙蛋锯开,主任拿六颗,他拿三颗,没想锯下来一颗发现那颗恐龙蛋底是平的,仔细看了看,原来是水泥伪造的。忙敲打另外的八颗,竟都是假的。胡子文怒不可遏,拿了假恐龙蛋去寻贾德旺,贾德旺也傻眼了,说:这毛海子坑我了!胡子文说:毛海子是谁?贾德旺说:一个文艺工作者。胡子文说:文艺工作者?贾德旺说:就是从河南过来的一个耍猴的。胡子文骂道:耍猴的算什么文艺工作者,日巴耍,事情办不成,你还让我丢老鼻子人啦!贾德旺忙自己打自己脸,说他再去找另一个人,那人以前倒贩过恐龙蛋化石,现在虽改行了,手里肯定还有存货。胡子文说:这人现在干啥？贾德旺说:他说他是从事轻工业的。胡子文说:是不是弹棉花的？贾德旺说:是吧。胡子文就笑了,要跟着贾德旺一块去。直到后半夜,恐龙蛋是买到了,虽然只有五颗,五颗确实是真的。

第二天,胡子文将恐龙蛋送到了职称评委会主任家,直脚就去拜会市委书记,先是汇报了全市文化工作的现状和今后发展的一些举措,末了便提起了贾德旺。书记说:你也认识贾德旺,这人到底怎么样？胡子文说:这个河南人文化浅,有时不会说话,可有雄心大志,在西安市的河南人中享有很高的威望。就呈交了以贾德旺的名义所写的材料。材料上写着贾德旺是如何从河南到了西安发展餐饮事业,如何经过几年奋斗成为西安餐饮界的龙头,而在西安挣了钱了,就要回报西安,为西安的城市建设做一份贡献。具体的方案是:以饺子馆牵头,组织河南籍人参会,筹集资金,为古城墙贴瓷片,在城河两岸铺地砖,用红漆刷大雁塔,把东西南北城门楼镶金边。

"这个贾德旺!"书记说,"他有多少钱？"

"他钱多得能砸死人!"

"他还是好好卖他的饺子吧。"

胡子文软不塌塌回来把书记的话转告了贾德旺,两个人无言地看着,都笑了一下,笑得都没声。然后两人到贾德旺的住处喝酒,就喝醉了,贾德旺歪着头,手指蘸酒在桌上写了一个字,说:处、处长,你文化高,你说这、这、这是个啥字？胡子文瞅了半天,是一个富字,说:不认得。贾德旺说:你日巴耍,这个字都不认得?!胡子文说:啥字？贾德旺说:富字!

胡子文说:富字上边有一点,你这个字没那一点。贾德旺说:这叫富贵不能到顶。胡子文说:你还要咋个富呀?也指头蘸了酒在桌上写了一个字:章。说:立早是章,早写得出了头也念章,你懂不,这叫作写文章能出头,出头为贵,你就是再富也不可能贵、贵的。贾德旺说:贵字下边是个贝,贝就是钱,没钱贵、贵不了,有钱总有贵、贵、贵的时候!胡子文说:你到底有多少钱?你说你钱多得能砸死人,你还真以为、以为你的钱多、多得不得了?!

贾德旺就站起来,摇摇晃晃站不稳。胡子文说:你醉了,瞧你这本事,一瓶酒就喝醉了,我把你这样子照一张照片。就转身在沙发上找提包。胡子文觉得自己是带了提包的,提包里应该有照相机,但沙发上什么都没有。贾德旺说:你瞧嘛,你瞧嘛!胡子文就突然感觉他真的手里拿了照相机,手举着给贾德旺拍照。贾德旺扶着桌子作庄严状接受拍照,然后就拉胡子文到他的卧室去,胡子文手还做着拿照相机的姿势被拉进了卧室。卧室里有一张床,床前有香案,供奉着一尊瓷制的财神爷,而靠窗的墙上角是一个木架,木架上放着一个饱满的麻袋。贾德旺指着麻袋,说:你盯,你往那里盯,你知道麻袋里装的什么?

"什么?"

"钱!"

"钱?"

"是钱、钱、钱!现在硬币是不用了,可我积攒了这一麻袋,它是我的纪念品。"

胡子文嘴张开来,合拢不上,手还在做着拿照相机的姿势。他要求贾德旺就站在木架下,他要拍一张照片,他说他要把这张照片放得大大的公布于世。他说他要宣传贾德旺是多么有钱,而这些钱是卖饺子得来的,劳动致富了,应该成为一个贵人!贾德旺嘿嘿嘿地笑,说:我要给你钱的,大海里舀半盆水就够你喝了!胡子文说:把头仰高,胸挺起来!好,好,把手抓住麻袋!你笑呀,河南担,你个日巴要怎么不笑?!贾德旺还在说:给你半盆水你不嫌少吧?半盆水也能喝死你的,咱们的事情弄大了,顾问费要给你涨、涨的!

　　胡子文站在地上拍了几张,又站在床头柱上拍。胡子文还要拍,看见床下有一个盆儿,要取出来垫在脚下,盆子里却有半盆水,骂道:我闻得出来,这是你尿的,你早上不去倒尿,你真是不讲卫生的河南担!胡子文从外屋端来椅子,又将另一个小方凳架上去,然后爬上去再拍。胡子文这时候发现了墙上有一行粉笔写成的字,他数了数,是十一个字:世上有一个鬼名字叫日弄。他说:这字是你写的?贾德旺说:我写的。胡子文说:写得好。贾德旺得意了,说:这有个故事哩,我才到西安,身上只有二百元,一个月没寻着工作,钱也花完了,我白日讨饭晚上在火车站的候车室椅子上睡。一个卖饺子的小老板到车站送客,问我愿不愿到他的饺子馆干活,不给工资,可以管吃管睡。我说愿意,跟着他走了。在小馆子干了十天,我才知道他卖的水饺馅儿全是瘟猪肉。我说咱怎么能卖瘟猪肉?他说没人在馆子里吃了顺地倒,我卖的就不是瘟猪肉。你知道不知道,世上有一个鬼名字叫日弄?我记住了这句话。后来我辞了那份工作,又去了另一家饭店打工,有了积蓄开始自己卖饺子。我、我就把这句话写在那里了。胡子文说:你的饺子馆也卖的是瘟猪肉?贾德旺说:你胡说!我什么事都干过,但我没卖过瘟猪肉。我要的是日弄鬼的精神,你懂吗?精神!胡子文说:是的,精神!你抓着麻袋,要笑,一种自豪的笑。笑啊!

贾德旺在努力地笑,胡子文把双手举在面前,说:我给你照呀,一、二……还没有说出三,他听见了哐当一声巨响。把眼往下一瞅,瞅见木架坍倒了,饱满的麻袋砸下去。胡子文嘎嘎而笑,说:你这个河南担,用那么大的力气?!还举了手要拍摄砸下去的麻袋,就看见麻袋下的贾德旺没有吱声,半个脑袋扁了,一股血喷出来。胡子文说:日巴耍,你是咋啦?脚下的椅子却晃动了,身子向前弓了一下,又往后弓,一前一后地弓,双手在空中抓,什么也没有抓住,就栽下去了。胡子文是脚朝上头朝下栽下去,撞翻了床边那个盆儿,盆里的水流开来,又聚在一个低洼处形成水潭,他从地上弹了一下又倒下去,整个脸面浸在水潭里不动了。

艺术家韩起祥

从榆林北的横山来到了延安,韩起祥就一直在延河桥头说书。那时的延河桥虽然还是一座木桥,冬天里铺架着,夏季长长的日子里却抽了木板放在小学校的土墩上当课桌,但那儿有一片空场子,有一个河神庙,来往的人多,三六九日又逢着集会。

那个早晨,太阳还暖和,韩起祥就坐在庙门口,他穿得臃臃肿肿,小腿上系着竹板儿,睁着一双瞎眼,拨怀里的三弦。手的拨动和腿的闪动配合着,丝竹一齐价响,嘴里却含混不清地发着肉声,像嚼着了一颗核桃。韩起祥的声音原本洪亮,吐字也干脆,他的含混是在招惹行人,这如戏开演前的吵台。"铮铮唡铮铮,铮铮唡铮,铮唡铮铮铮铮铮",节奏愈来愈激越,脚腿有力地踏动,一会儿就尘土飞扬,眉毛胡子都变灰变粗了。一群人遂立定了步看他,有挑担的,有背了筐的,有的赶着羊和驴。羊在主人的胯下温顺安静,驴却掀开厚厚的嘴,在寒气里长声嘶鸣。

韩起祥也仰着脸看着人群,但瞎眼永远看见的是黑暗,他就完全陶醉在自己的音乐里了,眼皮眨得飞快,像鸡要产蛋时的屁眼儿。人们担心的是那鼻尖下吊着的一颗清涕,亮晶晶的,就要掉下去,却到底没有掉,大家就松了一口气。

"瞎子瞎子,你弹得好!"

韩起祥听见了叫好声,仍浸淫在音响里不能出来,腿是不动了,竹板安息,手指头还又拨了一下三弦,铮泠泠将一把豆子撒在盘中了,才收住,便侧了耳朵听瓷碗的响声。韩起祥的耳朵非常灵,从碗的声响里逮听出有人丢进去的是一枚铜子还是一颗小石子,或者是一张面值多少的纸钞。遗憾的是瓷碗里细微的声音是一只苍蝇起飞的响动。

"瞎子,瞎子,"有人又在叫他,"你是真瞎子还是假瞎子?"

"我是说书的。"

在陕北,说书是盲人的专利,明眼人是不能抢残疾人的饭碗的。韩起祥要证明着自己的正统,把眼皮掰开来,红的眼圈里是一颗白的眼珠,他听见有人说:哟,像煮熟的鱼眼!韩起祥就笑了笑,从怀里取出个油乎乎的硬纸本儿,放在了脚前的地上,说:"我是白云山赛书会上的状元。"

白云山有陕北最大的道观,十年前曾有过千人赛书会。

"莫不是那个小书圣?"

"那时候是小,现在老了。"

"小书圣,小书圣,"人们兴奋起来了,"你给我们说一段,说得好了,晌午管你一顿捞饭!"

"要《封神演义》吗?"

"要短一点的,能抓人的!"

韩起祥摸了摸肚子,他的肚子很大,似乎里面全装了书,

想了想,就抿了抿嘴,突然如折竹裂帛一般,弦音和板音一齐炸响,他说唱开了:

> 红洋布袄袄扣门门开
> 一对对奶奶滚出来
> 上身身搂定下身身筛
> 　　哎哟
> 好盛(注:太好了)的妹妹你解不开

好几双的拳头砸在韩起祥的头上。韩起祥的感觉里那是几双棉花锤儿,而且从"太酸了,你瞎子太酸"的骂声中,分辨出这是五个三十出头的婆姨,两个胖点,两个瘦点,一个牙齿稀得缝儿能藏米粒,爱抖胸摇腿。

"妹妹解不开,你一个瞎子就解得开?你混不上碗饭了!"她们说,"听说你会算卦?!"

"瞎子都能算卦。"韩起祥说。

"那你算算我们五个中谁是寡妇?"婆姨们说,"算准了,你摸摸,这枚铜子就归你,算不准了这个瓷碗我们可要拿去喂猫呀!"

韩起祥说:"让我算算。"手指在掐,耳朵却在动。韩起祥的耳朵高过了眼眉,耳尖像兽耳一样往上耸。"谁是寡妇?寡妇的头上有三根白发哩。"

四个婆姨就扭了头往一个婆姨的头上看,韩起祥立即逮听了四个扭头的声响,他指着了一个婆姨,这婆姨哇地就叫起来。

从此,这寡妇天天来桥头帮韩起祥哄场子,唾了唾沫,把烟叶在腿面上搓成卷儿让他吸,又把两颗铃铛系在他的探路棍儿上。许多许多的人十年前就风闻过白云山赛书会的"小书圣",但从未见过,跑来让说《三国》,韩起祥连着说了五天,让说酸曲,韩起祥一段一段能说上百个。他们就将馍馍往他怀里塞,提了米酒给他,说:"毛主席是福星,他一来延安,什么样的能人奇人都来了!可惜是瞎子。"寡妇说:"他银盆大脸的!"众人就取笑寡妇,寡妇捡了驴粪蛋掷多嘴的人,偏对韩起祥说:"我家有孔废了的窑,你住去!"韩起祥只是笑着,叫她是大嫂。韩起祥在延安了多半年,没有人撵他,也没有人拿了麻绳威胁着要抢劫,晚上睡在河神庙的泥塑后,巨大的鼾声从庙门缝中传出很远。

又一个落雨天,韩起祥在庙里说《岳飞传》,三弦紧拨,如一锅的炒豆在蹦,他面前的孩子就越坐越近,越坐越近,仰着的脸被飞溅的唾沫全淋湿了。这时候,一匹马嘚嘚嘚地从桥的那头跑过来。孩子还以为三弦在弹,弹出了马蹄声,待到庙里忽然光线暗下来,一个黑影又正好印在塑像上,金河神变成了黑河神,孩子回过头来,一个穿军装的人站在那里。

"汪东兴!"有人说了一声。

汪东兴是毛主席身边的人,听说书的孩子就见过,毛主席走在杨家岭的小路上,汪东兴常提着一把锨在后面厮跟着。毛主席喜欢在空野里大便,汪东兴就先用锨挖个坑,然后将大便埋掉。但韩起祥认不得汪东兴,他的感觉里,庙里是进来了一个有头有脸的人物,因为有头有脸的人物脚步沉稳,虽然一路驱马奔来,呼吸仍然舒缓。

汪东兴说:"韩先生,毛主席请你去说书。"

"毛主席?!"韩起祥忽地站起来,不敢相信自己的耳朵,"我是个要饭的,毛主席请我?"

汪东兴并没有多说话,转身就往庙门外去,韩起祥拿了三弦也就跟着走,走出庙门了,却顺着庙后的一条斜路朝河边去。汪东兴说:"你往哪儿呀?"韩起祥说:"我洗洗脸。"斜路上他走得一步都不差,径直踩上一块石头,掬水洗脸,然后返上来。汪东兴让韩起祥骑到马上,韩起祥不敢。韩起祥不敢骑马,汪东兴也不敢骑了。延安城的街道上,人们看见汪东兴在前边牵着马,韩起祥拿了三弦跟在马的后边,他们已经知道是毛主席请了韩起祥去说书,又羡慕,又嫉妒,嚷嚷道:水坑!水坑!韩起祥不管了水里泥里,只是往前走。

韩起祥一直被领到杨家岭毛主席住的窑洞前,汪东兴让韩起祥在一棵枣树下站定,就去禀告毛主席,毛主席从窑里走出来,两只手在身后边甩,说:"韩先生来了?"让进了窑里坐,韩起祥没有坐,手心已经出了汗。

"你坐嘛。"毛主席说。

韩起祥还是不敢坐。

"立客难待啊!"毛主席说,掏出一支纸烟要吸,但口袋里没装火柴,喊汪东兴把厨房里的火柴拿来,韩起祥说"我这儿有",从怀里摸出一根火柴,在窑壁上一擦,擦着了,递到毛主席的纸烟前,说:"毛主席你要听个啥?"

"不急,不急。"毛主席说,"东兴,给厨房说一下,韩先生中午在这儿吃饭,吃一碗稀饭。"

韩起祥说:"不,不。"心里却嘀咕:给我管饭,却只吃一碗稀的?

"不能多吃,"毛主席说,"吃得饱了说不成书了,是不是,韩先生?"

毛主席竟然连说书前不能饱饭都知道,韩起祥就不拘束了,坐在了凳子上。毛主席也是坐在他的对面的,一边吸着纸烟一边问他的话。先问他是哪里人,韩起祥说榆林横山的。问眼睛是生来就坏了还是半路坏的,韩起祥说四岁上患了天花,满脸的痘儿,他抓破了痘,毒水钻进眼里,眼就瞎了。问几时开始说书的,韩起祥说六岁。问师傅是谁个?韩起祥说师傅叫高文旺。再问师傅怎么没来延安,韩起祥说师傅死了,师傅在横山遇到过刘志丹,他把红军的标语藏在三弦里,被民团发现枪毙了,他没有救下师傅,但枪毙的那天,有人用馒头要蘸师傅的脑浆吃,他护住了尸首,买棺材埋了师傅,才来延安的。

毛主席咝儿咝儿吸烟,把烟头从窑里扔了出去,说:"你来了延安,你觉得延安怎么样?"

"延安好!"韩起祥说,"陕北十年九不雨的,日怪得很,毛主席来了,延安三天两头的雨,沟沟岔岔都涌扎了庄稼。"

毛主席哈哈笑起来,说:"韩先生,听说你还会算命,你给我毛泽东也算一算?"

"毛主席不用算,这世界一满都是你的。"

"嗨,话不能这么说,世界是人民的,毛泽东是人民的勤务员嘛!"

饭熟了,毛主席吃了两碗,韩起祥吃了一碗,他拿起三弦就要给毛主席说书,他说:"毛主席,我给你说个啥书?"

"随便。"毛主席说。

汪东兴却走过来,抹了抹韩起祥的嘴,嘴角沾着有一粒米。韩起祥就闪电般地眨着瞎眼,开始长声唱起来了:

> 说一个女子本姓刘
> 不长个子只长奶头

汪东兴脸色都变了,说:"哎,哎,你怎么说这个?"

毛主席挥了挥手,说:"让韩先生说嘛,韩先生你往下说。"

韩起祥被打断,只好从头又说:

> 说一个女子本姓刘
> 不长个子只长奶头
> 一长二长像拳头
> 三长四长像葫芦
> 五长六长像皮球
> 长呀长呀长大啦
> 赛过了西安的钟鼓楼

毛主席哈哈地大笑了,说:"韩先生,你去过西安的钟鼓楼?"

韩起祥说:"没。"

毛主席说:"革命成功了,你就到钟鼓楼上说书去!"

毛主席让韩起祥继续说,韩起祥又说了三个段子,但不是酸的就是情歌,说毕了,问:"毛主席爱听说书?"毛主席说:"三弦说书这形式好啊!"韩起祥又问:"我说的这些书是不是旧了?"毛主席说:"是旧了些,你可以编些新书嘛。"韩起祥说:"我不会编新书。"毛主席说:"那我让周扬他们帮你编。"韩起祥说:"周扬是谁?"汪东兴说:"是些文人,他们会找你的。"毛主席就说:"三弦说书延安需要呀,韩先生,你就留在延安,我毛泽东把你养活了,你就多说新书,多带徒弟,韩先生不仅是三弦艺人也要成为三弦战士啊!"

韩起祥从此结束了流浪要饭的生涯,他没有穿灰色的土布军装,但他属于了边区文工队的一员。周扬带了几个作家为他编写新书,却怎么编都不生动,反倒是他们一出新点子,韩起祥很快就以他的话说出一大溜。周扬便说:"韩先生真是个天才,你就看着延安的新生活自个儿编吧。"韩起祥说:"我是个瞎子。"周扬说:"你这瞎子比明眼人还清亮!"韩起祥开始游走于延安城和延安城的周围村镇,遇见什么新鲜事儿随即编说,他真的就能出口成章,惹得一群娃娃和婆姨总跟着他。跟着韩起祥的娃娃、婆姨伙里,那个寡妇是最积极的,除了给他做饭外,总想弹一弹三弦,但这寡妇手笨,怎么弹都是噪音,只好在韩起祥讲他过去恓惶时做忠实的倾听者。她说:"你咋不把你的经历编成书?"韩起祥说:"编我的经历?编出来了算不算新书?"寡妇说:"你到延安是翻身了哇,现身说法怎不是新书?"韩起祥说:"你识字不?"寡妇说:"识不下多少。"韩起祥激动了,伸出了手来握寡妇的手,寡妇塞给他个大萝卜。韩起祥把萝卜吃了,说:"这萝卜水真大!"

韩起祥在寡妇家废弃的土窑里住了半个月,他说一段,寡妇用炭在窑壁上写一段,然后再念给他,他记住了又往下说。寡妇所在的那个村里人都知道韩起祥是住在了寡妇的窑里,叽叽咕咕地就说他们倒厮配,有好多人借故就跑来了,说:"你家有扫帚吗?借我用用。"寡妇将扫帚取了出来,人却并不拿扫帚就跑走了。或者有人立在窑前喊寡妇,寡妇出去问什么事,来人只是笑了说:"韩起祥眼睛不好,可身体好哇!"韩起祥在窑里听见了,没有言语,当天夜里就又回住到了河神庙。

韩起祥最后在河神庙里完成了他最长的新书,起名就叫《翻身记》,能说六个小时。周扬来听他说了《翻身记》,激动得给韩起祥买了一坛子烧酒,那个晚上,韩起祥是喝醉了,拉着周扬的手,说:"你说《翻身记》好,那你要给我办一件事哩!"

周扬说:"啥事?我办不了,还有毛主席哩!"

"门头沟有个婆姨,是个寡妇……"

"噢,这事我也听说了,你让我做媒人呀?"

"不,不,"韩起祥说,"你去门头沟要给那寡妇洗清白哩,我韩起祥没有碰她,我担了个赖名义。你信不信?你要信的!"

周扬把《翻身记》笔录下来,让毛主席过目,又汇报了韩起祥和寡妇的事,毛主席当场批示了要边区的报纸刊登《翻身记》,就说:"那小寡妇你见过?"周扬说:"没见过。"毛主席说:"让韩起祥娶了她,不就清白了嘛?!"

周扬再找韩起祥的时候,韩起祥正在枣园村说他的《翻身记》,黑压压坐了几百伙人。说到经受过的苦,韩起祥没哭,台下的人哭成一片。说到了延安的好光景,台下的人全站起来,踢踏着脚,拍打着屁股上的土,喊:"毛主席万岁!"呼声和尘土轰得树上的鸟儿都飞了。待说书完毕,周扬拉韩起祥到一边,才要祝贺他说书成功,韩起祥却说他把《翻身记》改了一段,要周扬听听改得如何:

  早起馍馍晌午糕
  晚上捞起切面刀
  头道韭菜二分半
  冷调猪头捣辣蒜
  轿上来马上去
  丫鬟伙计听使唤

韩起祥说:"这是财主家的日子,改得行不行?"
周扬说:"改得好!"

  穷汉穷汉
  揽工受难
  早上是钱钱饭
  晌午黑豆捣两半
  晚上滚水把肠子涮几遍
  提上篮篮满山转
  苦菜根根噎着咽

韩起祥又说了一段,说:"这是说穷人的。"

周扬说:"改得好!"

这时候了,韩起祥才问周扬:"你寻我有事?"周扬说:"我告诉你,你可以娶了那个寡妇。"韩起祥生气了,说:"你把我韩起祥当什么人了?!"周扬说:"这是毛主席说的。"

但是,韩起祥带着毛主席的指示去找寡妇,寡妇却出事了。寡妇没有经受住村里人的闲言碎语,要求参加了民工队,随部队去了南泥湾。她在南泥湾挖一孔窑时,窑塌了,被土埋在了里面。韩起祥赶到了南泥湾,扑倒在寡妇的坟上不起来。陪他的人说:"你哭一场吧,哭了心里好受些。"韩起祥没有哭,将探路棍插在坟头,风刮着,棍儿上的两颗铜铃撞得叮叮地响。

从南泥湾返回延安的路上,韩起祥病倒在了双合镇。他歇了八天,却听到了镇上一个婆姨闹离婚的故事。这婆姨先是嫁给了人,却爱上了一个参加了革命的后生,经过了千辛万苦,终于成亲。韩起祥一个晚上编了段说书,就沿途直说到了延安:

> 对面价沟里拔莫蒿
> 我男人倒叫狼吃了
> 先吃上身子后吃上脑
> 倒把我老奶奶的害除了
> 黑了吃来半夜里埋
> 投明做一双坐轿鞋
> 吃菜要吃白菜心
> 寻汉我要寻上个八路军

回到了延安,城里城外相当多的人家在办婚礼,数天里总能听到噼里啪啦的爆竹响,倒纳闷:怎么连续着都是好日子? 清早起来,韩起祥往南街"马记羊肉店"去吃杂碎汤,一支迎亲队吹吹打打地就过来,他往路边闪了闪,才站到门面房的台阶上,就听见有人喊:"韩先生,韩先生!"韩起祥等候来人说话,却听旁边有婆姨说:"你喊韩先生干啥呀?"那人说:"我那三女子也要结婚的,韩先生会掐算,选个吉日。"婆姨说:"他才从南泥湾回来,你不知道他的事吗?"那人噢了一下就不言语了。韩起祥便大声说:"我给你算算,但你得请我吃水盆羊肉!"

在羊肉店里,韩起祥问了生辰年月,一边搬弄着指头在心中默算,一边说:"刚才是谁家结婚?""油坊老三的儿子。""老三的儿子不是还小着吗,老三看着别人抱孙子也急啦?""他儿子这次要去黄河那边的山西去。""山西去?"韩起祥忙问怎么回事,弄明白了,原来是在延安的部队定期轮换着去各抗日战区,这次山西吕梁山那儿有战事,北边还要攻榆林城,部队上调动的人多,支前队的数量也多,好多人家就都在出发前给孩子办了婚事。韩起祥嘴里噢噢着,说:"这应该,这应该。"仰了脸,把生辰年月又掐算了一遍。

吃毕了饭,韩起祥去了一趟文工队,文工队也酝酿着组织两个小组,准备着去山西和榆林,韩起祥就要求他也要去,队长不同意,说他眼睛不好,韩起祥说:"那我咋从榆林来的?"队长说:"这是随军哩,不是沿途卖艺的。"两人谈不拢,韩起祥便置气走了,走过一条小巷,狗咬得汪汪汪,他走不过去,旁边一户院门哗啦打开,有人就把他拉进院去,说:"这不是韩起祥吗?"韩起祥说:"我是韩起祥。"便听见上房屋里有嘤嘤哭声。韩起祥便问:"咋有人哭呢?"那人说:"是我新过门的儿媳。"韩起祥说:"才过了门小两口就打架啦?"那人说:"不是的。"上房屋里就走出个后生来,说:"我说吃饱了吃饱了你还是让吃,还没上前线哩倒要我吃死呀?!"后生的爹就骂道:"你给我闭嘴,啥子活呀死呀的话!"后生说:"你来闻闻么,出气都是鸡蛋味!"原来新娘子过门了三天,天天三顿煮了鸡蛋让新郎官吃,煮的吃伤了又炒着吃,炒的吃伤了又蘸着辣子蘸着糖让吃,为吃鸡蛋小两口致气捣嘴。韩起祥笑了说:"没人吃了,我肚子还饿着哩!"新媳妇给韩起祥端了一碗,韩起祥用筷子搅搅,一碗开水里一颗荷包蛋。他嘴唇咂得生响,瞬间说吃完了,将碗放在窗台上,开门就出去了。

韩起祥一走,新娘子把门就关了,说:"这样好了,好过了瞎子!"去窗台收拾碗时,却发现开水是没了,荷包蛋还在,院门外的巷子里是韩起祥弹着三弦在唱:

老麻子开花结疙瘩
八路军家的老婆守活寡
你当了八路军我守寡
革命成功了再回家

这段新书词,三天里传遍了延安城。毛主席派汪东兴给韩起祥送来了一篮子鸡蛋。韩起祥说:"毛主席怎么给我送鸡蛋?"

汪东兴说:"你不是没吃上鸡蛋吗？毛主席要你饱饱吃一顿!"

韩起祥说:"这事毛主席都知道了？毛主席还说啥了？"

汪东兴说:"毛主席说你是艺术家!"

韩起祥说:"你不要走,我要请你吃荷包蛋!"

这一顿,煮了二十颗鸡蛋,汪东兴吃了六颗,韩起祥吃了十四颗,说:"果真吃多了就不香了!"夜里肚子鼓得睡不着觉,起来绕着房子跑圈圈。

攻打榆林的部队开拔,韩起祥到底还是跟着去了。战士们很热火他,一休息下来就叫嚷着"来一段！来一段!"但战士们老爱听酸段子,韩起祥先是不说,耐不过死缠硬磨,就让放了哨,不要首长知道,便说开了。到了榆林城外,宣传小组站在行军路边表演节目鼓动士气,韩起祥坐在土峁上,弹着三弦说了一段又一段,战士喊:"编个新的!"韩起祥白花花的瞎眼就激烈地眨动,手指头在三弦上一拨,口里的词随即出来了:

> 麦叶子黄来竹叶子青
> 八路军要打榆林城
> 长枪短枪马拐子枪
> 胸前还挂个望远镜
> 一举打下榆林城
> 一人领一个女学生

师政委骑马刚刚路过,听见了,下了马,把韩起祥叫到一边,骂道:"你是谁?"

"我是韩起祥。"

"知道你是韩起祥!你是来卖艺的吗?"

"我是三弦战士。"

"三弦战士有你这样动员的,共产党闹革命是为人民谋福利的,不是为自己抢老婆!"

韩起祥被剥夺了随军的资格,打发着让他走了。韩起祥坐在山峁上被风吹着,就从破棉袄的窟窿里掏棉絮子擦眼泪,掏一疙瘩擦了,再掏一疙瘩擦了,脚下的酸枣丛上白花花一片。半夜里,韩起祥背着三弦下了山峁,顺着无定河岸滩走,走了十里,又返回十里,他不知道该往哪里去,鸡娃叫着天就亮了。

无定河边是韩起祥的故乡。四岁的时候,娘背着瞎了眼的儿子去投靠舅舅,舅舅不收留,还骂了回妹子全人都难活着你还留这个瞎子干啥?娘背着他在无定河岸上灰塌塌走,天又下了雨,河里起了洪,娘觉得当哥的也骂得对,真不如一死了之,就在雨地里哭了一场,抱着他往河里去,在岸上避雨的苏老泉瞭见了,硬是过来把他们母子救下。这苏老泉认识高文旺,韩起祥才从此跟了高文旺学说书。无定河是韩起祥的救命河,这一回,韩起祥在一个村庄口的麦草垛里睡了一觉醒来,没想到远处竟也传来了一阵三弦声,他走近去,遇见了他的师兄马步云。马步云原本不是瞎子,小时候讨饭让狗咬瘸了一条腿,为了跟高文旺学说书,自己用剪刀剜了自己一只眼,师傅被枪毙后,马步云没有南下,独自在无定河边卖艺。两人见了,抱头痛哭。马步云提议一块去内蒙古。韩起祥说:"内蒙古人稀少,谁个听说书,寻着饿死呀!"马步云说:"咱可以算命么,大前年我带了一包针,换了二十头羊哩。"韩起祥说:"你说天话,一苗针硬换一头羊?"马步云说:"那里人就这么质问我哩,我说,这一苗针细是细,却是用铁棒磨出来的,还不值一头羊?他们就信了。"韩起祥没有去,他说他还是回延安去,而且要马步云一块跟他去延安。马步云说:"师傅闹红哩,闹死了,说书的就是说书的,我不和官府的、当兵的沾!"韩起祥就二次南下去延安。

一路上,韩起祥当然以说书讨吃喝,弹起了三弦,旧书说着说着就冒出新书来,旁边的人问起延安到底怎么样,韩起祥说延安好,问怎么个好法,韩起祥说有吃的有穿的有毛主席。结果,一大批穷人跟着韩起祥投奔了延安。沿途的人都把韩起祥一段书词又编了歌子唱:

千里雷声万里闪

去了延安红了天

牛走大路虎在崖

不到延安你白活来

毛主席听说了,又接见了韩起祥,说:"韩先生,你可是立了功啊!"韩起祥说:"毛主席,我还立什么功呀,不挨骂就好了!"韩起祥知道骂他的那个政委也在场。政委就说:"韩先生,我以前以为你是个木墩墩,原来你还是个金钟!"

韩起祥第二天再给人说书,开场就加说了毛主席怎样说他是三弦战士,是艺术家,又说了打榆林立了大功的政委也向他道歉哩。

> 我以前把你当木墩墩
> 原来你是个金钟
> 今后我这土不再埋你
> 让金钟升在空中
> 有光有亮
> 有响有声

一九四八年,毛主席离开延安去了西柏坡,韩起祥还在延安留着,住的是毛主席住过的窑洞。窑洞外的那棵枣树结了枣,韩起祥一颗一颗都给毛主席留着。但毛主席再没有回延安来,他进了北京,在天安门城楼上宣告中华人民共和国成立了。韩起祥作为边区的革命干部进驻西安,被任命为西北文联的主任。他的眼睛当然还是瞎的,但已穿上了中山装制服,而且还有一双皮鞋。皮鞋的口沿儿很硬,第一天把脚就磨了水泡,他用棉花垫着。韩起祥上到了西安城中的钟鼓楼上,弹三弦说了一段书。他说:"嗨,我真的在钟鼓楼上说书了!"

当上了文联主任,韩起祥就组织西北民间艺人要成立个曲艺团,他打电话到榆林,要求当地政府找着他的师兄马步云,一定得用马让他骑着来西安。一个月没有消息,终于有人给韩起祥捎来一信,信是马步云扎人写的,只写着七个字:我有野心去不得。韩起祥说:我这师兄是贱命。

机关的人一上班都说:"韩主任!"韩起祥有些不习惯。

共产党的会多,韩起祥在会场坐上一半个钟头了,便说:"歇一会儿吧。"就休会了。干事们说:"来个说书吧!"韩起祥就笑笑地让人去他的办公室拿三弦,仍是在腿上系了竹板儿,一条腿那么踏着打节奏,三弦一响,嘴就张开了。牙齿上沾着一片韭菜叶,秘书过去帮他擦了,说:"主任,咱以后不要随便说书了。"韩起祥说:"为啥?"秘书说:"什么人都起哄着,主任就不像主任了。"韩起祥觉得对,却说:"说了几十年了,不说憋得慌。"秘书说:"那也得看给什么人什么场合说。"秘书又买了一副墨镜给韩起祥戴上。

韩起祥住的是一所小四合院。院子原本的主人是警察局长的小老婆,没收房产时,吊死在窗棂上。韩起祥的三弦挂在墙上,每晚上老听见三弦在响,点上灯了又没有动静,疑惑闹鬼,买了一刀纸在院子烧了,说:"你走!房子是共产党分给我的!"自后方安闲下来。院子里以前铺着花砖,韩起祥改成了菜地。陕北的沟岔里种向日葵的多,菜地里也种了一片,向日葵苗长出一寸高的时候,半夜里他撒热尿,只说为向日葵施肥的,热尿却把嫩苗儿烧死,只长成独独一棵。每天早上,韩起祥在院子里坐,向日葵面朝了东,他就朝东坐着,到了下午,向日葵面朝了西,他就也朝西坐着。脸上总能晒热太阳,脸上的颜色从此是酱红色。

"怎么有些口寡?"韩起祥对秘书说。

秘书上街买了红烧肉,又灌了一坛酒。韩起祥吃喝了,还说:"口里还是寡。"

秘书挠了头,低头咕哝"当了主任就难伺候了!"没好气地把三弦塞给他,韩起祥一弹三弦就唱,尽唱的是很久很久以前的旧书。他说:"把他的,口寡着是没说书吗!"

一天,韩起祥害头疼,让秘书给他太阳穴上拔火罐,从陕北来了个也背着三弦的少年,偷声换气地说要见韩起祥。秘书一乐,也是个小瞎子,问你找韩主任什么事?小瞎子说他是说书的,找韩主任在西安寻个工作。秘书说韩主任病了,不会客。韩起祥在屋里说:"谁个?"秘书说:"来了个眼睛不好的。"韩起祥说:"啥人找啥人嘛。"秘书领了小瞎子进了四合院,韩起祥从头到脚摸了一遍,又抓起小瞎子的手,手指头上有茧疙瘩,一股眼泪就噗噜噜流下来,说:"孩子,你跟着我,有你吃的喝的!"小瞎子咚地跪在地上,说:"爹!"韩起祥说:"我不是你爹。"小瞎子说:"师傅!"就磕响头。韩起祥说:"你起来,肚里有几个本?说一段我听听。"

小瞎子弹了三弦,是南路派,嗓音尖锐:

高高山上一泉水
四个女子洗大腿
你也洗我也洗
一个一个好东西

韩起祥摆了摆手,让停下来,说:"这不行,说这些不行。现在解放了,文艺要为工农兵服务,说这个怎么行?!毛主席要我们做三弦战士,你知道吗?"

小瞎子说:"我不知道。"

秘书要打发小瞎子走,韩起祥挡住了,说小瞎子口齿好,三弦弹得有特点,就招收到曲艺团里,派人教文化编新书吧,并给小瞎子起了个名字叫李建。送走了李建,炊事员给韩起祥端来了熬好的药,韩起祥头却不疼了,说:"啥是好药,做好事是治病的良方,这李建有点像我,将来有出息哩。"

到了来年的三月,韩起祥接到从北京来的通知,要他参加全国文代会。韩起祥因为急剧发福,那件中山装制服穿着箍身,重做了一件。临走时他做了个皮套装三弦,秘书说:"还带三弦吗?"韩起祥说:"我不带三弦,谁能知道我是韩起祥呢?"机关的和曲艺团的人来欢送韩起祥,李建说:"师傅,你去了顿顿把饭吃饱。"韩起祥说:"嗯。"又说:"夜里起来不方便,睡前少喝些水。"韩起祥说:"这我知道。"再说:"到天安门了你带一块砖给我留个纪念。"韩起祥说:"你这才说对了!"

秘书陪同着韩起祥到了北京,韩起祥一定要去天安门城楼,他说这是毛主席新住的地方?要用手齐齐摸一遍。摸了城楼底部每一块石头,还要摸上边,要秘书寻一条绳把他从上边吊着让他摸,秘书四处寻砖头,寻不着,扭头往远处瞅,韩起祥的话没理会,一个警察就跑来,大声呵斥:"不能在此小便!"秘书说:"谁小便呀?!"警察说:"那你在干什么?"秘书说:"我数城楼上的灯笼哩!"警察说:"灯笼不准数!"韩起祥没敢再说寻绳让他吊着摸城楼的事,只说:"我是韩起祥。"警察说:"韩起祥是谁?"把他们赶开了。

文代会开幕的那天,毛主席来接见全体代表。韩起祥被安排坐在后排,他有些生气,想了想,自己是瞎子,坐在后排看不见,坐在前排也是看不见的。但韩起祥还是摘了墨镜,而且站着,盼毛主席能看见他。毛主席果真就看见了,说:

"韩先生,韩先生,你往前边来嘛!"工作人员立即将韩起祥扶到前面。毛主席说:"韩先生你好啊!"韩起祥扑通就跪下。毛主席把他搀起,说:"韩先生不要这样嘛!"韩起祥说:"毛主席你是皇上么。"毛主席说:"共产党里没皇上,我毛泽东依然是人民的勤务员啊!"韩起祥说:"毛主席,我想你呀!"毛主席说:"我也想陕北人民啊! 韩先生是陕北人,我在陕北十三年,说起来咱们是乡党嘛! 乡党见乡党,你能不能来一段说书?"

韩起祥没想到毛主席在这个时候让他说书,他说:"好,好。"却不知说什么书好。韩起祥说:"毛主席,你要听甚?"毛主席提高了声音对大伙说:"大家恐怕还不了解他,韩起祥先生是一个天才的说书艺术家,是位三弦战士,他不识字,却装了一肚子书,又出口成章,欢迎他给大家来一段吧!"掌声哗哗地响起来,韩起祥却呜呜地哭了。毛主席说:"噢,乡党见乡党,两眼泪汪汪呀!"说得韩起祥不好意思又笑起来,把三弦拿出来,在腿上系了竹板,坐在椅子上了,眼睛眨得哗哗颤,不出声。众人又鼓掌,掌声未落,他却唱说起来了:

乡党见乡党

我两眼泪汪汪

我说个婆姨爱尿床

第一天尿湿了红巾被

第二天尿湿了象牙床

第三天尿得满床流

第四天尿成太平洋

乡亲们赶快来撒网

捞得虾米像杆枪

捞得鲤鱼丈二长

就是王八漏了网

跑到台湾当了小皇上

礼堂里静悄悄,韩起祥说到婆姨尿床,大家都面面相觑,看毛主席的脸,毛主席坐在那里听着微微地笑,大家就坐好了,也微微地笑。待韩起祥说到最后,原来在骂逃到台湾的蒋介石,毛主席哈哈笑了,礼堂里就热烈地鼓掌。

韩起祥说完回坐到后排,秘书悄悄拉着他的手让揣自己的脊背,韩起祥揣到的是后背的衣裳都汗透了。韩起祥说:"可惜咱没个照相机。"秘书说:"我把毛主席的话全记着的。"韩起祥说:"毛主席万岁啊!"秘书说:"万万岁!"

毛主席邀请韩起祥在文代会上弹三弦说书,全中国都知道了有个天才的说书艺术家。韩起祥在西安就待不下了,他被调进了北京,定为行政九级的干部。原来的秘书依然回了西安,而北京重新为他配了秘书,是大学毕业生,从小在城里长大,斯斯文文。

韩起祥在很长的时间里怎么也过不惯北京的生活,一是他的陕北口音好多人听不懂,他又不愿意学北京话,用北京话说三弦说书味道就没有了。他在大街上走,偶尔有人说陕北话,他就近前去认识。动物靠气味结群,韩起祥总把新交识的说陕北话的人召在家里,拿出好酒喝。二是北京没有小米饭,没有洋芋叉叉,韩起祥总觉得吃不饱,而且便秘,上厕所难拉得出来。后来上厕所成了大事,半个小时一个小时蹲在厕所不出来,秘书在外边问:成功了?韩起祥说:没成功。凡是终于解了手,出了厕所就快乐地喊:成功啦,又成功啦!更让韩起祥难受的是睡不了沙发床,他人胖,翻不了身。夜里秘书一走,他睡在地毯上。待到有一天早上秘书早早通知他去开会,卧室门一推,瞧他睡在地上,秘书害怕了,向上级领导汇报,说:韩起祥闹情绪啦!领导问怎么回事,汇报是绝食倒没绝食,就是不往床上睡。上级领导征询过韩起祥对工作有什么意见,韩起祥回来将秘书骂了一顿,就辞退不要了。再配秘书,韩起祥唯一的条件,一定得是陕西人。组织上考虑来考虑去,从西安又将他原来的秘书调来了。

在曲艺界,韩起祥和侯宝林是有头有脸的人物,大凡北京城里有什么大的活动,比如国庆节、共产党的生日、全国人大和政协会议、外国元首来华访问、举办晚会了,他们必然演出。侯宝林会应酬,台上台下潇洒自如。韩起祥不上台没话,总是沉静地坐在一边,他看不见人,免了去和别的人搭讪。许多人看见他了,以为他看不见,也不多和他招呼,但韩起祥能逮听到周围一切说话声,能分辨谁从他面前走过去了。一到台上,韩起祥像个狮子,虽然每次他都在说《翻身记》,一些人几乎都熟悉了其中的词句,但他的激情表现,总是赢得最热烈的掌声。回到家里,韩起祥就把外衣脱了,手在胸上往下挠,又在腿上往上挠,然后在腰里左右挠,秘书说:"累了,你泡个澡?"韩起祥说:"今日怎样?"秘书说:"好!"韩起祥说:"掌声比侯宝林多吧?"秘书说:"多!"韩起祥坐到浴盆了,问:"北京大学没有信吧?"秘书说:"没。"韩起祥说:

"你去给李建打电话吧。"秘书知道北京大学聘请了侯宝林当名誉教授,韩起祥有些不畅快,就给李建打电话,问西安的情况,建议西安邀请韩起祥带一批文艺家能去西安办一次活动。

李建已经在西安成为名演员了,又接替了韩起祥原来的职务,十天八天就来一次电话向韩起祥问候。但是,邀请韩起祥回西安办活动的事却一直落实不下来。

这一天,李建又来了电话,韩起祥接了。

"师傅,我想死你啦!"李建说。

"我也是,"韩起祥说,"昨晚上还梦到回了延安,一大伙人,有你,有马步云。"

"真是巧了,我也做了梦,是咱们去高山上一个村子演出,我背了你上坡,整整背了一夜!"

"那不累死了你!"

"师傅,我在报上看了,侯宝林在北大当了教授,怎么没有你,这太不公平了!"

"不说这个!马步云还是没消息吗?"

"我去了一趟榆林见到他了,他还是不愿意来西安,我说我师傅让你写个申请入全国曲艺家协会,他还是没同意。"

"……"

"师傅是仁至义尽了,狗肉不上席面,谁有啥办法?再说,他就是入了会,有了工作,他或许惹事,他只会说酸书。"

"……"

"师傅!师傅!"

"我听着的。"

"月底我想来北京,你看给你带些啥东西?"

"啥都不要带。"

"咋能不带呢,要带的,我准备了小米和红枣。"

李建果然来了北京。李建是个瞎子,但不是实瞎子,他的右眼还蒙蒙眬眬能看见一些。李建来北京说的是看望师傅,汇报省内曲艺工作,更重要的是来北京治眼睛。李建老相信他的眼睛能治好,一直在西安治,没效果,就想着北京的大医院能治。韩起祥说:"眼睛是从小瞎了的,那怎么看得好?"李建说:"都是人,别人五光十色的看着,咱就只看黑的?!"韩起祥说:"眼睛不瞎能说书?你把眼睛治好了,或者就说不成书了!"李建说:"不说书了咱当官么。"韩起祥说:"你先治吧,你治好了,我再治。"

李建在北京跑了几家大医院,大医院对他的瞎眼都没办法。李建坐在天安门广场的路沿上哭了一场,就回去了。

韩起祥没有舍得把小米和红枣吃掉,他让秘书请了汪东兴吃了一次,又让秘书把彭德怀请来。彭德怀一来,韩起祥叫了声:"元帅!"彭德怀把军帽军衣脱了,往床上一坐,说:"今日我不是元帅了,老韩,快把小米红枣饭端来!"吃到兴时,彭德怀要韩起祥弹三弦,韩起祥从墙上取下三弦,三弦上满是尘土,才弹了三下,一根弦嘣地就断了。

"老韩当了官,是长时间不说书了?"

"也是,到了北京,没大型演出活动它就挂在墙上了。"韩起祥有些不好意思,"弦断了有知音,你是我的知音啊!"就握了彭德怀的手,又说:"我不想在北京住了,想回延安去!"

彭德怀说:"你韩起祥现在不是你的韩起祥了,你是人民的艺术家,是国宝了,说要走就能走吗?"

韩起祥说:"再在北京待,我就没有新书说了。"

彭德怀说:"《翻身记》不是很好吗?《翻身记》就是为工农兵服务的作品呀!"

韩起祥不再说话,两个人就喝酒,喝的是茅台,后来都醉了。临走,韩起祥一定要送彭德怀,说彭德怀醉了,他得扶扶,彭德怀说你眼睛不好还送我呀,一定要扶韩起祥进屋去。两人推推让让,都站在院子里。已是半夜,天上有一片星星,彭德怀说:"老韩,你这院子树少,看的星星却多呀!"韩起祥说:"我看啥都是黑的。"彭德怀知道自己说得有些那个了,拍了拍韩起祥,说:"眼睛瞎着有瞎着的好,眼不见心不乱呀,老韩!"院门外停着车,彭德怀要上车了,韩起祥一再说:"我要不回延安,你得常来看我啊!"彭德怀答应着,让秘书把韩起祥背回了屋,车才开走了。

事后,彭德怀让人给韩起祥送了一坛子湖南老酒,还有七八条活鱼。韩起祥把酒喝了,但韩起祥是陕北人不吃鱼,在院子里修了个小水池,把鱼在里边养着。鱼在水里自由的样子韩起祥看不见,他喜欢听鱼活泼的划水声。

那时候,秘书给韩起祥念报纸,总是"形势大好,越来越好",韩起祥能感受到的却是政治运动多,确实是越来越多。任何运动一来,必然有文艺宣传活动,韩起祥少不了表演三弦说书。先是"反右",哗啦啦一片一片的人都成了"右派",韩起祥出身好,说书只说《翻身记》。韩起祥不是"右派",但"反右"中表演节目,韩起祥犯愁了,不知该说些什么书。

"你还是说《翻身记》。"秘书说。

"人家要'反右'的内容,说《翻身记》怎么行?"

"前面加几句开场白不就得了。"

"不说行不行?"

"怕不行,你是三弦战士呀。"

"那你给我加个开场白。"

韩起祥就上台了,他说的《翻身记》,开场是一段新词:

> 手握三弦上战场
> 三弦就是机关枪
> 全国人民齐上阵
> 打断"右派"狗脊梁

熬过了"反右"时期,紧接着共产党在庐山召开了会议,把彭德怀揪出来了。消息传来,韩起祥两天米茶未进,他觉得这世事怎么也解不了。秘书把一碗面条端给他,调上很旺的辣子,还剥了一疙瘩蒜,说:"你得吃饭呀,身体是自己的,你又不是政治家!"韩起祥说:"你说说,政治是啥?"秘书说:"政治就是把自己的人逐渐提上来,把不是自己的人慢慢弄下去,使拥护我们的人越来越多,反对我们的人越来越少。"韩起祥说:"胡说!"秘书说:"这是毛主席说的。"韩起祥说:"毛主席说的? 彭元帅不是毛主席的人?"秘书说:"过去是,或许现在不是了。"韩起祥说:"……我担心又要让我演出哩。"秘书说:"你考虑住不住医院?"韩起祥把面条吃了,又喝了一碗面汤,第三天就住了医院,他说他血压高。

不出所料,文艺演出的通知下来,内容就是反彭德怀的。韩起祥让秘书汇报他住院了,但再次通知书竟送到了医院,他不得不去。韩起祥决定打申请报告回延安,他是怀里揣着那份报告去参加演出的。韩起祥的节目仍是《翻身记》,他把以前的开场白稍改了一下:

手握三弦上战场
三弦就是机关枪
全国人民齐上阵
打断彭德怀狗脊梁

演出结束的翌日,韩起祥坐车到中宣部大楼外,他没让秘书扶他,一根棍儿敲打着寻着部长,把申请报告交上去。部长以为韩起祥又闹什么情绪了,问他的级别、住房、坐车,韩起祥说:"我不是为这些,就是要回去。"部长说:"你是文艺界树立的一面旗,你要走了,这旗怎么办?"韩起祥说:"文艺界能人多,我算什么?再说,是面旗,我响应毛主席号召,更应该到工农兵基层去。"部长说:"这得研究研究了。"

韩起祥等待研究结果,却泥牛入海,再无消息。心里已做好了回去的准备,韩起祥度日如年,便秘严重起来。秘书陪着韩起祥一早一晚在院子里做气功降火,看到一夜寒冷将水池冻透了,六条鱼凝固着各种姿势被封在冰里。韩起祥赶忙让把冰块拿回家温化。但是,冰化成水了,鱼却再没有活过来,韩起祥不让秘书吃掉这些死鱼,叫嚷着挖个坑埋了。秘书挖好了坑埋鱼时,发现少了一条,才看见那只花猫偷叼了一条在院角的水道口吃,告诉了韩起祥,韩起祥让逮住猫吊着打,骂道:"你瞧着吧,我离开北京时绝不带你!"

韩起祥接连三次又去找部长,他已经不说那些堂而皇之的话,强调他在北京不服水土,每天便秘拉不下来,鼻子又出血,说着就抠鼻子,抠出血痂来。部长缠不过他,说:"韩起祥同志,我还从未见过像你这样的人哩!你要回,可以,但我把话说清,不要回去几天就后悔了,又来寻我把你往北京调!"韩起祥说:"我不后悔。"

韩起祥就回到了延安。他原本要在西安住几天,在宾馆里让秘书给李建拨电话,李建大惊,说:"师傅不在北京啦?他是到文联吗?"韩起祥就坐在电话机边,伸手就把电话按断了,说:"他怕我回来顶了他哩!"就没有在西安待,吃了一顿饭便径直回了延安。

汽车开到关中和陕北高原的宜君梁上,天下了大雨,远近都是白茫茫一片。一只狗冲着车一路狂吠着从土峁上跑下来,就卧在公路当中。韩起祥一直把脸贴在车窗玻璃上往外看,脸压成了一张柿饼,他什么也看不见,但他听见了狗吠声,说:"狗叫哩!"司机说:"一条游狗在前边路上。"韩起祥说:"停车,停车!"车一停下,韩起祥就下了车,端端往前走,竟准确地在离狗一米远的地方站住。狗被雨淋得毛全粘在身上,盯着他,呼哧呼哧喘,他说:"狗子,狗子,你在等候我呀?"狗一下子前爪举起,呜呜地叫。韩起祥弯腰把狗抱起来,泥泥水水地搂了,走到路边,一只手解开了裤带,舒舒服服尿了一泡,说:"我韩起祥回来了!"

韩起祥毕竟是名人了,他回住在延安,行政儿级的侍遇还在,地方的党政官员逢年过节必要去看望他,给他送了一卡车一卡车的煤,全全在后院。食盐装了一瓮,菜油装了一瓮。冬季里了,储存的萝卜、白菜、葱、南瓜塞满了一间小屋。韩起祥的住宅成了延安城一个景点,但没有人敢进去。常有人路过就指点说:"知道韩起祥不?""听说过。""想见不?""在哪?""你从这门缝往里瞧。"趴在门缝往里看,门缝里也同时趴着一只狗,人眼看着狗眼,狗眼看着人眼,人就吓跑了。

延安是革命的圣地,每年有几百万的朝圣者,他们一看见宝塔山就热泪长流,争着抢着抓一把土要带回去。这些人常常在街道上碰见瞎子,瞎子在弹三弦说书,以为是韩起祥,就近去合个影。延安横竖两三条街,又见到无数个瞎子,还是都弹三弦说书,便纳闷了:怎么这多韩起祥?!其实韩起祥已经不在街上说书了。只有北京的省城的什么领导到了延安,地区的官员才派小车来接韩起祥,韩起祥就刮了脸,戴上墨镜,拿着三弦往延安最高档的宾馆来。宾馆里已经早到了延安地区最著名的画家、书法家和歌舞团的女演员,他们见面了,相互说:"你来了?""来了。""最近还好?""好。"便都笑笑,然后等待领导的接见。领导接见肯定要讲话的,说:"你们都是艺术家,我来看望看望大家!一个省长一个县长是可以选出来的,一个艺术家却是几万人中选不出一个啊!"女演员就激动得哭了。女演员容易哭,说上几句话就哽咽,但揉揉鼻子又恢复正常了。地区的官员就开始布置,画家、书法家在一个房间为领导写字画画,而演员们就为领导表演节目。韩起祥声名显赫,他首先演第一个节目,他说的是《翻身记》。

韩起祥每一次被领导们接见回来,心情就烦躁,秘书在院子里为栽种的一片豆角浇水,韩起祥让他放下水桶,去郊区文化馆那儿取一份资料。秘书忙不迭地骑了自行车便去,可一个小时后,韩起祥忽然想起该召开曲艺创作会了,参加的代表名单应该被地区宣传部审查了,就说:"皇甫,你去把名单取回来!"皇甫是秘书的姓,皇甫没回应。韩起祥便喊:"皇甫!皇甫!"正喊着,皇甫推了自行车进院了,说:"啥事?"韩起祥劈头就骂:"你死到哪儿去了,七声八声喊不应?你是工作人员,你不是来我这儿的亲戚!"这样的骂,发生过数次,秘书钻在自己的厦屋里委屈地哭。哭声惊动了韩起祥,又骂:"你浪够了你还哭?!"秘书说:"我哪儿浪了,你让我去郊区文化馆取资料的。"韩起祥说:"我让你去……"蓦地想起确实是自己让秘书去郊区文化馆的,就喃喃地说:"我让去的,我让去的。"用手拍自己脑门。韩起祥回坐到卧室发一阵呆,从柜子里取了一瓶酒,出来了,朝厦屋喊:"皇甫,皇甫,咱爷儿们喝酒!嗨,我把我藏了六年的酒让你喝你还不领情吗?!"

韩起祥有酒量,但韩起祥还是喝醉了。秘书也喝醉了。韩起祥喝酒上脸,从头到脚都红通通的,皇甫却越喝脸越白。韩起祥说:"你现在去杨家岭,听说马步云在那儿,你把他给我叫来!"秘书说:"他再不来,我就把他赶出延安!"韩起祥说:"他就是不认我这个主席,也该认我这个师弟吧,你就说,我要给师傅编一本书哩,让他提供些资料,看他来不来?"秘书就又骑自行车摇摇晃晃去了。

过了半天,秘书回来了。他是在半路上跌了一跤,爬起来,再没有管自行车,意识里似乎觉得自己是骑了自行车的,就双手架着,做推了自行车的姿势,一路竟又返回来。韩起祥则在院中的水池边撒尿,水池上的水龙头哗哗地流水,他对秘书说:"这尿怎么总尿不完呀?!"他们没有再提起马步云的事,都倒在地上呕吐,狗舔着呕吐了的污秽,狗也卧着不动了。

韩起祥越来越沉溺于酒中,秘书都害怕了,为了阻止他多喝,秘书就戒了酒。到了夏天,延河上修建大桥,周围村镇的男劳力全上了工地,城里机关单位也轮流组织职工去参加义务劳动。韩起祥去工地说了几回书,说毕了总要坐在河神庙的旧址上,他说:"酒!"秘书从怀里取了酒瓶,在酒瓶盖里倒满了递给他。他又说:"酒!"秘书又倒了一酒瓶盖。喝了三酒瓶盖,酒是没有了,秘书出门只给他装这么多酒。韩起祥就开始讲他曾经在河神庙的故事,讲得是那样地仔细,甚至啰唆。秘书先还"嗯"着回应他,后来就不吭声了。

"我是不是老了?"韩起祥说。

"你没老。"秘书说。

"我说过去的事你烦了。"韩起祥说,"我真不该记过去的事了。"

"应该的,忘记过去就意味着背叛,这是毛主席说的。"

"那你能跟我去一趟南泥湾吗?"

"去南泥湾干啥?"

"我想起那个寡妇了。"

秘书回过头来,看见韩起祥的样子很可怜。

但是,在南泥湾却怎么也寻不到寡妇的坟了。韩起祥硬说那个山梁梁下就是寡妇的坟,秘书瞅来瞅去,除了一棵树外,地上平平的没有土丘。韩起祥说:"树是啥树?"秘书说:"榆树。"韩起祥说:"是不是树干有一个弯儿?"秘书说:"你怎么知道?"韩起祥过去抱住了树,喃喃道:"我只说把探路棍儿插在你坟上,没想它长成这么粗的树了!"就跪下来,要秘书也跪下来。

"你认我是不是师傅?"韩起祥说。

"当然认你是师傅。"秘书说。

"你要认我了,你就先认她,你给她磕个头。"

"这儿不是坟呀。"

"是坟!"韩起祥坚决地说,头就仰起来,对着树又说:"妹子,是你在这儿了,你就让树上落个鸟儿吧!"

果然一只鸟飞了来,就落在树上,但鸟是乌鸦,哇哇哇地聒。秘书磕了一个头,浑身都发冷了。

临走的时候,韩起祥让秘书在树上折了一根枝条,他当作了探路棍。返回走了一夜山路,天亮到了双合镇,韩起祥一定要在镇上说书。双合镇听说韩起祥来了,就议论起陈年往事,上了岁数的人,说:"韩先生,你听我是谁?"韩起祥说:"你是谁?"他们说:"你再听听。"韩起祥就指着一个一个说:"你是不是白元?""你是曹希娃吧?""你一定是艾翠翠!"人们就呀呀地叫起来,说韩起祥没有忘他们。那时节,正是收麦天,强壮劳力上了修桥工地,镇子里满是老人和妇女,韩起祥让秘书极快地给他编了一段词,就给大家弹三弦说起来。新编的词儿是今年的麦子大丰收了,山也变得低,河也变得窄,人民公社的社员从山崾上背着麦捆,一边走一边唱道情。书一说完,一个农民就把韩起祥拉到家里去吃油糕,韩起祥一进了窑,突然说:"这是她家过去的窑。"秘书说:"谁?"韩起祥没再言声。在炕头上,农民说:"你给我家娃娃起个名字吧。"韩起祥说:"是男娃是女娃?"农民说:"男娃,生下来八斤重哩!"韩起祥说:"那就叫延红。"农民说:"延红?"韩起祥说:"延安闹红嘛。"农民说:"这名字好,你给娃娃掐掐命。"韩起祥不掐,农民就让韩起祥说一段书,说旧书。韩起祥有些生气,说:"我只会说新书!"农民说:"你说的新书不好听。你说背了麦子上山还唱道情,累得气都喘不出来咋唱道情?"韩起祥憋得脸色通红。

下午,韩起祥亲自要去山峁梁上背麦捆子,果然气喘得走不动,他就骂秘书:"皇甫皇甫你写的狗屁段子,你是要毁我的名声吗!"

以后,韩起祥又恢复他当年同寡妇一起创作《翻身记》的经验,让秘书先写成初稿,他再根据自己的体会,用自己的话说出,让秘书再记录。大桥建好后,延安城里锣鼓喧天闹腾了三天,韩起祥当然想说歌颂延安新面貌的新书,让秘书领着他桥上桥下走了一圈,又让秘书寻了绳吊了筐,他坐在筐里将整个桥壁摸了一遍。韩起祥就想起当年在北京天安门城楼前的事,说:"延安是咱自己的,我想怎么摸就怎么摸!"到了桥底的河滩,韩起祥却弹了三弦唱起来:

　　上一回庙来打一回钟
　　交一回朋友伤一回心
　　人人都说我和你有呀

说哩笑哩

但没捏一下手

秘书说:"你唱的是啥?"

韩起祥说:"我唱的是旧曲儿。"

秘书说:"你是老三弦战士了,你可不要再唱旧曲儿!"

韩起祥不吭声,闷了一会儿,却说:"《翻身记》后,我再没像样的新书,我要再弄出一本来,要比《翻身记》还要长、还要好! 你瞧瞧旧书这词,你要写不出像旧书这么生动的词,我就辞退你!"

秘书说:"我编不出来,你也编不出来。"

韩起祥说:"你说啥?"

秘书再没敢说话。

新书写了三千五十句,但韩起祥不满意。来年的开春,韩起祥和秘书拿着收录机走遍了陕北十二个县进行采风,直到七月,一头毛驴把他们从佳县送回到延安,毛驴身上驮着两个口袋,口袋里全是录下的民歌、民间传说的磁带盘和秘书的采访笔记。在延河桥上,韩起祥说歇歇,脱了麻鞋换上了皮鞋,说:"领导肯定对我韩起祥有意见了!"秘书说:"咱下乡没花公家一分钱,还有啥意见?"韩起祥说:"咱走了这么长时间,不知北京、省上来过多少人呢。"说罢了,却说:"去!"把麻鞋扔到了桥下。

这一回,韩起祥是估计错了,地区的领导没有怪罪韩起祥,甚至连来看望也没有,因为毛主席在北京发动了"文化大革命",成千上万的外地学生拥进了延安,到处是红旗,到处贴的是毛主席的头像和革命造反的标语。秘书已经整整三天在街上看热闹,半夜里回来,韩起祥在屋里喝酒,说:"你死到哪里去了?后院的煤烧完了,南瓜没了,洋芋没了,床底下存的酒就剩下这一瓶了,你还管不管?!"

秘书说:"造反啦!"

韩起祥说:"造反啦?怎么个造反啦?"

秘书说:"今日地委和行署的领导都游行啦!"

韩起祥愣了半天,说:"我说呢,怎么狗大个人都没到我这儿来?!"

此后的十多天,韩起祥在延安城里到处游走,他没有再带三弦,穿了件宽大的对襟袄,戴着草帽,他用耳朵逮听着街上任何响动,然后再返回家,坐在院墙根的阴凉处。天气很热,院中的树卷了叶,种的韭菜和葱都干枯了,街上腾起的黄土扬过了墙头,落在韩起祥的脸上,汗水又流下来,脸就成了花脸,但韩起祥窝蜷在那里,纹丝不动。秘书在水池边洗了头,在太阳底下站了一会儿,自言自语说:"中午吃啥呀,是揪面片呢还是去买些饸饹?"韩起祥说:"随便。"秘书吓了一跳。

"你没有打盹?"秘书说。

"瞎子眼睛老闭着的,都是打盹啦?!"韩起祥恨恨地说。

"你没打盹了好。"秘书说,"我给你打一盆凉水,擦擦脸。"

韩起祥却把他叫住了,说:"我思谋了,这是个运动,凡是来了运动肯定我得去演出,你这几天多写些新段子,准备着。"

秘书写下了许多小段子,一个段子写成个字条,贴在墙上让韩起祥背诵。韩起祥认为这些词太拗口,但他也想不出更好的词,背诵了一会儿就烦了,说:"不背这些了,谁要叫我演出,我还是说《翻身记》,前面还是那个开场白,以不变应万变。"正说着,街上有了游行,高音喇叭声传过来,韩起祥说:"你记住,别人这一派那一派,这观点那观点,咱什么派都不入,什么观点都不是!"秘书说:"毛主席说没有正确的政治观点就等于没有灵魂。"韩起祥说:"咱就不要灵魂啦!"秘书关了院门,又在门扇上贴了字条:院内有狗,小心咬你。

一天,秘书变脸失色地回来,低声说:"不好啦,李建到延安啦!"韩起祥说:"那有什么不好,他还不是来孝敬师傅的?"以前李建来过几次,每次都带烟卷和酒,韩起祥脚上的那双皮鞋也是他买的。秘书说:"李建组织陕北地区的曲艺界人来要打倒你啦,到处都贴了标语,你的名字全倒着写,还打了叉。"韩起祥说:"这不可能,李建要打倒谁也打不到我头上。"

第二天晌午,太阳刚滚下瓦槽,韩起祥在里屋听见院子里的狗叫得很凶,赶出来的时候,几个人站在院墙头上用绳索套住了狗,使劲地扯动两边绳子,狗先还挣扎着,蹄爪抓掉了院墙上的瓦,落在地上摔成粉碎,后来身子蜷起来像一个球,眼球突出,再掉下来,掉下来并没有掉到地上,有两根线牵着,像串着的枣儿。两扇大门被撞开了。

韩起祥被拉上街游斗。延安城出现了最奇特的风景,上百个瞎子全部戴着"造反有理"的红色袖章,每人都有个竹棍儿,竹棍儿前后拉着。这条盲人队伍从延安的几条大街上走过,他们翻着白眼,黑水汁流,高呼:打倒韩起祥!三弦说书要灭亡!

韩起祥最后被关在了延安大戏院里,大戏院里关押了各类的牛鬼蛇神。造反派要韩起祥交代,韩起祥就说《翻身记》,因为他的全部经历都在《翻身记》里。造反派不听这些,扇他嘴巴,韩起祥就喊"毛主席万岁!"没人再敢捂他的嘴。韩起祥实在没有罪恶,李建和那些瞎子们就在他家抄东西,把出席各种会议的证件和墙上所有的奖状全扔到院子烧,说:"他怎么就能有这些?!"

此后的韩起祥没再挨打,但他得陪斗,大凡把某个走资派拉出去游街,他就陪着。押在一辆大卡车上的牛鬼蛇神都战战兢兢,韩起祥一上车就扶着车帮瞌睡。他是瞎子,瞌睡了别人看不出来,只是起鼾声,淌流口水。靠近他身边的走资派用脚悄悄踢他,韩起祥醒过来,又瞌睡了。

韩起祥到底被放了出来,却不能再住在原来的院子,搬移到一间破窑洞里。一天晚上,有人敲门,韩起祥听见了,不敢开,光脚下来伏在门扇里听,门缝里就捅进来个木棍儿。韩起祥用手摸了,摸出木棍头上雕刻着一个盘龙,他说:"师兄!"门一开,跌进来一个三角形白光,马步云倒在白光里。韩起祥拉着马步云到了里屋,说:"师兄你狗日的这个时候才来看我!"马步云说:"我要早见你了现在就见不上你了!"韩起祥说:"要不是师傅的这探路棍儿,我真不敢开门的。"马步云已经老了,脸皱得像个核桃,韩起祥摸着他,眼泪就噗嗒噗嗒地掉。马步云说:"啥我都知道了,你跟了我走,咱到无定河边去,要么到内蒙古。"韩起祥说:"还用针换人家羊呀?"马步云说:"这年月明眼人能饿死,饿不死瞎子,那里山高皇帝远,还能没咱一碗饭吃?"韩起祥说:"我再不说书了。"马步云说:"不说书了咱要饭吗?!"韩起祥说:"真的跟你走?"马步云说:"走!"两人就在这一夜消失了。

北京城里终于宣布急风暴雨式的"文化革命"运动结束了,一切又恢复了原来的秩序,又有北京的重要人物陪同外国元首来延安参观。这些人看过了黄土高原,当然还要看黄土高原上奇特的文化,就问:韩起祥不是在延安吗?让他表演表演三弦说书啊!新一代的地区官员赶忙着人叫韩起祥,才知道韩起祥早不在了延安,至于去了哪里,谁也不知道。于是给整个陕北各县打电话查寻韩起祥。有人在无定河边的杨家庄找到了韩起祥,连夜用小车运回延安,连夜在宾馆给他理发,洗澡,换下了长满虱子的破袄。第二天,韩起祥演出了,他说的还是《翻身记》。

延安的新领导又安排韩起祥回住到原先的院子,原来的秘书仍然做韩起祥的秘书,并且叮咛办公室主任定期去看望韩起祥,及时解决生活上的困难。办公室主任在墙上贴了接待工作条例。条例写道:

延安是革命圣地,中央首长和省上领导来得多,但凡有重要接待,必须做到:一、准备好工作汇报材料,土地面积,人口,植树造林,羊、牛、驴、猪,数字要准确。工业、农业本年度的增长指标要计算出百分比,越详尽越好。二、提先筹备地方土特产。羊皮要二道毛的,枣要滩枣。人工水晶眼镜、黑陶、玉石手镯,都要制作包装盒。三、五至六名画家、书法家当场写字画画,中午招待一桌饭。四、韩起祥三弦说书。注意,用小车接送。五、歌舞团女演员唱歌,是否办舞会,酌情而定。

韩起祥在这一年被推选为政协全国委员,陕西文艺界同时还有西安城里的李建。进京开会的时候,韩起祥原本带上秘书的,但李建说不用了,他能照顾师傅。会上,安排韩起祥和另外一个人住一个房间,第一个晚上韩起祥的呼噜就吵得那人坚决要调房间。李建就提出他和韩起祥住。晚上了,李建说:"师傅你先睡。"韩起祥说:"革命阵营里只称同志。"李建说:"师傅还记我的仇呀?"韩起祥说:"没仇,运动嘛。"李建说:"那你先睡,你睡下了,我给你擦擦皮鞋。"韩起祥说:"我打呼噜,你先睡了,睡死了,就听不见呼噜声。"李建刚睡着就被呼噜吵醒,蒙了被子还吵,掏出被子里的棉花塞了耳朵,还是吵。李建就坐在床上。韩起祥翻了个身,醒了,他知道李建在坐着,偏又歪了头又呼呼噜噜睡。天亮起身,韩起祥说:"你醒来早?"李建说:"我还没睡哩!"韩起祥说:"是不是我吵了你?"李建说:"我咋不就是一个聋子嘛!"

那时候,是邓小平才出来工作又被打倒了,反右倾翻案风是政协会上主要的议题。会议中有个文艺晚会,又点了名要韩起祥表演三弦说书。早晨通知的韩起祥,晚上就要演出,韩起祥犯了愁,不知该说哪一段书。他的秘书又不在,李建就给他现编:

> 地富反坏的总头头
> 就是中国的邓小平
> 邓小平大坏蛋
> 全国人民齐批判
> ……

下午排练,韩起祥说了一次总忘词,李建说:"晚上我在幕后给你传词。"排练毕,《人民日报》的记者采访,问韩起祥说的是不是心里话?韩起祥指了李建说:"你问他!"快步就下楼梯,已经下到一层了,一脚故意踏空,就跌倒了。韩起祥希望能把腿骨摔断,但爬起来后腿是好的,只把脖子歪了。

韩起祥成了歪脖子,他让李建去报告,说晚上演出不成了。组委会的意见是脖子歪了不碍事,演出不能耽误。李建说:实在不行,我替他演,词是我写的,我记得比他熟。回答是:"你不是韩起祥呀,同志!"

晚上,李建躲在幕后准备传词,韩起祥说的却还是《翻身记》,开场的词还是那四句,只是把邓小平的名字加了进去:

  手握三弦上战场
  三弦就是机关枪
  全国人民齐上阵
  打断邓小个子狗脊梁

在那些年月里,国家领导人换了几茬,而韩起祥依然是政协的委员,依然又是文艺界的一面旗子。每次政协会上,领导人按惯例要参加文艺界小组的座谈,座谈一毕,领导人起身要走了,便立即有人前去敬献哈达呀、小花帽呀、披肩呀什么的。然后,歌唱家们、舞蹈家们也拥过去,又唱又跳。领导人走也不是,不走也不是,微笑着,接受献礼。韩起祥已经习惯了这场面,他看不见,但他不能走,站在一旁的李建个子小,发急说:"咱应该献陕北的三道道蓝白手巾吧。"韩起祥说:"陕北又不是个民族!"正说着,有人喊:"韩起祥,你来段三弦说书啊!"韩起祥说:"说书太长。"那人说:"弹弹三弦!"韩起祥再不能拒绝,进去弹了一通。

回到房间,李建说:"你真幸福,能献曲!"韩起祥说:"我老了,以后就轮到你了。"

韩起祥真的是老了,人老先老腿,脚底下开始不利索。韩起祥压根没有想到几年之后邓小平又一次出来工作,北京的大型文艺演出中,他又被点名进京表演。韩起祥这回是被秘书搀扶着出现在舞台上,坐在那里白眼眨了半天:

> 只听中央一声说
> 小平同志出来工作
> 小平是一个大好人
> 他为人民掌了舵

然后就说《翻身记》。气息已经不饱满,还未说完,就大汗淋漓了。

演出一结束,当年采访他的记者又把话筒伸到韩起祥的口边,韩起祥吓了一跳,把话筒拨开了。记者说:"韩老,这回是心里话吗?"

韩起祥说:"我代表陕西两千两百万延安儿女,坚决拥护邓小平!"

记者说:"你七六年唱的为啥和今天不一样?"

韩起祥说:"你就不懂政治! 七六年邓小平都顶不住,我一个瞎子有尿办法?!"

记者再说:"下次来北京,韩老还说什么?"

韩起祥说:"《翻身记》嘛。"

记者又说:"你怎么老是《翻身记》?"

韩起祥说:"你会烙饼不? 饼不翻过来翻过去咋熟呀?!"

韩起祥却再也没能进北京了。因为政协换届,在审查委员资格时,有人不同意,理由是韩起祥是艺术家,但没有艺术家的骨气,他反对过邓小平。同意的人说,大风吹来,所有的草木都倒伏的,哪能怪韩起祥呢? 那不是韩起祥的错,是政治运动的错,是人性的错。不同意的说:他反对邓小平可以理解,但他说"邓小个子"就是恶毒的侮辱,这一点不能原谅吧。结果,韩起祥没能推选上。李建还继续当委员。

李建要赴京了,来向韩起祥借三弦,说师傅的三弦弹奏效果好。韩起祥说:行嘛,行嘛。把三弦送给了李建。李建一走,韩起祥就觉得肚子疼。从此病得没有起来。

韩起祥是胃上的病。先是拉肚子,拉黑水,每每一感觉要上厕所了,还没翻下床,床单上就一片黑。他对秘书说:"往后我说不成书了。"秘书说:"不当委员,你还是中国最好的三弦说书艺术家。"韩起祥说:"你瞧,我把肚子里的黑水全拉了。"

有一天晚上,韩起祥做了一个梦,梦见了师傅高文旺。他还纳闷,师傅不是死了吗? 师傅原来还活着! 师傅就叫他一块去山西,他们就在白云山下的渡口坐了去山西的船。船到了河心,风雨大作,黄河水倒立了起来,船就翻了。船翻的瞬间,师傅在喊他,他也喊师傅,后来谁也不知道了谁。他落水后,死死抓着三弦,没想三弦浮了他游到了岸头,而师傅竟提前也到了岸上。韩起祥醒来觉得奇怪,几十年没梦到师傅了,怎么就梦见了呢?第二晚,韩起祥又梦见了师傅,而且梦还继续着头一天的梦,是他和师傅在山西流浪卖艺,大雨天又饥又寒,钻进了一座龙王庙,把供桌上的献祭吃了,然后就睡在庙里。没想天上就下了一场冰雹,把那个村庄的秋庄稼全打坏了。村人就说是他们吃了龙王庙的献祭而龙王爷怪罪了,便将他们五花大绑,又系上磨扇,抬起来往黄河里投。韩起祥这次醒来,身下又拉了黑水。心里想:师傅已经是鬼了,梦里连续着都在一起,莫非我要死了?就在床上为自己起卦推算,果真是要死了。但韩起祥没有对任何人说。

医院查出他身上有了肿瘤,动了手术。韩起祥昏迷了一天,醒了问秘书:"我得了什么病?"秘书说:"胃溃疡。"韩起祥说:"那不要紧,你不要哭。"

秘书整日背过韩起祥,以泪洗面。院子里有一棵梨树,每一年都繁果累累,今年却一颗梨也没有。秘书还想:梨是离,不结梨就不会离,师傅这病或许没事。但是,不知什么时候梨树身上长出了个大疙瘩来,秘书又想:树原本好好的,怎么长了疙瘩,莫非树象征了师傅,若把这疙瘩砍了去,那师傅的肿瘤就消失不在了吧。秘书很为自己的聪明得意,拿了斧头砍那树上的疙瘩。

韩起祥在屋里的床上听见了砍动声,摸起探路棍儿敲窗子。

"皇甫,你干啥的?"

"梨树身上生了个瘤疙瘩,我把它砍了。"

"砍下了?"

"砍下了。"

"那疙瘩原本是梨树为我转移肿瘤,你不让转移呀?"

秘书丢了斧头,吓得就哭。韩起祥说:"我哄你哩。"

韩起祥的手术伤口上很快就长出一个肉包儿来,硬得像核桃。秘书请医生复诊,医生出来说:得预备后事啦。

秘书在延安城里跑遍了老衣店,老衣店里全都是长袍马褂。秘书便去了百货商场,对售货员说:"凡是艺术家穿的衣服你都拿出来!"售货员看过电影电视里的那些风度翩翩的艺术家,拿出来的是像南瓜一样的帽子、呢子竖领大衣、皮鞋、长围巾、黄色风衣、白衬衣、西服、领带,还有墨镜。秘书说:"行,师傅也该穿这些!"一包袱包了回来。才进院子,便听见屋里有人大声说话,看时,床边坐的是马步云。

马步云拿着三弦竹板,还拿着他刚刚出版的《马步云三弦说书艺术精品选》,说:"师弟,我专门给你说书来了!"韩起祥摸着那本书,摸过来摸过去,说:"师兄,我说了一辈子书,还没出过一本像样的册子哩。"马步云说:"你的书我给你编!"韩起祥说:"你不要编,我除了《翻身记》外,别的都收编不成了。我实想把我的那本新书词写好,可到底没写好……师兄,不说这些了,不说这些了,你给我把你书上的从头到尾来一遍,我想听听马派的三弦说书哩。"马步云说:"什么马派,那是别人胡说的,我的书太土,怕你笑话。"韩起祥说:"我就要听土的,三弦说书就是土坷垃里生出来的,说土的好。"

马步云就住在了韩起祥家里,每天给韩起祥弹三弦说一段。说了二十三天。二十三天里韩起祥一天比一天脸色灰黄,先是眼皮黄,再是鼻子黄,再是一截截黄下来,黄到了脚指头,最后和高原上的土一个颜色。

第二十三天的晌午,太阳从延安的宝塔山上照了过来,把韩起祥家的山墙蚀得一派深红。韩起祥似乎精神好了点,要到院子里去坐坐。秘书扶他,他不让扶,拄了那根榆木探路棍,一步步挪脚到了院里,往那藤椅上坐的时候,坐不下去,还是不让扶,全身的重量都压在榆木棍上,最后是坐下了,榆木棍却深插在土里。秘书过去拔榆木棍,韩起祥说:"不拔了,就让它长在那儿。太阳真暖和。"马步云说:"你好好晒着,我给你弹三弦说书。这一段是我改编的曲牌,你听了提提意见。"马步云便舌头舔了嘴唇,开始又弹又说又唱,鼻音很重,韵味极长。先还身子端端的,后来便得意忘形,浑身都在摇动,一阵激越的三弦后,戛然而止,他说:"完了。"一根根竖起的头发哗啦扑散下来,把整个脸都遮埋了。韩起祥没有言语。秘书啪啪地鼓掌,但秘书说:"师傅,师傅,你听这马派的三弦说书确实不同凡响啊!"韩起祥还是没言语。秘书弯腰看韩起祥,韩起祥头靠在藤椅背上,瞎眼依旧睁着,嘴没有合,用手一摸鼻孔,韩起祥已经死了。

月　迹

我们这些孩子,什么都觉得新鲜,常常又什么都不觉满足;中秋的夜里,我们在院子里盼着月亮,好久却不见出来,便坐回中堂里,放了竹窗帘儿闷着,缠奶奶说故事。奶奶是会说故事的;说了一个,还要再说一个……奶奶突然说:"月亮进来了!"

我们看时,那竹窗帘儿里,果然有了月亮,款款地,悄没声儿地溜进来,出现在窗前的穿衣镜上了:原来月亮是长了腿的,爬着那竹帘格儿,先是一个白道儿,再是半圆,渐渐那爬得高了,穿衣镜上的圆便满盈了。我们都高兴起来,又都屏气儿不出,生怕那是个尘影儿变的,会一口气吹跑了呢。月亮还在竹帘儿上爬,那满圆却慢慢儿又亏了、缺了;末了,便全没了踪迹,只留下一个空镜,一个失望。奶奶说:"它走了,它是匆匆的;你们快出去寻月吧。"

我们就都跑出门去,它果然就在院子里,但再也不是那么一个满满的圆了,尽院子的白光,是玉玉的,银银的,灯光也没有这般儿亮的。院子的中央处,是那棵粗粗的桂树,疏疏的枝,疏疏的叶,桂花还没有开,却有了累累的骨朵儿了。

我们都走近去,不知道那个满圆儿去哪儿了,却疑心这骨朵儿是繁星儿变的;抬头看着天空,星儿似乎就比平日少了许多。月亮正在头顶,明显大多了,也圆多了,清清晰晰看见里边有了什么东西。

"奶奶,那月上是什么呢?"我问。

"是树,孩子。"奶奶说。

"什么树呢?"

"桂树。"

我们都面面相觑了,倏忽间,哪儿好像有了一种气息,就在我们身后袅袅,到了头发梢儿上,添了一种淡淡的痒痒的感觉;似乎我们已在了月里,那月桂分明就是我们身后的这一棵了。

奶奶瞧着我们,就笑了:

"傻孩子,那里边已经有人了呢。"

"谁?"我们都吃惊了。

"嫦娥。"奶奶说。

"嫦娥是谁?"

"一个女子。"

哦,一个女子。我想。月亮里,地该是银铺的,墙该是玉砌的,那么好个地方,配住的一定是十分漂亮的女子了。

"有三妹漂亮吗?"

"和三妹一样漂亮的。"

三妹就乐了:

"啊啊,月亮是属于我的了!"

三妹是我们中最漂亮的,我们都羡慕起来:看着她的狂样儿,心里却有了一股儿的嫉妒。我们便争执了起来,每个人都说月亮是属于自己的。奶奶从屋里端了一壶甜酒出来,给我们每人倒了一小杯儿,说:

"孩子们,你们瞧瞧你们的酒杯,你们都有一个月亮哩!"

我们都看着那杯酒,果真里边就浮起一个小小的月亮的满圆。捧着,一动不动的,手刚一动,它便酥酥地颤,使人可怜儿的样子。大家都喝下肚去,月亮就在每一个人的心里了。

奶奶说:

"月亮是每个人的,它并没有走,你们再去找吧。"

我们越发觉得奇了,便在院里找起来。妙极了,它真没有走去,我们很快就在葡萄叶儿上、瓷花盆儿上、爷爷的锹刃儿上发现了。我们来了兴趣,竟寻出了院门。

院门外,便是一条小河。河水细细的,却漫着一大片的净沙,全没白日那么的粗糙,灿灿地闪着银光,柔柔和和得像水面了。我们从沙滩上跑过去,弟弟刚站到河的上湾,就大呼小叫了:

"月亮在这儿!"

妹妹几乎同时在下湾喊道:

"月亮在这儿!"

我两处去看了,两处的水里都有月亮,沿着河沿跑,而且哪一处的水里都有月亮了。我们都看起天了,我突然又在弟弟妹妹的眼睛里看见了小小的月亮。我想,我的眼睛里也一定是会有的。噢,月亮竟是这么多的:只要你愿意,它就有了哩。

我们就坐在沙滩上,掬着沙儿,瞧那光辉,我说:

"你们说,月亮是个什么呢?"

"月亮是我所要的。"弟弟说。

"月亮是个好。"妹妹说。

我同意他们的话。正像奶奶说的那样:它是属于我们的,每个人的。我们就又仰起头来看那天上的月亮,月亮白光光的,在天空上。我突然觉得,我们有了月亮,那无边无际的天空也是我们的了:那月亮不是我们按在天空上的印章吗?

大家都觉得满足了,身子也来了困意,就坐在沙滩上,相依相偎地甜甜地睡了一会儿。

风　雨

　　树林子像一块面团了,四面都在鼓,鼓了就陷,陷了再鼓;接着就向一边倒,漫地而行的;呼地又腾上来了,飘忽不能固定;猛地又扑向另一边去,再也扯不断,忽大忽小,忽聚忽散:已经完全没有方向了。然后一切都在旋,树林子往一处挤,绿似乎被拉长了许多,往上扭,往上扭,落叶冲起一个偌大的蘑菇长在了空中。哗的一声,乱了满天黑点,绿全然又压扁开来,清清楚楚看见了里边的房舍、墙头。

　　垂柳全乱了线条,当抛举在空中的时候,却出奇地显得清楚,刹那间僵直了,随即就扑散下来,乱得像麻团一般。杨叶千万次地变着模样:叶背翻过来,是一片灰白;又扭转过来,绿深得黑青。那片芦苇便全然倒伏了,一节断茎斜插在泥里,响着破裂的颤声。

　　一头断了牵绳的羊从栅栏里跑出来,四蹄在撑着,忽地撞在一棵树上,又直撑了四蹄滑行,末了还是跌倒在一个粪堆旁,失去了白的颜色。一个穿红衫子的女孩冲出门去牵羊,又立即要返回,却不可能了,在院子里旋转,锐声叫唤,离台阶只有两步远,长时间走不上去。

槐树上的葡萄蔓再也攀附不住了,才松了一下屈蜷的手脚,一下子像一条死蛇,哗哗啦啦脱落下来,软成一堆。无数的苍蝇都集中在屋檐下的电线上了,一只挨着一只,再不飞动,也不嗡叫,黑乎乎的,电线愈来愈粗,下坠成弯弯的弧形。

一个鸟窠从高高的树端掉下来,在地上滚了几滚,散了。几只鸟尖叫着飞来要守住,却飞不下来,向右一飘,向左一斜,翅膀猛地一颤,羽毛翻成一团乱花,旋了一个转儿,倏忽在空中停止了,瞬间石子般掉在地上,连声响儿也没有。

窄窄的巷道里,一张废纸,一会儿贴在东墙上,一会儿贴在西墙上,突然冲出墙头,立即不见了。有一只精湿的猫拼命地跑来,一跃身,竟跳上了房檐,它也吃惊了;几片瓦落下来,像树叶一样斜着飘,却突然就垂直落下,碎成一堆。

池塘里绒被一样厚厚的浮萍,凸起来了,再凸起来,猛地撩起一角,刷地揭开了一片;水一下子聚起来,长时间地凝固成一个锥形;啪地摔下来,砸出一个坑,浮萍冲上了四边塘岸,几条鱼儿在岸上的草窝里蹦跳。

最北边的那间小屋里,木架在吱吱地响着。门被关住了,窗被关住了,油灯还是点不着。土炕的席上,老头在使劲捶着腰腿,孩子们却全趴在门缝,惊喜地叠着纸船,一只一只放出去……

1982年秋写于宝鸡

秦　腔

山川不同,便风俗区别,风俗区别,便戏剧存异;普天之下人不同貌,剧不同腔,京、豫、晋、越、黄梅、二黄、四川高腔,几十种品类;或问:历史最悠久者?文武最正经者?是非最汹汹者?曰:秦腔也。正如长处和短处一样突出便见其风格,对待秦腔,爱者便爱得要死,恶者便恶得要命。外地人——尤其是自夸于长江流域的纤秀之士——最害怕秦腔的震撼;评论说得婉转的是:唱得有劲,说得直率的是:大喊大叫。于是,便有柔弱女子,常在戏台下以绒堵耳,又或在平日教训某人:你要不怎么怎么样,今晚让你去看秦腔!秦腔成了惩罚的代名词。所以,别的剧种可以各省走动,唯秦腔则如秦人一样,死不离窝;严重的乡土观念,也使其离不了窝:可能还在西北几个地方变腔走调的有些市场,却绝对冲不出往东南而去的潼关呢。

但是,几百年来,秦腔却没有被淘汰、被沉沦,这使多少人在大感而不得其解。其解是有的,就在陕西这块土地上。如果是一个南方人,坐车轰轰隆隆往北走,渡过黄河,进入西岸,八百里秦川大地,原来竟是:一抹黄褐的平原;辽阔的地平线上,一处一处用木椽夹打成一尺多宽墙的土屋,粗笨而庄重;冲天而起的白杨、苦楝、紫槐,枝干粗壮如桶,叶却小似铜钱,迎风正反翻覆……你立即就会明白了:这里的地理构造竟与秦腔的旋律惟妙惟肖地一统!再去接触一下秦人吧,活脱脱的一群秦始皇兵马俑的复出:高个,浓眉,眼和眼间隔略远,手和脚一样粗大,上身又稍稍见长于下身。当他们背着沉重的三角形状的犁铧,赶着山包一样团块组合式的秦川公牛,端着脑袋般大小的耀州瓷碗,蹲在立的卧的石碌子碌碡上吃着牛肉泡馍,你不禁又要改变起世界观了:啊,这是块多么空旷而实在的土地,在这块土地摸爬滚打的人群是多么"二愣"的民众!那晚霞烧起的黄昏里,落日在地平线上欲去不去的痛苦的妊娠,五里一村,十里一镇,高音喇叭里传播的秦腔互相交织、冲撞,这秦腔原来是秦川的天籁、地籁、人籁的共鸣啊!于此,你不渐渐感觉到了南方戏剧的秀而无骨吗?不深深地懂得秦腔为什么形成和存在而占却时间、空间的位置吗?

八百里秦川,以西安为界,咸阳、兴平、武功、周至、凤翔、长武、岐山、宝鸡,两个专区几十个县为西府,三原、泾阳、高陵、户县、合阳、大荔、韩城、白水,一个专区十几个县为东府。秦腔,就源于西府。在西府,民性敦厚,说话多用去声,一律咬字沉重,对话如吵架一样,哭丧又一呼三叹。呼喊远人更是特殊:前声拖十二分地长,末了方极快地道出内容。声韵的发展,使会远道喊人的人都从此有了唱秦腔的天才。老一辈的能唱,小一辈的能唱,男的能唱,女的能唱;唱秦腔成了做人最体面的事,任何一个乡下男女,只有唱秦腔,才有出人头地的可能,大凡有出息的,是个人才的,哪一个何曾未登过台,起码不能吼一阵乱弹呢?!

农民是世上最劳苦的人,尤其是在这块平原上,生时落草在黄土炕上,死了被埋在黄土堆下;秦腔是他们大苦中的大乐,当老牛木犁疙瘩绳,在田野已经累得筋疲力尽,立在犁沟里大喊大叫来一段秦腔,那心胸肺腑、关关节节的困乏便一尽儿涤荡净了。秦腔与他们,要和"西凤"白酒、长线辣子、大叶卷烟、牛肉泡馍一样成为生命的五大要素。若与那些年长的农民聊起来,他们想象的伟大的共产主义生活,首先便是这五大要素。他们有的是吃不完的粮食,他们缺的是高超的艺术享受,他们教育自己的子女,不会是那些文豪们讲的,幼年不是祖母讲着动人的迷丽的童话,而是一字一板传授着秦腔。他们大都不识字,但却出奇地能一本一本整套背诵出剧本,虽然那常常是之乎者也的字眼从那一圈胡子的嘴里吐出来十分别扭。有了秦腔,生活便有了乐趣,高兴了,唱"快板",高兴得被烈性炸药爆炸了一样,要把整个身心粉碎在天空!痛苦了,唱"慢板",揪心裂肠的唱腔却表现了多么有情有味的美来,美给了别人的享受,美也熨平了自己心中愁苦的皱纹。当他们在收获时节的土场上,在月在中天的庄院里大吼大叫唱起来的时候,那种难以想象的狂喜、激动、雄壮,与那些献身于诗歌的文人,与那些有吃有穿却总感空虚的都市人相比,常说的什么伟大的永恒的爱情是多么渺小、有限和虚弱啊!

我曾经在西府走动了两个秋冬,所到之处,村村都有戏班,人人都会清唱。在黎明或者黄昏的时分,一个人独独地到田野里去,远远看着天幕下一个一个山包一样隆起的十三个朝代帝王的陵墓,细细辨认着田埂上、荒草中那一截一截汉唐时期石碑上的残字,高高的土屋上的窗口里就飘出一阵冗长的二胡声,几声雄壮的秦腔叫板,我就痴呆了,感觉到那村口的土尘里,一头叫驴的打滚是那么有力,猛然发现了自己心胸中一股强硬的气魄随同着胳膊上的肌肉疙瘩一起产生了。

每到农闲的夜里,村里就常听到几声锣响:戏班排演开始了。演员们都集合起来,到那古寺庙里去。吹,拉,弹,奏,翻,打,念,唱,提袍甩袖,吹胡瞪眼,古寺庙成了古今真乐府,天地大梨园。导演是老一辈演员,享有绝对权威,演员是一家几口,夫妻同台,父子同台,公公儿媳也同台。按秦川的风俗:父和子不能不有其序,爷和孙却可以无道,弟与哥嫂可以嬉闹无常,兄与弟媳则无正事不能多言。但是,一到台上,秦腔面前人人平等,兄可以拜弟媳为帅为将,子可以将老父绳绑索捆。寺庙里有窗无扇,屋梁上蛛丝结网,夏天蚊虫飞来,成团成团在头上旋转,薰蚊草就墙角燃起,一声唱腔一声咳嗽。冬天里四面透风,柳木疙瘩火当中架起,一出场一脸正经,一下场凑近火堆,热了前怀,凉了后背。排演到什么时候,什么时候都有观众,有抱着二尺长的烟袋的老者,有凳子高、桌子高趴满窗台的孩子。庙里一个跟头未翻起,窗外就哇的一声叫倒好,演员出来骂一声:谁说不好的滚蛋!他们抓住窗台死不滚去,倒要连声讨好:翻得好!翻得好!更有殷勤的,跑回来偷拿了红薯、土豆,在火堆里煨熟给演员作夜餐,赚得进屋里有一个安全位置。排演到三更鸡叫,月儿偏西,演员们散了,孩子们还围了火堆弯腰踢腿,学那一招一式。

一出戏排成了,一人传出,全村振奋,扳着指头盼那上演日期。一年十二个月,正月元宵日,二月龙抬头,三月三,四月四,五月八日过端午,六月六日晒丝绸,七月过半,八月中秋,九月初九,十月一日,再是那腊月五豆,腊八,二十三……月月有节,三月一会,那戏必是上演的。戏台是全村人的共同的事业,宁肯少吃少穿也要筹资积款,买上好的木石,请高强的工匠来修筑。村子富不富,就比这戏台阔不阔。一演出,半下午人就扛凳子去占地位了,未等戏开,台下坐的、站的人头攒拥,台两边阶上立的卧的是一群顽童。那锣鼓就叮叮咣咣地闹台,似乎整个世界要天翻地覆了。各类小吃趁机摆开,一个食摊上一盏马灯,花生、瓜子、糖果、烟卷、油茶、麻花、烧鸡、煎饼,长一声短一声叫卖不绝。锣鼓还在一声儿敲打,大幕只是不拉,演员偶尔从幕边往下望望,下边就喊:开演呀,场子都满了! 幕布放下,只说就要出场了,却又叮叮咣咣不停。台下就乱了,后边的喊前边的坐下,前边的喊后边的为什么不说最前边的立着;场外的大声叫着亲朋子女名字,问有坐处没有,场内的锐声回应快进来;有要吃煎饼的喊熟人去买一个,熟人买了站在场外一扬手,"日"的一声隔人头甩去,不偏不倚目标正好;左边的喊右边的踩了他的脚,右边的叫左边的挤了他的腰,一个说:狗年快完了,你还叫啥哩? 一个说:猪年还没到,你便拱开了! 言语伤人,动了手脚;外边的乘机而入,一时四边向里挤,里边向外扛,人的漩涡涌起,如四月的麦田起风,根儿不动,头身一会儿倒西,一会儿倒东,喊声、骂声、哭声一片;有拼命挤将出来的,一出来方觉世界偌大,身体胖胖,但差不多却光了脚,乱了头发。大幕又一挑,站出戏班头儿,大声叫喊要维持秩序;立即就跳出一个两个所谓"二杆子"人物来。这类人物多是头脑简单,四肢发达,却十二分忠诚于秦腔,此时便拿了树条儿,哪里人挤,哪里打去,如凶神恶煞一般。人人恨骂这些人,人人又都盼有这些人,叫他们是秦腔宪兵,宪兵者越发忠于职责,虽然彻夜不得看戏,但大家一夜满足了,他们也就满足了一夜。

终于台上锣鼓停了,大幕拉开,角色出场。但不管男的女的,出来偏不面对观众,一律背身掩面,女的就碎步后移,水上漂一样,台下就叫:瞧那腰身,那肩头,一身的戏哟!是男的就摇那帽翎,一会双摇,一会单摇,一边上下飞闪,一边纹丝不动,台下便叫:绝了,绝了!等到那角色儿猛一转身,头一高扬,一声高叫,声如炸雷哗啷啷直从人们头顶碾过,全场一个冷战,从头到脚,每一个手指尖儿,每一根头发梢儿都麻酥酥的了。如果是演《救裴生》,那慧娘站在台中往下蹲,慢慢地,慢慢地,慧娘蹲下去了,全场人头也矮下去了半尺,等那慧娘往起站,慢慢地,慢慢地,慧娘站起来了,全场人的脖子也全拉长了起来。他们不喜欢看生戏,最欢迎看熟戏,那一腔一调都晓得,哪个演员唱得好,就摇头晃脑跟着唱,哪个演员走了调,台下就有人要纠正。说穿了,看秦腔不为求新鲜,他们只图过过瘾。

在这样的地方、这样的环境、这样的气氛,面对着这样的观众,秦腔是最逞能的,它的艺术的享受,是和拥挤而存在,是有力气而获得的。如果是冬天,那风在刮着,像刀子一样,如果是夏天,人窝里热得如蒸笼一般,但只要不是大雪、冰雹、暴雨,台下的人是不肯撤场的。最可贵的是那些老一辈的秦腔迷,他们没有力气挤在台下,也没有好眼力看清演员,却一溜一排地蹲在戏台两侧的墙根,吸着草烟,慢慢将唱腔品赏。一声叫板,便可以使他们坠入艺术之宫,"听了秦腔,肉酒不香",他们是体会得最深。那些大一点的,脾性野一点的孩子,却占领了戏场周围所有的高空,杨树上、柳树上、槐树上,一个枝杈一个人。他们常常乐而忘了险境,双手鼓掌时竟从树杈上掉下来,掉下来自不会损伤,因为树下是无数的人头,只是招致一顿臭骂罢了。更有一些爬在了场边的麦秸积上,夏天四面来风,好不凉快,冬日就扒个草洞,将身子缩进去,露一个脑袋。也正是有闲阶级享受不了秦腔吧,他们常就瞌睡了,一觉醒来,月在西天,戏毕人散,只好苦笑一声悄没声儿地溜下来回家敲门去了。

当然,一次秦腔演出,是一次演员亮相,也是一次演员受村人评论的考场。每每角色一出场,台下就一片喊喊喳喳:这是谁的儿子,谁的女子,谁家的媳妇,娘家何处?于是乎,谁有出息,谁没能耐,一下子就有了定论。有好多外村的人来提亲说媒,总是就在这个时候进行。据说有一媒人将一女子引到台下,相亲台上一个男演员,事先夸口这男的如何俊样,如何能干,但戏演了过半,那男的还未出场,后来终于出来,是个国民党的伪兵,还持枪未走到中台,扮游击队长的演员挥枪一指,"叭"的一声,那伪兵就倒地而死,爬着钻进了后幕。那女子当下哼了一声,闭了嘴,一场亲事自然了了。这是喜中之悲一例。据说还有一例,一个老头在脖子上架了孙孙去看戏,孙孙吵着要回家,老头好说好劝只是不忍半场而去,便破费买了半斤花生,他眼盯着台上,手在下边剥花生,然后一颗一颗扬手抨到孙孙嘴里,但喂着喂着,竟将一颗塞进孙孙鼻孔,吐不出,咽不下,口鼻出血,连夜送到医院动手术,花去了七十元钱。但是,以秦腔引喜的事却不计其数。每个村里,总会有那么个老汉,夜里看戏,第二天必是头一个起床往戏台下跑。戏台下一片石头、砖头,一堆堆瓜子皮、糖果纸、烟屁股,他掀掀这块石头,踢踢那堆尘土,少不了要捡到一角两角甚至三元四元钱币来,或者一只鞋,或者一条手帕。这是村里钻刁人干的营生。而馋嘴的孩子们有的则夜里趁各家锁门之机,去地里摘那香瓜来吃,去谁家院里将桃杏装在背心兜里回来分红。自然少不了有那些青春妙龄的少男少女,则往往在台下混乱之中眼送秋波,或者就悄悄退出,相依相偎到黑黑的渠畔树林子里去了……

秦腔在这块土地上,有着神圣的不可动摇的基础。凡是到这些村庄去下乡,到这些人家去做客,他们最高级的接待是陪着看一场秦腔,实在不逢年过节,他们就会要合家唱一会儿乱弹,你只能点头称好,不能耻笑,甚至不能有一点不入神的表示。他们一生最崇敬的只有两种人,一是国家领导人,一是当地的秦腔名角。即是在任何地方,这些名角没有在场,只要发现了名角的父母,去商店买油是不必排队的,进饭馆吃饭是会有座位的,就是在半路上挡车,只要喊一声:我是某某的什么,司机也便要嘎地停车。但是,谁要侮辱一下秦腔,他们要争死争活地和你论理,以至大打出手,永远使你记住教训。每每村里过红白丧喜之事,那必是要包一台秦腔的,生儿以秦腔迎接,送葬以秦腔志哀,似乎这个人生的世界,就是秦腔的舞台,人只要在舞台上,生、旦、净、丑,才各显了真性,恶的夸张其丑,善的凸现其美,善的使他们获得了美的教育,恶的也使丑里化作了美的艺术。

广漠旷远的八百里秦川,只有这秦腔,也只能有这秦腔,八百里秦川的劳作农民只有也只能有这秦腔使他们喜怒哀乐。秦人自古是大苦大乐之民众,他们的家乡交响乐除了大喊大叫的秦腔还能有别的吗?

商州又录

小　序

去年两次回到商州,我写了《商州初录》。拿在《钟山》杂志上刊了,社会上议论纷纷,尤其在商州,《钟山》被一抢而空,上至专员,下至社员,能识字的差不多都看了,或褒或贬,或抑或扬。无论如何,外边的世界知道了商州,商州的人知道了自己,我心中就无限欣慰。但同时悔之《初录》太是粗糙,有的地名太真,所写不正之风的,易被读者对号入座;有的字句太拙,所旨的以奇反正之意,又易被一些人误解。这次到商州,我是同画家王军强一块旅行的,他是有天才的,彩墨对印的画无笔而妙趣天成。文字毕竟不如彩墨了,我只仅仅录了这十一篇。录完一读,比《初录》少多了,且结构不同,行文不同,地也无名,人也无姓,只具备了时间和空间,我更不知道这算什么样文体。匆匆又拿来求读书鉴定了。

商州这块地方,大有意思,出山出水出人出物,亦出文章。　面对这块地方,细细做一个考察,看中国山地的人情风俗,世时变化,考察者没有不长了许多知识,清醒了许多疑难,但要表现出来实在是笔不能胜任的。之所以我还能初录了又录,全凭着一颗拳拳之心。我甚至有一个小小的野心:将这种记录连续写下去。这两录重在山光水色、人情风俗上,往后的就更要写到新中国成立以来各个时期的政治、经济诸方面的变迁在这里的折光。否则,我真于故乡"不肖",大有"无颜见江东父老"之愧了。

一

最耐得寂寞的,是冬天的山,褪了红,褪了绿,清清奇奇的瘦,像是从皇宫里出走到民间的女子,沦落或许是沦落了,却还原了本来的面目。石头裸裸地显露,依稀在草木之间。草木并没有摧折,枯死的是软弱,枝柯僵硬,风里在铜韵一般地颤响。冬天是骨的季节吗?是力的季节吗?

三个月的企望,一轮嫩嫩的太阳在头顶上出现了。

风开始暖暖地吹,其实那不应该算作风,是气,肉眼儿眯着,是丝丝缕缕的捉不住拉不直的模样。石头似乎要发酥呢,菊花般的苔藓亮了许多。说不定在什么时候,满山竟有了一层绿气,但细察每一根草,每一枝柯,却又绝对没有。两只鹿,一只有角的和一只初生的,初生的在试验腿力,一跑,跑在一片新开垦的田地上,清新的气息使它撑了四蹄,呆呆的,然后一声锐叫,寻它的父亲的时候,满山树的枝柯,使它分不清哪一丛是老鹿的角。

山民挑着担子从沟底走来,棉袄已经脱了,垫在肩上,光光的脊梁上滚着有油质的汗珠。路是顽皮的,时断时续,因为没有浮尘,也没有他的脚印;水只是从山上往下流,人只是牵着路往上走。

山顶的窝洼里,有了一簇屋舍。一个小妞儿刚刚从鸡窝里取出新生的热蛋,眯了一只眼儿对着太阳耀。

二

这个冬天里,雪总是下着。雪的故乡在天上,是自由的纯洁的王国;落在地上,地也披上一件和平的外衣了。洼后的山,本来也没有长出什么大树,现在就浑圆圆的,太阳并没有出来,却似乎添了一层光的虚晕,慈慈祥祥的像一位梦中的老人。洼里的林梢全覆盖了,幻想是陡然涌满了凝固的云,偶尔的风间或使某一处承受不了压力,陷进一个黑色的坑,却也是风,又将别的地方的雪扫来补缀了。只有一直走到洼下的河沿,往里一看,云雪下是黑黝黝的树干,但立即感觉那不是黑黝黝,是蓝色的,有莹莹的青光。

河面上没有雪,是冰。冰层好像已经裂了多次,每一次分裂又被冻住,明显着纵纵横横的银白的线。

一棵很丑的柳树下,竟有了一个冰的窟窿,望得见下面的水,是黑的,幽幽的神秘。这是山民凿的,从柳树上吊下一条绳索,系了竹筐在里边,随时来提提,里边就会收获几尾银亮亮的鱼。于是,窟窿周围的冰层被水冲击,薄亮透明,如玻璃罩儿一般。

山民是一整天也没有来提竹筐了吧?冬天是他们享受人伦之乐的季节,任阳沟的雪一直涌到后墙的檐下去,四世同堂,只是守着那火塘。或许,火上的吊罐里,咕嘟嘟煮着熏肉,热灰里的洋芋也熟得冒起白气。那老爷子兴许喝下三碗柿子烧酒,醉了。孙子却偷偷拿了老人的猎枪,拉开了门,门外半人高的雪扑进来,然后在雪窝子里拔着腿,无声地消失了。

一切都是安宁的。

黄昏的时候,一只褐色的狐狸出现了。它一边走着,一边用尾巴扫着身后的脚印,悄没声地伏在一个雪堆下。雪堆上站着一只山鸡,这是最俏的小动物了,翘着赤红色的长尾,欣赏不已。远远的另一个雪堆上,老爷子的孙子同时卧倒了,伸出黑黑的枪口,右眼和准星已经同狐狸在一条线上……

三

西风一吹,柴门就掩了。

女人坐在炕上,炕上铺满着四六席;满满当当的,是女人的世界。火塘的出口和炕门接在一起,连炕沿子上的红椿木板都烙腾腾的。女人舍不得这份热,把粮食磨子搬上来,盘脚正坐,摇那磨拐儿,两块凿着纹路的石头,就动起来,呼噜噜一匝,呼噜噜一匝。"毛儿,毛儿!"她叫着小儿子,小儿子刚会打能能,对娘的召唤并不理睬;打开了炕角一个包袱,翻弄着五颜六色的、方的圆的长的短的碎布头儿。玩腻了,就来扑着娘的脊背抓。女人将儿子抱在从梁上吊卜来的一个竹筐子里,一边摇一匝磨拐儿,一边推一下竹筐儿。有节奏的晃动和有节奏的响声,使小儿子就迷糊了。女人的右手也乏疲了,两只手夹一个六十度的角,一匝匝继续摇磨拐儿。

风天里,太阳走得快,过了屋脊,下了台阶,在厦屋的山墙上磨蚀了一片,很快就要从西山峁上滚下去了。太阳是地球的一个磨眼吧,它转动一圈,把白天就从磨眼里磨下去,天就要黑了?

女人从窗子里往外看,对面的山头上,孩子的爹正在那里犁地。一排儿五个山头上,山头上都是地;已经犁了四个山头,犁沟全是由外往里转,转得像是指印的斗纹,五个山头就是一个手掌。女人看不到手掌外的天地。

女人想:这日子真有趣,外边人在地里转圈圈,屋里人在炕上摇圈圈;春天过去了,夏天就来;夏天过去了,秋天就来;秋天过去了,冬天就来,一年四季,四个季节完了,又是一年。

天很快就黑了,女人溜下炕生火做饭。饭熟了,她一边等着男人回来,一边在手心唾口唾沫,抹抹头发。女人最爱的是晚上,她知道,太阳在白日散尽了热,晚上就要变成柔柔情情的月亮的。

小儿子就醒了,女人抱了他的儿子,倚在柴门上指着山上下来的男人,说:"毛儿爹——叫你娃哟!——哟——哟——"

"哟——哟——"却是叫那没尾巴狗的,因为小儿子屎拉下来了,要狗儿来舐屎的。

四

初春的早晨,没有雪的时候就有着雾。雾很浓,像扯不开的棉絮,高高的山就没有了吓人的巉石,山弯下的土塬上,林梢也没有了黝黝的黑光。河水在流着,响得清喧喧的。

河对岸的一家人,门拉开的声很脆,走出一个女儿,接着又牵出一头毛驴走下来。她穿着一件大红袄儿,像天上的那个太阳,晕了一团,毛驴只显出一个长耳朵的头,四个蹄腿被雾裹着。她是下到河里打水的。

这地面只有这一家人,屋舍偏偏建得高,原本那是山嘴,山嘴也原本是一个囫囵的石头。石头上裂了一条缝,缝里长出一棵花栗木树。用碎石在四周帮砌上来,便做了屋舍的基础。门前的石头面上可以织布,也可以晒粮食。这女儿是独生女,二十出头,一表人才。方圆几十里的后生都来对面的山上、山下的梢林里,割龙须草,拾毛栗子,给她唱花鼓。

她牵着毛驴一步步走下来,往四周看看,四周什么却看不清,心想:今日倒清静了!无声地笑笑,却又感到一种空落。河上边的木板桥上,有一鸡爪子厚的霜,没有一个人的脚印。

在河边,她蹴下了,卸下毛驴背上的木桶,一拎,水就满了,但却不急着往驴背上挂,大了胆儿往河那边的山上、塬上看。看见了河水割开的十几丈高的岸壁,吃水线在雾里时隐时现。有一棵树,她认得是冬青木的,斜斜地在壁上长着。这是一棵几百年的古木,个儿虽并不粗高,却是岸上塬头上的梢林的祖爷子。那些梢林长出一代,砍伐了一代,这冬青还是青青地长着,又孕了米粒大的籽儿。

她突然心里作想:这冬青,长在那么危险的地力,却活得那么安全呢。

于是,也就想起了那些唱给她的花鼓曲儿。水桶挂在毛驴背上,赶着往回走,走一步,回头看一下,走一步,再回过头来。雾还没有退。桥面上的霜还白白的。上斜坡的时候,路仄仄的拐之字形,她却唱起一首花鼓曲了:

> 后院里有棵苦李子树啊,小郎儿哟,
> 未曾开花,亲人哪,
> 谁敢当哎,哥呀嗳!

五

秋天里,什么都成熟了;成熟了的东西是受不得用手摸的,一摸就要掉呢。四个女子,欢得像风里的旗,在一棵柿树上吃蛋柿。洼地里路纵纵横横,似一张大网,这树就在网底,像伏着的一只大蜘蛛。果实很繁,将枝股都弯弯地坠下来,用不着上树,寻着一个目标,拿嘴轻轻咬开那红软了的尖儿,一吸,甜的香的软的光的就全到了肚子里。只需再送一口气去,那蛋柿壳儿就又复圆了。末了,最高的枝儿上还有一颗,她们拿石子掷打,打一次没有打中,再打一次,还是不中。

树后的洼地里,呜哇哇有了唢呐声,一支队伍便走过来了。这是迎亲的;一家在这边的山上,一家在那边的山上,家与家都能看见,路却要深入到这洼地,半天才能走到。洼地里长满了黄蒿,也长满了石头,迎亲的队伍便时隐时现,好像不是在走,是浮着漂着来的。前面两杆唢呐,三尺长的铜杆,一个碗大的口孔,拉长了喉咙,扩大了嘴地吹。后边是两架花轿,轿简易却奇特,是两根红桑木碾杆,用红布裹了,上边缚一个座椅,也是铺了红布的,一走一颠,一颠一闪;新郎便坐了一架,新娘便坐了一架。再后边,是未婚的后生抬了柜,抬了箱、被子、单子、盒子、镜子。再后边,是一群老幼。女人们衣服都浆得硬硬的,头上抹了油,一边交头接耳,一边拿崭新的印花手帕撩撩,赶那些追着油香飞的蜂。

吃蛋柿的女子忙隐身在树后,睁一只眼儿看,看见了那红桑木碾杆上的新娘,从头到脚穿得严严实实,眼睛却红红的,像是流过泪。吹唢呐的回头看一眼,故意生动着变形的脸面,新娘扑地笑了,但立即就噤住。脸红得烧了火炭。

一生都在山路上走,只有这一次竟不走路啊。被抬着,娘生她在这个山头上,长大了又要到那个山头上去生去养了。

树后的女子都觉得有趣,细嚼起来,却不知道这是怎么回事。

她们很快被迎亲的队伍发现了,都拿眼光往这里瞅。四个女子羞羞的,却一起仰起头儿盯着那高枝儿上的蛋柿。她们没有用石子去打,蛋柿也没有掉下来。

迎亲队伍没有停,过去了。他们走过了一条小路,柿树下同时放射出的,通往四面八方山头的小路上,便都有了唢呐的余音。

六

高高的山挑着月亮在旋转,旋转得太快了,看着便感觉没有动,只有月亮的周围是一圈一圈不规则的晕,先是黑的,再是黄的,再灰,再紫,再青,再白。洼地里全模糊了,看不见地头那个草庵子,庵后那一片桃林,桃林全修剪了,出地像无数的五指向上分开的手。桃林过去,是拴驴的地方,三个碌碡,还有一根木桩;现在看不见了,剪了尾巴的狗在那里叫。河里,桥空无人,白花花的水。

一个男人,蹲在屋后阳沟的泉上,拿一个杆杖在水里搅,搅得月亮碎了,星星也碎了,一泉的烂银,口中念念有词。接着就摸起横在泉口的竹管。这竹管是打通了节的,一头接在泉里,一头是通过墙眼到屋里的锅台上。他却不得进屋去。他已经是从门口走过来,又走到门口去,心里痒痒的,腿却软得像抽了筋,末了就使劲敲门。屋里有骂他的声音。

骂他的是一个婆子,婆子正在搬弄着他的女人;女人正在为他生着儿子。他要看看儿子是怎样生出来的,婆子却总是把他关门外。

"这是人生人呢!"

"我是男子汉,死都不怕呢!"

"不怕死,却怕生呢。"

他不明白,人生人还这么可怕。当女人在屋里一阵阵惨叫起来,他着实是害怕了。他搅着泉水祈祷,他想跑过那桃林,一个人到河面的桥上去喊。他却没了力气,倒在木桩篱笆下,直眼儿只看着月亮,认作那是风火轮子,是一股旋风,是黑黑的夜空上的一个白洞。

一更过去,二更已尽,已经是三更,鸡儿都叫了。女人还在屋里嘶叫。他认为他的儿子糊涂:来到这个世界竟这么为难。山洼里多好,虽然有狼,但只要在猪圈墙上画白灰圈圈,它就不敢来咬猪了。这里山高,再高的山也在人的脚下。太阳每天出来,怕什么,只要脊背背了它从东山走到西山,它就成月亮了。晚上不是还有疙瘩柴火烤吗?还有洋芋糊汤呢。你会有媳妇。还有酒,柿子可以烧,苞谷也可以烧,喝醉了,唱花鼓。

女人一声锐叫,不言语了。接替女人叫的是一阵尖而脆的哇哇啼声。

门打开了,接生的婆子喊着男人:"你儿子生下了,生下了!"催他进去烧水,打鸡蛋,泡馍。男人却稀软得立不起来。天上的月亮没有了,星星亮起来,他觉得星星是多了一颗。

"又一个山里人。"他说。

七

路到山上去,盘十八道弯,山顶上一棵栗木树下一口泉,趴下喝了,再从那边绕十八道弯下去。山的两面再没有长别的树,石头也很分散,却生满了刺玫,全拉着长条儿覆掩石上,又互相交织在一起。花儿却嫩得噙出水儿,一律白色,惹得蝴蝶款款地飞。

十八道弯口,独独一户人家,住着个寡妇,寡妇年轻,穿着一双白布蒙了尖儿的鞋;开了店卖饭。

公路上往来的司机都认识她,她也认识司机,迟早在店里窗内坐着,对着奔跑的汽车一抬手,车就停了。方圆三十里的山民,都称她是"车闸"。

山里人出到山外去,或者从山外回到山里来,都在店里歇脚。谁也不惹她,谁也没理由敢惹她。她认了好多亲家,当然,干儿子干女儿有几十,有本乡本土的,有山外城里的。为了讨好她,送给她狗的人很多;为了讨好她,一走到店前就唤了狗儿喂东西吃。十几条狗都没有剪尾巴,肥得油光水亮。

八月里,店里店外堆满了柿子、核桃、黄蜡、生漆、桐油;山民们都把山货背来交给她。她一宗一宗转卖给山外来的汽车。店里说话的人多,吃饭的人少。营业的时间长,获取的利润短。她不是为了钱,钱在城乡流通着,使她有了不是寡妇的活泼。活泼,使一些外地来人都知道了她是寡妇,她不害羞,穿了那双有白布的鞋儿,整头平脸,拿光光的眼睛看人,外地来人也就把她这个寡妇知道了。也讨好地掰了干粮给那狗儿吃,也只有给狗儿吃。

满山的刺玫都开了,白得宣净,一直繁衍到了店的周围。因为刺在花里,谁也不敢糟蹋花,因为花围了店屋,店里人总是不断。忽一日,深山跑来一只美丽的麂,从那边十八道弯里跑上,从这边十八道弯里跑下,又在山梁上跑。山里的一切猎手都不去打。他们一起坐在店里往山头上看,说那麂来回跑得那么快,是为它自身的香气兴奋呢。

八

你毕竟是看见了,仲夏的山上并不是一种纯绿,有黄的颜色,有蓝的颜色,主体则是灰黑的,次之为白,那是枸子和狼牙刺的花了。你走进去,你就是你梦中的人,感觉到了渺小。却常常会不辨路径,坐下来看那峡谷,两壁的梢林交错着,你不知道谷深到何处,成团成团的云雾往外涌,疑心是神鬼在那里出没。偶然间一棵干枯的树站在那里,满身却是肉肉的木耳。有蛇,黑藤一样地缠在树上。气球大的一个土葫芦,团结了一群细腰黄蜂。蹑手蹑脚地走过去,一只松鼠就在路中摇头洗脸了。这小玩意儿,招之即来,上了身却不被抓住,从右袖筒钻进去了,又从左袖筒钻出去了。同时有一声怪叫,嘎喇喇的,在远处的什么地方,如厉鬼狞笑。

你终于禁不住了寂寞,唱起来;一旦唱起来,就不敢停下,想要使所有的东西都听见,来提醒它们:你是有力量的,是强者。但唱得声越来越颤了。惊恐驱使着你突然跑动,越跑越紧,像是在梦中一样,力不从心。后来就滚下去,什么也不可得知了。

人昏了,权当是睡着了;但醒来,却是忍不住的苦痛;腿上的血还在流呢。

一位老者,正抱着你,你只看见那下巴上一窝银须,在动,不见那嘴,末了,胡子中吐出一团烂粥般的草,是筐筐芽。敷在腿上的伤口,于是血凝固,亦不再疼。你不知道他是谁,哪儿来的。

"采药的。"他说。

"采药的? 就在这山上,成年采吗?"

他点点头,孤独已经使他不愿再多说话吗? 扶着你站起来,他就走了。

你是该下山了,但你不愿意;想陪陪他,心里在说:山上是太苦了。正是太苦,才长出了这苦口的草药吗?采药的人成年就是挖着这苦,也正是挖着了这草药的苦,才医治了世上人的一生中所遇到的苦痛吗?

你一定得意了你这话里的哲理,回头再寻那采药人,云雾又从那一丛黑柏下涌过来了,什么也没有了响动,你听见的是你的呼吸声。

九

一座山竟是一块完整的石头,这石头好像曾经受了高温,稀软着往下墩,显出一层一层下墩的纹线。在左边,有一角似乎支持不住,往下滴溜,上边的拉出一个向下的奶头状,下边的向上壅一个蘑菇状,快要接连了,突然却凝固,使完整的石头又生出了许多灵巧,倒疑心此山是从什么地方飞来的。

河水就绕着这山的半圆走,水很深,是黑的液体,只有盛在桶里,才知道它是清白的,清白到了没有。沿着河边的石砭,人家就筑起屋舍,屋舍并不需起基础,前墙根紧挨着石砭沿,屋下的水面,什么地方在石砭上凿出坑儿,立栽上石条,然后再用石头斜斜垒起来,算作是台阶。水涨了,台阶就缩短,水落了,台阶就拉长。水也是长了脚的,竟有一年走到门槛下,鸡儿站在门墩上能喝水。

现在,水平平地伏在台阶下,那里是码头,柏木解成了一溜长排,被拴在石嘴上。船儿从峡谷里并没有回来,女人们就蹲在那里捶打一种树皮。这树皮在水里泡了七七四十九天,用棒槌砸着,砸出麻一样的丝来,晒干了可以拧绳纳鞋底。四只五只鸭子在那里浮,看着一个什么就钻下去啄,其实那不是鱼,是天上落下的还没有消失的残月。

一只很大的木排撑下来,靠近了对面的山根,几十人开始抬一个棺材往山上去,唢呐咿咿呜呜的。这是河湾上一个汉子要走了,他是在上游砍荆条,然后扎排运到下游去卖,已经砍了许多,往山下扛的时候,滚了坡。在外的人横死了,尸首不能进家门,棺材上就缚了一只雄鸡,一直要运到河那边山头的坟地去。熟人死了一个,新鬼多了一名。孝子婆娘在唢呐声中哭,有板有眼。这边砸树皮的女人都站起来,说那汉子的好话,看着那儿子在河里摔了孝子盆,就拿一块手帕,捂了鼻子嘴流眼泪。

在水里钻了一生,死了却都要到山顶上去,女人们不明白这是为什么,或许山上有荆条,有龙须草,有桐子,有土漆,河里只是运往的路吧。唢呐吹得这么响,唢呐是人生的乐器呢,上世的时候,吹过一阵,结婚的时候,吹过一阵,下世的时候,还是这么吹。

一个女人突然觉得肚子疼,她想了想,才六个月,还不是坐炕的日子呀?就怀疑是那汉子的阴魂要作孽了,吓得脸色苍白。夜里,女人的男人偷偷从门前石阶上下去,坐船到了对岸山上,浇了一壶酒,将削好的四个桃木橛子钉在坟头,说:"你不要勾了我的儿子,让他满满月月生下来,咱山上河里总是盼着一个劳力啊!"

一切很安静。住人家的那块完整石头的山上,月亮小小的,水落了,门下斜斜的台阶,长长的,月亮水影照着像一条光光的链条。

十

一群乌鸦在天上旋转,方向不固定的,末了,就落下来;黑夜也在翅膀上驮下来了。九沟十八岔的人,都到河湾的村里来,村里正演电影。三天前消息就传开,人来得太多,场畔的每一棵苦楝子树,枝枝丫丫上都坐满了,从上面看,尽是头,像冰糖葫芦,从下面看,尽是脚,长的短的,布底的,胶底的。后生们都是二十出头,永不安静在一个地方,灰暗里,用眼睛寻着眼睛说话。

早先地在一起,他们常被组织着,去修台田,去狩猎,去护秋,男男女女在一起说话,嬉闹,大声笑。现在各在各家地里,秋麦二料忙清了,袖着手总觉得要做什么,却不知道做什么,肚子饱饱的,却空空的饥饿。只看见推完磨碾后的驴,在尘土里打滚,自己的精神泄不出去,力气也恢复不来。

场畔不远,就是河,河并不宽,却深深的水。两岸都密长了杂木,又一层儿相对向河面斜,两边的树枝就复交纠缠了。河面常被这种纠缠覆盖,时隐时现。一只木排,被八个女子撑着,咿咿呀呀漂下来。树分开的时候,河是银银的,钻树的防空洞了,看不见了树身上的蛇一样裹绕的葛条,也看不见葛条上生出茸茸的小叶的苔藓。木排泊在场畔下,八个女子互相照看了头发,假装抹脸,手心儿将香脂就又一次在脸上擦了,大声说笑着跳上场畔。

后生们立即就发现了,但却正经起来,两只眼儿都睁着,一只看银幕,一只看着场畔。

八个女子,三个已经结了婚,勾肩搭背的,往人窝里去了,她们不停地笑,笑是给同伴听的,笑也是给前后的人听的。前后有了后生,也大声说话,话是说明电影上的事,话也是给他人说明自己的能耐的。都知道是为了什么,都不说是为了什么。

五个女子是没有订婚的,五个女子却并不站在一起,又不到人窝去,全分散在场畔边上,离卖醪糟的小贩摊,不远不近,小贩摊上的马灯照在身上,不暗不明。有后生就匆匆走过去,又匆匆走过来,忙乱中瞅一眼,或者站在前边,偏踩在一块圆石头上,身子老不得平衡,每一次从石头上歪下来,后看一眼,不经意的。女子就吃吃地笑,后生一转身,笑声便噤,身再一转,吃吃又响。目光碰在一起了,目光就说了话,后生便勇敢了,要么搭讪一句,要么,挪过步来,女子倒忽地冷了脸,骂一声"流氓"!热热的又冷冷了,后生无趣地走了。女子却无限后悔,望着星星,星星蒙蒙的,像滴溜着水儿。再换过地方,站在卖醪糟的那边,一只手儿托着下巴,食指咬在牙里。

一场电影完了,看了银幕上的人,也看了看银幕上的人的人,也被人看了。八个女子集合在场畔,唱了一段花鼓,却说:别唱了,那些没皮脸的净往这儿看呢!就爆一阵笑声,上了木排,从水面上划走了。木排在河里,一河的星星都在身下,她们数起来,都争着说哪颗星星是她的,但星星老数不清。说:"这电影真好!"奋力划桨。

木排上行到五里外的湾里,八个女子跳下去,各自问一句"几时还演电影呢?"各自走进八个岸边的山洼。已经听见狗在家门口汪着了,一时间,脚腿却沉重起来,没了一丝儿力气……

十一

冬天里沟深,山便高,月便小,逆着一条河水走,水下是沙,沙下是水,突然水就没有了,沙干白得像漂了粉,疑惑水干枯了,再走一段,水又出现,如此忽隐忽现。一个源头,倒分地上地下两条河流。山在转弯的时候,出现一片栲树,树里是三间房,房没有木架,硬打硬搁,两边山墙上却用砖砌了四个"吉"字。栲树叶子都枯了,只是不脱落,静得没声没息。门前一溜石板下去,是一处场面,左边新竹,每一片细叶都亮亮的,像打了蜡光。竹子下是石磙子碾子,碾盘上卧着一条狗,碾杆上挂着一副牛的暗眼套。右边是十三个坟墓,坟墓前边都有一个砖砌的灯盏窝。这是百十年里这屋里的主人。十三个主人都死去了,这屋还没有倒,新的主人正坐在炕上。

这是个老婆子,七十多岁了,牙口还好,在灯下捏针纳扣门儿,续线的时候,线头却穿不到针眼,就叹口气坐着,起身从锅台上抱了猫儿上来。猫是妖媚的玩物,她离不得它,它也离不得她,她就在嘴里嚼馍花,嚼得烂烂的了,拿在手里喂它吃。

孙子还没有回来。黄昏时到下边人家喝酒去了。孙子是儿子的一条根,儿子死了,媳妇也死了,她盼着这孙子好生守住这个家。孙子却总是在家里坐不住,他喜欢看电影,十里外的地方演也去,回来就呆呆痴几天。他不愿留光头。衣服上不钉扣门儿。两年前就不和她一个炕上睡,嫌她脚臭。早晚还刷牙呢。有男朋友,也有女朋友,一起说话,笑,她听不懂。

她总觉得这孙子有一对翅膀,有一天会飞了。

灯光幽幽的,照在墙角一口棺木上,这是她将来睡的地方,儿子活着的时候就做的,但儿子死了,她还活着;每一年就用土漆在上边刷一次,已经刷过八次了。她也奇怪自己命长。是没有尽到活着的责任吗?洋芋糊汤疙瘩火,这么好的生活,她不愿离去,倒还收不住她的心呢!

心想:现在的人,怎么就不像前几年的人了,一天不像一天了。她疑心是她没在门框上挂一个镜儿。上辈人常是家里有灾有祸了,要挂一块镜子的。她爬起来,将镜子就挂上了,企望一切邪事不要勾了孙子的魂,把外界的诱惑都用镜收住吧。

半夜里,门外有了脚步声,有人在敲门。老婆子从窗子看出去,三个人背着孙子回来了,打着松油节子火把,说是孙子喝醉了。白日听说县上要修一条柏油公路到这里来,他们庆贺,酒就喝得多了。老婆子窸窸窣窣下来开门,嘟囔道:"越来越不像山里人了!"

门框上的镜亮亮的,在坟头上照下一点白;天上的月亮分外明,照得满山满谷里的光辉。

闲　人

不知从什么时候起,社会上有了闲人。

闲人总是笑笑的。"喂,哥们儿!"他一跳一跃地迈雀步过来了,还趿着鞋,光身子穿一件褂子,也不扣,或者是正儿八经的西服领带——总之,他们在着装上走极端,却要表现一种风度。他们看不起黑呢中山服里的衬衣很脏的人,耻笑西服的纽扣紧扣却穿一双布鞋的人。但他们戴起了鸭舌帽,许多学者从此便不戴了,他们将墨镜挂在衣扣上,许多演员从此便不挂了——"几时不见哥们儿了,能请吃一顿吗?"喊着要吃,却没乞相,扔过来的是一颗高档的烟。弹一颗自个吸了,开始说某某熟人活得太累,脸始终是思考状,好像杞人忧天,又取笑某某熟人见面总是老人还好?孩子还乖?末了就谈论天气,那一颗烟在说话的嘴上左右移动,间或喷出一个极大的烟圈,而拖鞋里的小拇指头一开一合地动。

闲人的相貌不一定俊,其实他们嫉恨是小白脸,但体格却非常好,有一手握破鸡蛋之力。和你握手的时候,暗中使劲令你生痛,据说其父亲要教训,动手来打,做闲人的儿子会一下子将老子端起来,然后放到床上去,不说一句话,老子便知道儿子的存在了。他要请客,裹挟你去羊肉串摊,说一声吃吧,自己就先吃开,看见他一气吃下一百二十串羊肉,喝下十瓶啤酒,你目瞪口呆。"我有一个好胃!"他向你夸耀,还介绍他还能饿,常常一天到黑只吃一顿饭,却不减膘,仍有力气。他说:"你行吗?"你不行。

闲人的钱并不多,这如同时髦女子的精致的小提兜里总塞着卫生纸一样,可闲人不珍贵钱,所以显得总有钱。他们口袋里绝不会装两种不同质量的烟,从没有摸索半天才从口袋里捏出一颗自个吸,刺啦一声,一包高档烟盒横着就撕开了,分给所有在场的人,没有烟了,却蹴在屋角刨寻垃圾中的烟头。钱是人身上的垢痂,这理论多达观,所以出门就招出租车,也往豪华宾馆里去住一夜两夜。逢着骑自行车,那几乎是表演杂技,于人窝里穿来拐去,快则飞快,慢则立定,姿势是头缩下去,腰弓着,腿圈成圆形,用脚跟不停地倒转脚踏板。

闲人的朋友最多,没有贵贱老幼之分,三句话能说得来,咱们就是朋友了,"为朋友两肋插刀",让我办事就是看得起我呀!闲人的有些朋友是在厕所撒尿时就交上了。当然,这些朋友有的交往时间长,有的交往时间短,但走了旧的来了新的,闲人没有"世上难逢一知己"之苦。若有什么紧俏东西买不到,寻闲人去,闲人很快就买来了,而且比一般价格还便宜。要搬家,寻闲人去,闲人一个人会扛件大衣柜上楼的。不幸的是家中失盗,你长吁短叹,闲人骂一顿娘就出去了,等回来,说:"我问过一个贼头了,他说你们家这一片不属于他管,我告诉了他,不属于他的地盘就查查是谁的地盘?"闲人不偷人，但偷人的贼是不敢得罪闲人的。

闲人真瞧不起小偷、流氓，甚至那些嫖客、暗娼和拦路强奸者，觉得没意思、恶心，也害怕艾滋病。但闲人谈女人的头发、鼻子，他们相信男人的成熟和人生的圆满是需要有一个醉心的女人，甚至公开讥笑自己的从事文艺工作的父亲之所以事业不辉煌是只守了一个自己的母亲，他们有意地留神看街上来往的女人，张口闭口阐述花朵是花草的生殖器什么的，到后来，闲人们分别有了姑娘，姑娘自然很漂亮，他们就会同骑一辆车子招摇过市，姑娘分腿骑在后座上，腿长而圆像两个大白萝卜。闲人待姑娘好时好得你吃饱了还要往你嘴里塞油饼，不好了，就吼一声："滚！"但姑娘不滚，十分忠诚。

闲人爱姑娘，但最感痛快的并不是姑娘，因为闲人们都年轻，又都练过拳脚，至少家里有一把四十斤重的石锁。路过树下，忍不住要跳起来抓那树枝，抓住了要一把拉断下来，杀鸡就剁鸡头，偏再放开让没头的鸡瞎走一阵，将那桃花一般的血印在雪地上。街上有人打架了，闲人会立即前去围观，是几个男的为了一个女子在恶斗，女子娇嫩艳丽，他看着谁个有理，谁个弱者，便上去抱打不平了，混战中男的尽逃散，人们都在说闲人是为了那个女人，闲人上前却要扇女子一个巴掌，骂一声"没志气！"而去。艳丽的女子当然使闲人也感悦目，但女子在挨过巴掌之后嘴角淌下血来更使闲人觉得奇艳无比！在回家的路上乃至回家之后，闲人还在激动不已，眼前尽是女子嘴角的血道红蚯蚓般地顺下巴和脖子涎流而下的图像，甚至想象到乱交情人的女子如果被人剖开了腔腹,倒地痉挛,样子又是何等壮观!但闲人这时候忽觉手疼,看时,右手的无名指却没有了,知道一定是混战中被男的刀砍了,他赶忙跑回现场,沙土地果然有一截手指,遗憾是没有见到手指初断时的蹦跳。

闲人是个直肠人,但闲人偏不自认,因为在一些年里,闲人最讨厌那些拍胸膛说"咱是粗人"的人,"粗人"本是自贱,却成了一种美饰。所以,谁家夫妇闹矛盾,闹得厉害,他不会"见婚姻说合","过不成就换班子"!他总是这么说:"我给你物色一个!"闲人不失言,果然物色一个又一个。有的家庭后来是散了,有的家庭闹过又好了,又好的家庭少不得男方将闲人的话说知女方,闲人就恶下了这家的主妇,闲人见面仍叫"嫂子"!嫂子不理,不理了拉倒。

闲人的眼里才没有什么权威的,孔圣人不就是那个老孔吗?剧院里看戏,戏不好,"换节目!换节目!"领导做报告又是官话套话空话,闲人就头一歪睡着了。闲人顶熟悉的是体育明星,次之是通俗歌星,当然也有想一睹风采而去听一位外地来的大名人的专场报告,回来了就打开录音机模仿名人的声调也演说,但演说的内容就是:中华人民共和国××省××市伟大的政治家、杰出的哲学家、天才的艺术家×××先生……这位先生的名字一定是他的名字。录毕就放,一边听一边哈哈大笑,随之也就将让名人签名的纸展示众人,然后让某一位去上厕所用。

闲人却并不是四肢发达头脑简单的角色,可以说,都极聪慧,他们都有文化,且喜欢买书,只是从不读完每一本书。但学问已经足够了,知道弗洛伊德,知道后羿,知道孟子、荷马、毕加索和阿Q。当穿着牛仔裤并让它拖在地上在夜街上转悠,闲人差不多会碰着闲人,他们就会一起走到某一个闲人家去,在狼藉不堪的小屋中拒绝筷子而用手抓食着卤肉和鸡腿,就谈论天文、地理、玄学、哲学、经济,由女人说到了造人的女娲,由官倒说到了戈多,最多的说人生,说人生说到地球旋转,那么每一个人都是倒挂在地球上的,就不免说一句每次都说的"上帝死了"!然后有人出门就尿,有人将一口痰就吐在桌子下,咒骂"地球太小了!"有人推开了窗户看着城市的夜的风景,伤心了,有人庄严地去厕所,蹲下拉屎,有人抓过一本书要读,却又压在了屁股下。这一夜他们门窗洞开着让酒醉到天明,天明,洗脸,刷牙,弹掉衣服上的灰尘,道貌岸然地出去各干各的事了。

闲人不怕苦,不怕死,满世界里唯有两怕。一怕结婚,虽然不断地有姑娘相伴,但闲人已经是老大年龄了仍未结婚。他们总希望有一个美丽的,既温柔又风野,能吸烟能喝酒能跳舞能谈人生能打麻将的老婆,遗憾的是众条件总不能集中于一身的姑娘。二怕寂寞。寂寞如狼怕火,寂寞如鬼怕唾。他们预防着某一日任何人任何力量治不倒他们而要将他们寂寞独处的残酷,于是就幻想着真有那么一日,他们要爬上城中的报话大楼的顶尖上,然后用一条绳索一头系在楼顶尖一头套在脖子上纵身一跳,吊在半空了。因为吊在城中的最高点,全城的人都看得见,而且报话的大钟是每一小时要长鸣一次。

说闲人是一个阶级,这肯定有人要批评用词不准,那么,是一些人,是阶层,是……反正闲人在社会上多了。据闻在一次高级的会上,天文学家说,因为天上的太阳的黑子增多才有了这些闲人,地理学家说,因为地上的草木减少才有了这些闲人,人类学家却一口咬定是人太多的缘故,南瓜葫芦一条蔓上花开得太多必然是有谎花的。会议上的这些争论当然闲人不可能听到,听到的是平日周围的人喊其"闲人",闲人就甚是不悦,回一句:哼,我们才是忙人哩!

安妥我灵魂的这本书

一晃荡,我在城里已经住罢了二十年,但还未写出过一部关于城的小说。越是有一种内疚,越是不敢贸然下笔,甚至连商州的小说也懒得作了。依我在四十岁的觉悟,如果文章是千古的事——文章并不是谁要怎么写就可以怎么写的——它是一段故事,属天地早有了的,只是有没有凤命可得到。姑且不以国外的事作例子,中国的《西厢记》《红楼梦》,读它的时候,哪里会觉它是作家的杜撰呢?恍惚如所经历,如在梦境。好的文章,囫囵囵是一脉山,山不需要雕琢,也不需要机巧地在这儿让长一株白桦,那儿又该栽一棵兰草的。这种觉悟使我陷入了尴尬,我看不起了我以前的作品,也失却了对世上很多作品的敬畏,虽然清清楚楚这样的文章究竟还是人用笔写出来的,但为什么天下有了这样的文章而我却不能呢?!检讨起来,往日企羡的什么辞章灿烂,情趣盎然,风格独特,其实正是阻碍着天才的发展。鬼魅狰狞,上帝无言。奇才是冬雪夏雷,大才是四季转换。我已是四十岁的人,到了一日不刮脸就面目全非的年纪,不能说头脑不成熟,笔下不流畅,即使一块石头,石头也要生出一层苦衣的,而舍去了一般人能享受的升官发财、吃喝嫖赌,那么搔秃了头发,淘虚了身子,仍没美文出来,是我真个没有凤命吗?

我为我深感悲哀。这悲哀又无人与我论说。所以,出门在外,总有人知道了我是某某后要说许多恭维话,我脸烧如炭;当去书店,一发现那儿有我的书,就赶忙走开。我愈是这样,别人还以为我在谦逊。我谦逊什么呢?我实实在在地觉得我是浪了个虚名,而这虚名又使我苦楚难言。

有这种思想,作为现实生活中的一个人来说,我知道是不祥的兆头。事实也真如此。这些年里,灾难接踵而来,先是我患乙肝不愈,度过了变相牢狱的一年多医院生活,注射的针眼集中起来,又可以说经受了万箭穿身;吃过大包小包的中药草,这些草足能喂大一头牛的。再是母亲染病动手术;再是父亲得癌症又亡故;再是妹夫死去,可怜的妹妹拖着幼儿又回住在娘家;再是一场官司没完没了地纠缠我;再是为了他人而卷入单位的是是非非中受尽屈辱,直至又陷入另一种更可怕的困境里,流言蜚语铺天盖地而来……我没有儿子,父亲死后,我曾说过我前无古人后无来者了。现在,该走的未走,不该走的都走了,几十年奋斗的营造的一切稀里哗啦都打碎了,只剩下了肉体上精神上都有着毒病的我和我的三个字的姓名,而名字又常常被别人叫着写着用着骂着。

这个时候开始写这本书了。

要在这本书里写这个城了,这个城里却已没有了供我写这本书的一张桌子。

在一九九二年最热的大气里,扯朋友女黎的关系,我逃离到了耀县。耀县是药王孙思邈的故乡,我兴奋的是在药王山上的药王洞里看到一个"坐虎针龙"的彩塑,彩塑的原意是讲药王当年曾经骑着虎为一条病龙治好了病的。我便认为我的病要好了,因为我是属龙相。后来我同另一位搞戏剧的老景被安排到一座水库管理站住,这是很吉祥的一个地方。不要说我是水命,水又历来与文学有关,且那条沟叫锦阳川就很灿烂辉煌;水库地名又是叫桃曲坡,曲有文的含义,我写的又多是女人之事,这桃便更好了。在那里,远离村庄,少鸡没狗,绿树成荫,繁花遍地,十数名管理人员待我又敬而远之,实在是难得的清静处。整整一个月里,没有广播可听,没有报纸可看,没有麻将,没有扑克。每日早晨起来去树林里掏一股黄亮亮的小便了,透着树干看远处的库面上晨雾蒸腾,直到波光粼粼了一片银的铜的,然后回来洗漱,去伙房里提开水,敲着碗筷去吃饭。夏天的苍蝇极多。饭一盛在碗里,苍蝇也站在了碗沿上,后来听说这是一种饭苍蝇,从此也不在乎了。吃过第一顿饭,我们就各在各的房间里写作,规定了谁也不能打扰谁的,于是一直到下午四点,除了大小便,再不出门。我写起来喜欢关门关窗,窗帘也要拉得严严实实,如果是一个地下的洞穴那就更好。烟是一根接一根地抽,每当老景在外边喊吃饭了,推开门直感烟雾笼罩了你了!再吃过了第二顿饭,这一天里是该轻松轻松了,就趿个拖鞋去库区里游泳。六点钟的太阳还毒着,远近并没有人,虽然勇敢着脱光了衣服,却只会狗刨式,只能在浅水里手脚乱打,打得腥臭的淤泥上来。岸上的蒿草丛里嘎嘎地有嘲笑声,原来早有人在那里窥视。他们说,水库十多年来,每年要淹死三个人的,今年只死过一个,还有两个指标的。我们就毛骨悚然,忙爬出水来穿了裤头就走。再不敢去耍水,饭后的时光就拿了长长的竹竿去打崖畔儿上的酸枣。当第一颗酸枣红起来,我们就把它打下来了,红红的酸枣是我们唯一能吃到的水果。后来很奢侈,竟能贮存很多,专等待山梁背后的一个女孩子来了吃。这女孩子是安黎的同学,人漂亮,性格也开朗,她受安黎之托常来看望我们,送笔呀纸呀药片呀,有时会带来几片烙饼。夜里,这里的夜特别黑,真正的伸手不见五指,我们就互相念着写过的章节,念着念着,我们常害肚子饥,但并没有什么可吃的。我们曾经设计过去偷附近村庄农民的南瓜和土豆,终是害怕了那里的狗,未能实施。管理站前的丁字路口边是有一棵核桃树的,树之顶尖上有一颗青皮核桃,我去告诉了老景,老景说他早已发现。黄昏的时候我们去那里抛着石头掷打,但总是目标不中,歇歇气,搜集了好大一堆石块瓦片,掷完了还是打不下来,倒累得脖子疼胳膊疼,只好一边回头看着一边走开。这个晚上,已经是十一点了,老景馋得不行,说知了的幼虫是可以油炸了吃的,并厚了脸借来了电炉子、小锅、油、盐,似乎手到擒来,一顿美味就要到口了。他领着我去树林子;用手电在这棵树上照照,又到那棵树上照照,树干上是有着蝉的壳,却没有发现一只幼虫。这样为着觅食而去,觅食的过程却获得了另一番快感。往后的每个晚上这成了我们的一项工作。不知为什么,幼虫还是一只未能捉到,捉到的倒是许多萤火虫,这里的萤火虫到处在飞,星星点点又非常地亮,我们从林子中的小路上走过,常恍惚是身在了银河的。

老景长得白净,我戏谑他是唐僧,果然有一夜一只蝎子就钻进他的被窝咬了他,这使我们都提心吊胆起来,睡觉前翻来覆去地检查屋之四壁,抖动被褥。蝎子是再也没有出现的,而草蚊飞蛾每晚在我们的窗外聚会,黑乎乎的一疙瘩一疙瘩的,用灭害灵去喷,尸体一扫一簸箕的。我们便认为这是不吉利的事。我开始打磨我在香山捡到的一块石头,这石头很奇特,上边天然形成一个"大"字,间架结构又颇似柳体。我把"大"字石头雕刻了一个人头模样系在脖子上,当作我的护身符。这护身符一直系着,直到我写完了这部书。老景却在树林子里捡到了一条七寸蛇的干尸,那干尸弯曲得特别好,他挂在白墙上,样子极像一个凝视的美妙的少女。我每天去他房间看一次蛇美人,想入非非。但他要送我,我不敢要。

在耀县锦阳川桃曲坡水库——我永远不会忘记这个地名的——待过了整整一个月,人明显是瘦多了,却完成了三十万字的草稿。那间房子的门口,初来时是开绽了一朵灼灼的大理花的,现在它已经枯萎。我摘下一片花瓣夹在书稿里下山。一到耀县,我坐在一家咸汤面馆门口,长出了一口气,说:"让我好好吃顿面条吧!"吃了两海碗,口里还想要,肚子已经不行了,坐在那里立不起来。

回到西安,我是奉命参加这个城市的古文化艺术节书市活动的。书市上设有我的专门书柜,疯狂的读者抱着一摞一摞的书让我签名,秩序大乱,人潮翻涌,我被围在那里几乎要被挤得粉碎。几个小时后幸得十名警察用警棍组成一个圆圈,护送了我钻进大门外的一辆车中急速遁去。那样子回想起来极其可笑。事后我的一个朋友告诉说,他骑车从书市大门口经过时,正瞧着我被警察拥着下来,吓了一跳,还以为我犯了什么罪。我那时确实有犯罪的心理,虽然我不能对着读者说我太对不起你们了,但我的脸上没有一丝笑容。离开了被人拥簇的热闹之地,一个人回来,却寡寡地窝在沙发上吸烟落泪。人人都有一本难念的经,我的经比别人更难念。对谁去说?谁又能理解?这本书并没有写完,但我再没有了耀县的清静,我便第一次出去约人打麻将,第一次夜不归宿,那一夜我输了个精光。但写起这本书来我可以忘记打麻将,而打起麻将了又可以忘记这本书的写作。我这么神不守舍地握着日子,白天害怕天黑。天黑了又害怕天亮。我感觉有鬼在暗中逼我,我要彻底毁掉我自己了,但我不知道我该怎么办。这时候,我收到一位朋友的信,他在信中骂我迷醉于声名之中,为什么不加紧把这本书写完?!我并没有迷醉于声名之中,正是我知道成名不等于成功,才痛苦得不被人理解,不理解又要以自己的想法去做,才一步步陷入了众要叛亲要离的境地!但我是多么感激这位朋友的责骂,他的骂使我下狠心摆脱一切干扰,再一次逃离这个城市去完成和改抄这本书的全稿了。我虽然还不敢保险这本书到底会写成什么模样,但我起码得完成它!

于是我带着未完稿又开始了时间更长更久的流亡写作。

我先是投奔了户县李连成的家。李氏夫妇是我的乡党,待人热情,又能做一手我喜爱吃的家乡饭菜。一九八六年我改抄长篇小说《浮躁》就在他家。去后,我被安排在计生委楼上的一间空屋里。计生委的领导极其关照,拿出了他们崭新的被褥,又买了电炉子专供我取暖,我对他们的接纳十分感激,说我实在没法回报他们,如果我是一个妇女,我宁愿让他们在我肚子上开一刀,完成一个计划生育的指标。一天两顿饭,除了按时去连成家吃饭,我就待在房子里改写这本书,整层楼上再没有住人,老鼠在过道里爬过,我也能听得它的声音。窗外临着街道,因不是繁华地段,又是寒冷的冬天,并没有喧嚣。只是太阳出来的中午,有一个黑脸的老头总在窗外楼下的固定的树下卖鼠药,老头从不吆喝,却有节奏地一直敲一种竹板。那梆梆的声音先是心烦,由心烦而去欣赏,倒觉得这竹板响如寺院禅房的木鱼声,竟使我愈发心神安静了。先头的日子里,电炉子常要烧断,一天要修理六至八次;我不会修,就得喊连成来。那一日连成去乡下出了公差,电炉子又坏了,外边又刮风下雪,窗子的一块玻璃又撞碎在楼下,我冻得握不住笔,起身拿报纸去夹在窗纱扇里挡风;刚夹好,风又把它张开;再去夹,再张开,只好拉闭了门往连成家去。袖手缩脖下得楼来,回头看三楼那个还飘动着破报纸的窗户,心里突然体会到了杜甫的《茅屋为秋风所破歌》的境界。

住过了二十余天。大荔县的一位朋友来看我,硬要我到他家去住,说他新置了一院新宅,有好几间空余的房子。于是连成亲自开车送我去了渭北的一个叫邓庄的村庄,我又在那里住过了二十天。这位朋友姓马,也是一位作家,我所住的是他家二楼上的一间小房。白日里,他在楼下看书写文章,或者逗弄他一岁的孩子;我在楼上关门写作,我们谁也不理谁。只有到了晚上,两人在一处走六盘象棋。我们的棋艺都很臭,但我们下得认真,从来没有悔过子儿。渭北的天气比户县还要冷,他家的楼房又在村头,后墙之外就是一眼望不到边的大平原,房子里虽然有煤火炉,我依然得借穿了他的一件羊皮背心,又买了一条棉裤,穿得臃臃肿肿。我个子原本不高,几乎成了一个圆球,每次下那陡陡的楼梯就想到如果一脚不慎滚下去,一定会骨碌碌直滚到院门口去的。邓庄距县城五里多路,老马每日骑车进城去采买肉呀菜呀粉条呀什么的。他不在,他的媳妇抱了孩子也在村中串门去了。我的小房里烟气太大,打开门敞着,我就站立在楼栏杆处看着这个村子。正是天近黄昏,田野里浓雾又开始弥漫,村巷里有许多狗咬,邻家的鸡就扑扑棱棱往树上爬,这些鸡夜里要栖在树上,但竟要栖在四五丈高的杨树梢上,使我感到十分惊奇。

二十天里,我烧掉了他家好大一堆煤块,每顿的饭里都有豆腐,以致卖豆腐的小贩每日数次在大门外吆喝。他家的孩子刚刚走步,正是一刻也不安静地动手动脚,这孩子就与我熟了,常常偷偷从水泥楼梯台爬上来,冲着我不会说话地微笑。老马的媳妇笑着说:"这孩子喜欢你,怕将来也要学文学的。"我说,孩子长大干什么都可以,千万别让弄文学。这话或许不应该对老马的媳妇说,因为老马就是弄文学的,但我那时说这样的话是一片真诚。渭北农村的供电并不正常,动不动就停电了,没有电的晚上是可怕的,我静静地长坐在藤椅上不起,大睁着夜一样黑的眼睛。这个夜晚自然是失眠了,天亮时方睡着。已经是十一点了,迷迷糊糊睁开眼,第一个感觉里竟不知自己是在哪儿。听得楼卜的老马媳妇对老马说:"怎不听见他叔的咳嗽声,你去敲敲门,不敢中了煤气了!"我赶忙穿衣起来,走下楼去,说我是不会死的,上帝也不会让我无知无觉地自在死去的,却问:"我咳嗽得厉害吗?"老马的媳妇说:"是厉害,难道你不觉得?!"我对我的咳嗽确实没有经意,也是从那次以后留心起来,才知道我不停地咳嗽着。这恐怕是我抽烟太多的缘故。我曾经想,如果把这本书从构思到最后完稿的多半年时间里所抽的烟支接连起来,绝对地有一条长长的铁路那么长。

当我所带的稿纸用完了最后的一张,我又返回到了户县,住在了先前住过的房间里。这时已经月满,年也将尽,"五豆""腊八"、二十三,县城里的人多起来,忙忙碌碌筹办年货。我也抓紧着我的工作,每日无论如何不能少于七千字的速度。李氏夫妇瞧我脸面发胀,食欲不振,想方设法地变换饭菜的花样,但我还是病了,而且严重地失眠。我知道一走近书桌,书里的庄之蝶、唐宛儿、柳月在纠缠我;一离开书桌躺在床上,又是现实生活中纷乱的人事在困扰我。为了摆脱现实生活中人事的困扰,我只有面对了庄之蝶和庄之蝶的女人,我也就常常处于一种现实与幻想混在一起无法分清的境界里。这本书的写作,实在是上帝给我大大的安慰和太大的惩罚,明明是一朵光亮美艳的火焰,给了我这只黑暗中的飞蛾兴奋和追求,但诱我近去了却把我烧毁。

腊月二十九的晚上,我终于写完了全书的最后一个字。

对我来说,多事的一九九二年终于让我写完了,我不知道新的一年我将会如何地生活,我也不知道这部苦难之作命运又是怎样。从大年的三十到正月的十五,我每日回坐在书桌前目注着那四十万字的书稿,我不愿动手翻开一页。这一部比我以前的作品更优秀呢,还是情况更糟?是完成了一桩夙命呢,还是上苍的一场戏弄?一切都是茫然,茫然如我不知我生前为何物所变、死后又变何物。我便在未作全书最后的一次润色工作前写下这篇短文,目的是让我记住这本书带给我的无法向人说清的苦难,记住在生命的苦难中又唯一能安定我破碎了的灵魂的这本书。

红　狐

Z,你是不曾知道的,当我借居在这间屋子的时候,我是多么的荒芜。书在地上摆着,锅碗也在地上摆着。窗子临南,我不喜欢阳光进来,阳光总是要分割空间,那显示出的活的东西如小毛虫一样让人不自在。我愿意在一个窑洞里,或者最好是地下室里喘气。墙上没挂任何字画,白得生硬,一只蜘蛛在那里结网,结到一半蜘蛛就不见了。我原本希望网成一个好看的顶棚,而灰尘却又把网罩住,网线就很粗了,沉沉地要坠下来。现在,我仰躺在床上,只觉得这荒芜得好,我的四肢越长越长,到了末梢就分叉,是生出的根须,全身的毛和头发拔节似的疯长,长成荒草。

宽哥说,这屋子真是一座荒园。

我说,那就要生出狐狸精的。

十多年来,我读《聊斋》,夜半三更的时候,总企盼举头一看,其实是已经感觉到了,窗的玻璃上有一张很俏的脸,仅仅是一张脸,在向我妩媚。我看她,她也看我;我招之,她便含笑。倏忽就树叶般地飘进来——这样企盼着,并没有狐狸进来,我猜想那时我的火气太重,屋子里太整洁,太有规矩。于是清早起来,恹恹地发困,便疑心窗外的那一株垂柳是一个灵魂在站着,她站着成了一株柳的。

如今的冬夜,从月下归来,闻见了谁家的梅。入我的荒园里,并没有随我而入的另一双鞋,影子也没有了。我坐在炉子边烧茶,听着水响和空间里别的什么声音,独自喝了一杯又一杯。忽地想起李太白诗:

> 两人对酌梨花开
> 一杯一杯复一杯
> 我醉欲眠君且去
> 有情明日抱琴来

冬夜里没有梨花开,新窗外有三棵槐,叶子都落了,枝杈在颤起细的韵。我也没喝酒,亦不想睡,想着真有狐狸的吧。

狐狸并没有。

但也就在明日,却有人抱了琴来。抱琴人是个矮个男人,就是宽哥,说,我知道你寂寞。这是一架古琴,钟子期与俞伯牙相识的那一种古琴,弹《高山》《流水》的那一种古琴。

宽哥也是寂寞的人——其实谁都寂寞,狼虎寂寞,猪也寂寞——因为精神寂寞,他学了五年琴。他把琴送予我,我却不懂得琴谱。他明明知道我不懂得琴谱,他竟送琴给我。

琴就安置在我唯一的桌子上,琴成了荒园里最豪华的物体,我觉得一下子富有。那个捡来的啤酒木箱盖做成的茶几,如果上边放着烂碟破碗,就是贫穷的表现;而放着的是数百元的茶具,这便成一种风格。现在又有了古琴,静坐在茶几边的我静得如一块石头,斜睨了那古琴,一切都高雅了。

三日过去,五日过去,《聊斋》的书已不再读,茶是越来越讲究了档次,啜品中记起一位才女叫眉的,曾与我论过茶,说民间流行一种以对茶之态度看对性的态度的算卦辞,而世上最能品茶的是山中的和尚,和尚对性已经戒了,但那一种欲转化成了对茶的体味。我那一日还笑她胡诌,待这日记起,很觉有趣。我虽有五台山买来的木鱼,却怎么能把自己敲出个和尚来呢?侧了头瞧桌上的琴,默默一笑,这一笑就凝固了一段历史,因为那一瞬间我发觉琴在桌上是一个平平坦坦的睡着的美人。

山里的人夏日送礼,送一个竹皮编的有曲线的圆筒,太热的人夜里可以搂着睡眠取凉,称作是凉美人的。这琴在那里体态悠闲,像个美人,我终于明白宽哥的意思了。Z,那时我真有一份冲动,竟敢放肆,轻轻地走近去,分明感觉到它已经睡着了,鼾声幽微,态势美妙,但我又不敢惊动,想它要醒过来,或者起身而站,一定是十分地苗条的。那琴头处下垂的一绺棉絮,真是它的头发,不自觉地竟伸手去梳理,编出一条长长的辫子,这么好身材的,应该是有一条长辫的。

这一个夜里,夜很凉,梦里全是琴的影子,半醒半寐之际,倏忽听得有妙音,如风过竹,如云飞渡,似诉似说。我蓦地翻身坐起,竟不知了身在何处。没月光的夜消失了房子的墙,以为坐在了临水的沙岸,或者就完全在水里。好长的时间清醒过来,拉开灯绳,四堵墙显出白的空间,琴还在桌上躺着。但我立即认定妙音是来自琴的,这瞒不过我的,是琴在自鸣了!

Z啊,有琴自鸣,这你听说过吗?三年前咱们去植竹,你说过的,竹的魂是地之灵声,植下竹就是植下了音乐。那么,这琴竟能自鸣,又该是怎样一个有灵的魂呢?

从此每日进屋,就要先坐于琴旁。人在屋外,想有琴在家,坐于琴旁了,似守亲爱的人安睡,默默地等待着醒来,由是又捧了《聊斋》来读,终信了这是一份天意。有闲书上讲,女人是一架琴,就看男人怎么调拨;好的男人弹出的是美乐,孬的男人弹出的是噪音。这样的琴,不知道造于哪块灵土上的灵木,制于何年何月的韶光月下,谁曾经拥有过它,又辗转了多少春秋和人序,可它,终于等待到了来我的屋中,要为我蓄满清音,为我解消寂寞,要与我共同创造人间的一段传奇!这样的尤物,今生今世既然与我有缘,我该给它起个好名儿来的。

我真的耗费了许多心思。叫它"等待"似乎太硬;叫"欲语",又觉无力;"半生缘"又偏俗了;"一段不了",还嫌率虚。住到这屋子里,我是因了兼职了一个教授职名赚的。门框上我曾写了"半闲半忙做文章,似通不通上课堂"。我这样的人过这样的日子,起怎样的名字给它呢?我坐在它的身旁,目注了它对它说话,说我的童年,说我的青年和中年,说我的丑陋和苦难,说我感谢它的话。我是看过报上的报道,说有一人种了一棵南瓜,他每日对南瓜说话如说话于他的孩子,这南瓜就长成背篓般大。还有一人患了心脏病,整日对心脏说感谢的话、委托的话,心脏病竟也无药而愈了。我也这般对待我的琴,我感觉琴是听见了,也听懂了。一次不自觉地去触动了几下弦索,它竟应发出极美的音乐来。我当时是惊呆了,因为我从来不识琴谱,连简谱也不识的,怎么就能有如此一段美乐呢?我疑问过宽哥,宽哥说,你再弹触时不妨打开录音机,我过后听听。我这么做了,宽哥就用简谱记下来,说果然好,你是个天才的作曲家。

我不是作曲家,我没有天才,天才是琴自身的。宽哥将数次的录音整理了,成一首乐曲在许多场合演奏,甚至还拿去发表,要署我的名。我声明这不是我作的曲,应该署琴的名。这次我得讨问琴,求它自报姓名。琴没有告诉我,却在灯光下,使我终于看见乌黑的琴身暗处,透出三处一绺的红来,黑与红相配得那么和谐和高贵,竟是我以前未注意到的。连着三日,都是在灯光下,发觉了红越来越多,几乎从整个黑里都能看出那下边的一层红来。

这一夜,我梦里觉得我在我的头发里发现了一颗痣,在手心里发现一条纹,觉得桌上伏着一只艳红的狐。

于是,翌日的清晨,我叫我的琴为"红狐"。

"红狐"虽然依旧在桌上平伏着,但我仍要买了家具到这屋里。我买的是一张特大的床,一座极软的沙发,"红狐"如果从桌上站起,它的天性里该是爱静卧的。狐之友猜测应是鹤与鹿的,我又搜寻了鹤鹿的画,贴在琴后的墙上。

我是这么想,Z,狐是世上最灵性最美丽最有感应的尤物,原来是我的荒园里它早已来了!有诗说"好雨知时节","随风潜入夜",那它是从远的山里林里,或者从蒲氏的《聊斋》里,在那一个雨夜里来的。想宽哥送琴的那个夜,也正好有雨,当时我并不知,天明瞧见屋外的一蓬紫薇湿淋淋的。

Z,这就是我要告诉你的事,一件大事,真的,是一件了不得的大事。也就是我有了红狐琴,我的荒园里再不荒了,我开始过得极平静而又富有,这你应该为我祝福和羡慕吧!

读 张 爱 玲

先读的散文,一本《流言》,一本《张看》;书名就劈面惊艳。天下的文章谁敢这样起名,又能起出这样的名,恐怕只有个张爱玲。女人的散文现在是极其的多,细细密密的碎步儿如戏台上的旦角,性急的人看不得,喜欢的又有一班只看颜色的看客,噢儿噢儿叫好,且不论了那些油头粉面,单是正经的角儿,秦香莲、白素贞、七仙女……哪一个又能比得崔莺莺? 张的散文短可以不足几百字,长则万言,你难以揣度她的那些怪念头从哪儿来的,连续性的感觉不停地闪,组成了石片在水面的一连串的漂过去,溅一连串的水花。一些很著名的散文家,也是这般贯通了天地,看似胡乱说,其实骨子里尽是道教的写法——散文家到了大家,往往文体不纯而类如杂说——但大多如在晴朗的日子,窗明几净,一边茗茶一边瞧着外边;总是隔了一层,有学者气或佛道气。张是一个俗女人的心性和口气,嘟嘟嘟地唠叨不已,又风趣,又刻薄,要离开又想听,是会说是非的女狐子。

看了张的散文,就寻张的小说,但到处寻不着。那一年到香港,什么书也没买,只买了她的几本,先看过一个长篇,有些失望,待看到《倾城之恋》《金锁记》《沉香屑》那一系列,中她的毒已经日深。——世上的毒品不一定就是鸦片,茶是毒品,酒是毒品,大凡嗜好上瘾的东西都是毒品。张的性情和素质,离我很远,明明知道读她只乱我心,但偏是要读。使我常常想起画家石鲁的故事。石鲁脑子病了的时候,几天里拒绝吃食,说:"门前的树只喝水,我也喝水!"古今中外的一些大作家,有的人的作品读得多了,可以探出其思维规律,循法可学,有的则不能,这就是真正的天才。张的天才是发展得最好者之一,洛水上的神女回眸一望,再看则是水波浩渺,鹤在云中就是鹤在云中,沈三白如何在烟雾里看蚊飞,那神气毕竟不同。我往往读她的一部书,读完了如逛大的园子,弄不清了从哪儿进门的,又如何穿径过桥走到这里?又像是醒来回忆梦,一部分清楚,一部分无法理会,恍恍惚惚。她明显地有曹霑的才情,又有现今人的思考,就和曹氏有了距离,她没有曹氏的气势,浑淳也不及沈从文,但她的作品的切入角度,行文的诡谲以及弥漫的一层神气,又是旁人无以类比。

天才的长处特长,短处极短,孔雀开屏最美丽的时候也暴露了屁股,何况张又是个执拗的人。时下的人,尤其是也稍要弄些文的人,已经有了毛病,读作品不是浸淫作品,不是学人家的精华,启迪自家的智慧,而是卖石灰就见不得卖面粉,还没看原著,只听别人说着好了,就来气,带气入读,就只有横挑鼻子竖挑眼。这无损于天才,却害了自家。张的书是可以收藏了常读的。

与许多人来谈张的作品,都感觉离我们很远,这不指所描叙的内容,而是那种才分如云,以为她是很古的人。当知道张现在还活着,还和我们同在一个时候,这多少让我们感到形秽和丧气。

《西厢记》上说:不会相思,学会相思,就害相思!《西厢记》上又说:好思量,不思量,怎不思量?嗨,与张爱玲同活在一个世上,也是幸运,有她的书读,这就够了!

进 山 东

第一回进山东,春正发生,出潼关沿着黄河古道走,同车里坐着几个和尚——和尚使我们与古代亲近——恍惚里,春秋战国的风云依然演义,我这是去了鲁国之境了。鲁国的土地果然肥沃,人物果然礼仪,狼虎的秦人能被接纳吗?深沉的胡琴从那一簇蓝瓦黄墙的村庄里传来,音韵绵长,和那一条并不知名的河,在暮色苍茫里蜿蜒而来又蜿蜒而去,弥漫着,如麦田上浓得化也化不开的雾气,我听见了在泗水岸上,有了"逝者如斯夫"的声音,从孔子一直说到了现在。

我的祖先,那个秦嬴政,在他的生前是曾经焚书坑儒过的,但居山高为秦城,秦城已坏,凿池深为秦坑,自坑其国,江海可以涸竭,乾坤可以倾侧,唯斯文用之不息,如今,他的后人如我者,却千里迢迢来拜孔子了。其实,秦嬴政在统一天下后也是来过鲁国旧地,他在泰山上祀天,封禅是帝王们的举动,我来山东,除了拜孔,当然也得去登泰山,只是祈求上天给我以艺术上的想象和力量。接待我的济宁市的朋友说:哈,你终于来了!我是来了,孔门弟子三千,我算不算三千零一呢?我没有给伟大的先师带一束干肉,当年的苏轼可以唱

"执瓢从之,忽焉在后",我带来的唯是一颗头颅,在孔子的墓前叩一个重响。

一出潼关,地倾东南,风沙于后,黄河在前,是有了这么广大的平原才使黄河远去,还是有了黄河才有了这平原?哐啷哐啷的车轮整整响了一夜,天明看车外,圆天之下是铅色的低云,方地之上是深绿的麦田,哪里有紫白色的桐花哪里就有村庄,粗糙的土坯院墙,砖雕的门楼,脚步迟缓的有着黑红颜色而褶纹深刻的后脖的农民,和那叫声依然如豹的走狗——山东的风光竟与陕西关中如此相似!这种惊奇使我必然思想,为什么山东能产生孔子呢?那年去新疆,爱上了吃新疆的馕,怀里揣着一块在沙漠上走了一天,遇见一条河水了,蹲下来洗脸,日地将馕抛向河的上游,开始洗脸,洗毕时馕已顺水而至,捡起泡软了的馕就水而吃,那时我歌颂过这种食品,正是吃这种食品产生了包括穆罕默德在内的多少伟人!而山东也是吃大饼的,葱卷大饼,就也产生了孔子这样的圣人吗?古书上也讲,泰山在中原独高,所以生孔子。圣人或许是吃简单的粗糙的食品而出的,但孔子的一部《论语》能治天下,儒家的文化何以又能在这里产生呢?望着这大的平原,我醒悟到平原里皇天后土,它深沉博大,它平坦辽阔,它正规,它也保守而滞板,儒文化是大平原的产物,大平原只能产生儒文化。那么,老庄的哲学呢?就产生于山地和沼泽吧。

在曲阜,我已经无法觅寻到孔子当年真正生活过的环境,如今以孔庙孔府孔林组合的这个城市,看到的是历朝历代皇帝营造起来的孔家的赫然大势。一个文人,身后能达到如此的豪华气派,在整个地球上怕再也没有第二个了。这是文人的骄傲。但看看孔子的身世,他的生前凄凄惶惶的形状,又让我们文人感到了一份心酸。司马迁是这样的,曹雪芹也是这样,文人都是与富贵无缘,都是生前得不到公正的。在济宁,意外地得知,李白竟也是在济宁住过了二十余年啊!遥想在四川参观杜甫草堂,听那里人在说,流离失所的杜甫到成都去拜会他的一位已经做了大官的昔日朋友,门子却怎么也不传禀,好不容易见着了朋友,朋友正宴请上司,只是冷冷地让他先去客栈里住下好了。杜甫蒙受羞辱,就出城到郊外,仰躺在田埂上对天浩叹。尊诗圣的是因为需要诗圣,做诗圣的只能贫困潦倒。我是多么崇拜英雄豪杰呀,但英雄豪杰辈出的时代斯文是扫地的。孔庙里,我并不感兴趣那些大大小小的皇帝为孔子竖立的石碑,独对那面藏书墙钟情,孔老夫子当周之衰则否,属鲁之乱则晦,及秦之暴则废,遇汉之王则兴,乾坤不可以久否,日月不可以久晦,文籍不可以久废啊!

当我立于藏书墙下留影拍照时,我吟诵的是米芾的赞词:"孔子孔子,大哉孔子!孔子以前,既无孔子;孔子以后,更无孔子。孔子孔子,大哉孔子!"出得孔府,回首看府门上的对联,一边有富贵二字,将富字写成"冨",一边有文章二字,将章字写成"童"。据说"冨"字没一点,意在富贵不可封顶,"童"字出头,意在文章可以通天。唏,这只是孔门后代的得意。衍圣公也是一代一代的,这如现在一些文化名人的纪念馆,遗孀或子女大都能当个纪念馆长一样的。做人是不是伟大的人,生前姑且不论,死后能福及子孙后代和国人的就是伟大的人。孔子是这样,秦嬴政是这样,毛泽东也是这样,看着繁荣富裕的曲阜,我就想到了秦兵马俑所在地临潼的热闹。

在孔庙里我睁大眼睛察看圣迹图,中国最早的这组石刻连环画,孔子的相貌并不俊美,头凹脸阔,豁牙露齿。因父亲与一个年龄相差数十岁的女子结婚,他被称为野合所生,身世的不合俗礼和相貌的丑陋,以及生存困窘,造就了千古素王。而秦嬴政呢,竟也是野合所得。有意思的是秦嬴政做了始皇,焚书坑儒,却也能到泰山封禅,他到了这里,不知对孔子做何感想?他登泰山而天降大雨,想没想到过因泰山而有了孔子,也可以说因了孔子而有了泰山,在泰山上他能祀天而求得以武功得天下又以武功能守天下吗?

我在泰山上觅寻我的祖先遇雨而避的山崖和古松,遗憾地没有找到这个景点。听导游的人解说,我的祖先毕竟还是登上了山顶,在那里燃起熊熊大火与天接通,天给了他什么昭示,后人恐怕不可得知,而事实是秦亡后就在泰山之下孔庙孔府孔林如皇宫一样矗起而千万年里香火不绝。孔子就是五岳独尊的泰山吗?泰山就是永远的孔子吗?登泰山者,人多如蚁,而几多人真正配得上登泰山呢?我站在北拱石下向北面的峰头上看,我许下了我的宏愿,如果我有了完成宿命的能力和机会,我就要在那个峰头上造一个大庙的。我抚摸着北拱石,我以为这块石头是高贵的、最坚强的,是一个阳具,是一个拳头,是一个冲天的惊叹号。

古人讲:登泰山而一览众山小。周围的山确实是小的,小的不仅仅是周围的山,也小的是天下。我这时是懂得了当年孔子登山时的心境,也知道了他之所以惶惶如丧家之犬一样到处游说的那一份自信的。

我带回了一块石头,泰山上的石头。过去的皇帝自以为他们是天之骄子,一旦登基了就来泰山封禅的,但有的定都地远,他们可以来泰山祀天,也可以在自家门前筑一个土丘作为泰山来祀,而我只带回一块石头——泰山石是敢当的——泰山就永远属于我,给我拔地通天的信仰了。

进山东的时候,我是带了一批《土门》要参加签名售书活动的,在济宁城里搞了一场,书店的人又动员我能再到曲阜搞一次,我断然拒绝了。孔子门前怎能卖书呢?我带的是《土门》,我要上泰山登天门,奠地了还要祀天啊!我站在山顶的一级石阶上往天边看去,据说孔子当年就站在这儿,能看到苏州城门洞口的人物,可我什么也看不见,我是没有孔子的好眼力,但孔子教育了我放开了眼量,我需要一副好的眼力去看花开花落,看云聚云散,看透尘世的一切。

怀着拜孔子、登泰山的愿望进山东,额外地在济宁参观了武氏祠的汉画像石,多么惊天动地的艺术!数百块的石刻中,令我惊异的是最多的画像竟是孔子见老子图。中国最伟大的会见,历史的瞬间凝固在天地间动人的一幕,年轻的孔子恭敬地站在那里,大袖筒中伸出两只雁头,这是他要送给老子的见面礼。孔子身后是颜回等二十人,四人手捧简册,而子路头有雄鸡,可能是子路生性喜辩爱斗的吧。这次会见,两人具体说了些什么,史料没有详载,民间也甚不传说,而礼仪之邦的芸芸众生却津津乐道,于此不疲,以至于这么多的石刻图案。老子在西,孔子在东,孔子能如此地去见老子,但孔子生前为什么竟不去秦呢?这个问题我站在泰山顶上了还在追问自己,仍是究竟不出,孔子在说登泰山而赋,我要赋什么呢?我要赋的就只有这一腔疑惑和惆怅了。

我有了个狮子军

我体弱多病,打不过人,也挨不起打,所以从来不敢在外动粗,口又笨,与人有说辞,一急就前言不搭后语,常常是回到家了,才想起一句完全可以噎住他的话来。我恨死了我的窝囊。我很羡慕韩信年轻时的样子,佩剑行街,但我佩剑已不现实,满街的警察,容易被认作行劫嫌疑。只有在屋里看电视里的拳击比赛。我的一个朋友在他青春蓬勃的时候,写了一首诗:"我提着枪,跑遍了这座城市,挨家挨户寻找我的新娘。"他这种勇气我没有。人心里都住着一个魔鬼,别人的魔鬼,要么被女人征服,要么就光天化日地出去伤害,我的魔鬼是汉罐上的颜色,出土就气化了。

一日在屋间画虎,画了很多虎,希望虎气上身,陕北就来了一位拜访我的老乡,他说,与其画虎不如弄个石狮子,他还说,陕北人都用石狮子守护的,陕北人就强悍。过了不久,他果然给我带来了一个石狮子。但他给我带的是一种炕狮,茶壶那般大,青石的,据说雕凿于宋代。这位老乡给我介绍了这种炕狮的功能,一个孩子要有一个炕狮,一个炕狮就是一个孩子的魂,四岁之前这炕狮是不离孩子的,一条红绳儿一头拴住炕狮,一头系在孩子身上,孩子在炕上翻滚,有炕狮拖着,掉不下炕去,长大了邪鬼不侵,刀枪不入,能踢能咬,敢作敢为。这个炕狮我没有放在床上,而是置于案头,日日用手摩挲。我不知道这个炕狮曾经守护过谁,现在它跟着我了,我叫它:来劲。来劲的身子一半是脑袋,脑袋的一半是眼睛,威风又调皮。

古董市场上有一批小贩,常年走动于书画家的家里以古董换字画,这些人也到我家来,他们太精明,我不愿意和他们纠缠。他们还是来,我说:你要不走,我让来劲咬你!他们竟说:你喜欢石狮子呀?我们给你送些来!十天后果真抬来了一麻袋的石狮子。送来的石狮子当然还是炕狮,造型各异,我倒暗暗高兴,萌动了我得有个狮群,便给他们许多字画,便让他们继续去陕北乡下收集。我只说收集炕狮是很艰难的事情,不料十天半月他们就抬来一麻袋,十天半月又抬来一麻袋,而且我这么一收,许多书画家也收集,不光陕北的炕狮被收集,关中的小门狮也被收集,石狮收集竟热了一阵风,价钱也一涨再涨,断堆儿平均是一个四五百元,单个儿品相好的两千三千不让价。

我差不多有了一千个石狮子。已经不是群,可以称作军。它们在陕北、关中的乡下是散兵游勇,我收编它们,按大小形状组队,一部分在大门过道,一部分在后门阳台,每个小房门前列成方阵,剩余的整整齐齐护卫着我的书桌前后左右。世上的木头石头或者泥土铜铁,一旦成器,都是有了灵魂。这些狮子在我家里,它们是不安分的,我能想象我不在家的时候,它们打斗嬉闹,会把墙上的那块钟撞掉,嫌钟在算计我。它们打碎了酒瓶,一定是认为瓶子是装酒的,但瓶子却常常自醉了。闹吧,屋子里闹翻了天,贼是闻声不敢来的,鬼顺着墙根往过溜,溜到门前打个趔趄就走了。我要回来了,在门外咳嗽一下,屋里就全然安静了,我一进去,它们各就各位低眉垂手,阳台上有了窃窃私语,我说:谁在喧哗?顿时寂然。我说:"嗨!"四下立即应声如雷。我成了强人,我有了威风,我是秦始皇。

秦始皇骑虎游八极,我指挥我的狮军征东去,北伐去,兵来将挡,遇土水淹,所向披靡,一吐恶气。往日诽谤我、羞辱我的人把他绑来吧,但我不杀他,让我劲去摸他的脸蛋,我知道他是投机主义者,他会痛哭流涕,会骂自己是猪屎。从此,我再不吟诵忧伤的诗句:"每一粒沙子都是一颗渴死的水。"再不生病了拿自己的泪水喝药。我要想谁了,桌上就出现一枝玫瑰。楼再高不妨碍云向西飞,端一盘水就可收月。书是我的古先生,花是我的女侍者。

到了这年的冬天,我哪儿都敢去了,也敢对一些人一些事说不,我周围的人说:你说话这么口重?我说:手痒得很,还想打人哩!他们不明白我这是怎么啦。他们当然不知道我有了狮军。有了狮军,我虽手无缚鸡之力,却有了翻江倒海之想。这么张狂了一个冬季,但是到了年终,我安然了。安然是因为我遇见大狮。

我的一个朋友,他从关中收购了一个石狮,有半人多高,四百余斤。大的石狮我是见得多了,都太大,不宜居住楼房的我收藏,而且凡大的石狮都是专业工匠所凿,千篇一律的威严和细致,它不符合我的审美。我朋友的这个狮子绝对是民间味,狮子的头极大,可能是不会雕凿狮子的面部,竟然成了人的模样,正好有了埃及金字塔前的蹲狮的味道。我一去朋友家,一眼看到了它,我就知道我的那些狮子是乌合之众了。我开始艰难地和朋友谈判,最终以重金购回。当六人抬着大狮置于家中,大狮和狮群是那样的协调,使你不得不想到狮群在一直等待着大狮,大狮一直在寻找着狮群。我举办了隆重的拜将仪式,拜大狮为狮军大将军。

有了大将军统领狮军,说不来的一种感觉,我竟然内心踏实,没了燥气,是很少给人夸耀我家里的狮子了。我似乎又恢复了我以前的生活,穿臃臃肿肿的衣服,低头走路。每日从家里提了饭盒到工作室,晚上回来。来人了就陪人说话,人走了就读书写作。不搅和是非,不起风波。我依然体弱多病,讷言笨舌,别人倒说"大人小心",我依然伏低伏小,别人倒说"圣贤庸行"。出了门碰着我那个邻居的孩子,他曾经抱他家的狗把屎拉在我家门口,我叫住他,他跑不及,站住了,他以为我要骂他揍他,惊恐地盯着我,我拍了拍他的头,说:你这小子,你该理理发了。他竟哭了。

在女儿婚礼上的讲话

我二十七岁有了女儿,多少个艰辛和忙乱的日子里,总盼望着孩子长大,她就是长不大,但突然间她长大了,有了漂亮、有了健康、有了知识,今天又做了幸福的新娘!我的前半生,写下了百十余部作品,而让我最温暖的也最牵肠挂肚和最有压力的作品就是贾浅。她诞生于爱,成长于爱中,是我的淘气,是我的贴心小棉袄,也是我的朋友。我没有男孩,一直把她当男孩看,贾氏家族也一直把她当作希望之花。我是从困苦境域里一步步走过来的,我发誓不让我的孩子像我过去那样的贫穷和坎坷,但要在"长安居大不易",我要求她自强不息,又必须善良、宽容。二十多年里,我或许对她粗暴呵斥,或许对她无为而治,贾浅无疑是做到了这一点。当年我的父亲为我而欣慰过,今天,贾浅也让我有了做父亲的欣慰。因此,我祝福我的孩子,也感谢我的孩子。

女大当嫁,这几年里,随着孩子的年龄增长,我和她的母亲对孩子越发感情复杂,一方面是她将要离开我们,一方面是迎接她的又是怎样的一个未来?我们祈祷着她能受到爱神的光顾,觅寻到她的意中人,获得她应该有的幸福。终于,在今天,她寻到了,也是我们把她交给了一个优秀的俊朗的贾少龙！我们两家大人都是从乡下来到城里,虽然一个原籍在陕北,一个原籍在陕南,偏偏都姓贾,这就是神的旨意,是天定的良缘。两个孩子生活在富裕的年代,但他们没有染上浮华习气,成长于社会转型时期,他们依然纯真清明,他们是阳光的、进步的青年,他们的结合,以后的日子会快乐、灿烂！在这庄严而热烈的婚礼上,作为父母,我们向两个孩子说三句话。第一句,是一副对联:一等人忠臣孝子,两件事读书耕田。做对国家有用的人,做对家庭有责任的人。好读书能受用一生,认真工作就一辈子有饭吃。第二句话,仍是一句老话:"浴不必江海,要之去垢;马不必骐骥,要之善走。"做普通人,干正经事,可以爱小零钱,但必须有大胸怀。第三句话,还是老话:"心系一处。"在往后的岁月里,要创造、培养、磨合、建设、维护、完善你们自己的婚姻。今天,我万分感激着爱神的来临,它在天空星界,江河大地,也在这大厅里,我祈求着它永远地关照着两个孩子！我也万分感激着从四面八方赶来参加婚礼的各行各业的亲戚朋友,在十几年几十年的岁月中,你们曾经关注、支持、帮助过我的写作、身体和生活,你们是我最尊重和铭记的人,我也希望你们在以后的岁月里关照、爱护、提携两个孩子,我拜托大家,向大家鞠躬！

从棣花到西安

秦岭的南边有棣花,秦岭的北边是西安,路在秦岭上约三百里。世上的大虫是老虎,长虫是蛇,人实在是走虫。几十年里,我在棣花和西安生活着,也写作着,这条路就反复往返。

父亲告诉过我,他十多岁去西安求学,是步行的,得走七天,一路上随处都能看见破坏的草鞋。他原以为三伏天了,石头烫得要咬手,后来才知道三九天的石头也咬手,不敢摸,一摸皮就粘上了。到我去西安上学的时候,有了公路,一个县可以每天通一趟班车,买票却十分困难,要头一天从棣花赶去县城,成夜在车站排队购买。班车的窗子玻璃从来没有完整过,夏天里还能受,冬天里风刮进来,无数的刀子在空中舞,把火车头帽子的两个帽耳拉下来系好,哈出的气就变成霜,帽檐是白的,眉毛也是白的。时速至多是四十里吧,吭吭哧哧在盘山路上摇晃,头就发昏。不一会儿有人晕车,前边的人趴在窗口呕吐,风把脏物又吹到后边窗里,前后便开始叫骂。司机吼一声:甭出声!大家明白夫和妻是荣辱关系,乘客和司机却是生死关系,出声会影响司机的,立即全不说话。路太窄太陡了,冰又瓷溜溜的,车要数次停下来,不是需要挂防滑链,就是出了故障,司机爬到车底下,仰面躺着,露出两条腿来。到了秦岭主峰下,那个地方叫黑龙口,是解手和吃饭的固定点。穿着棉袄棉裤的乘客,一直是插萝卜一样挤在一起,要下车就都浑身麻木,必须揉腿。我才扳起一条腿来,旁边人说:那是我的腿。我就说:我那腿呢,我那腿呢?感觉我没了腿。一直挨到天黑,车才能进西安,从车顶上卸下行李了,所有人都在说:嗨,今日顺到!因为常有车在秦岭上翻了,死了的人在沟里冻硬,用不着抬,像掮橼一样掮上来。即使自己坐的车没有翻,前边的车出了事故,或者塌方了,那就得在山里没吃没喝冻一夜。

九十年代初,这条公路改造了,不再是沙土路,铺了柏油,而且很宽,车和车相会没有减减速停下,灯眨一下眼就过去了。过去车少,麦收天沿村庄的公路上,农民都把割下的麦子摊着让碾,狗也跟着撵。改造后的路不准摊麦了,车经过唰的一声,路边的废纸就扇得贴在屋墙上,半会落不下。狼越来越少了,连野兔也没了,车却黑日白日不停息。各个路边的村子都死过人,是望着车还远着,才穿过路一半,车却瞬间过来轧住了。棣花几年里有五个人被轧死,村人说这是祭路哩,大工程都要用人祭哩。以前棣花有两三个司机,在县运输公司开班车,体面荣耀。他们把车停在路边,提了酒和肉回家,那毛领棉大衣不穿,披上,风张着好像要上天,沿途的人见了都给笑脸,问候你回来啦?就有人猫腰跟着,偷声换气地乞求明日能不能掮一个人去省城。可现在,公路上啥车都有,连棣花也有人买了私家车。那一年,我父亲的坟地选在公路边,母亲就说离公路近,太吵吧,风水先生说:这可是好穴哇,坟前讲究要有水,你瞧,公路现在就是一条大河啊!

我每年十几次从西安到棣花,路经蓝关,就可怜了那个韩愈,他当年是"雪拥蓝关马不前"呀,便觉得我很幸福,坐车三个半小时就到了。

过了二〇〇〇年,开始修铁路。棣花人听说过火车,没见过火车。通车的那天,各家在通知着外村的亲戚都来,热闹得像过会。中午时分,铁路西边人山人海,火车刚一过来,一人喊:来了——!所有人就像喊欢迎口号:来了来了!等火车开过去了,一人喊:走了——!所有人又在喊口号:走了走了!但他们不走,还在敲锣打鼓。十天后我回棣花,邻居的一个老汉神秘地给我说:你知道火车过棣花说什么话吗?我说:说什么话?他就学着火车的响声,说:棣花——!不穷!不穷!不穷不穷,不穷不穷!我大笑,他也笑,他嘴里的牙脱落了,装了假牙,假牙床子就笑了出来。

有了火车,我却没有坐火车回过棣花,因为火车开通不久,一条高速路就开始修。那可是八车道的路面呀,洁净得能晾了凉粉。村里人把这条路叫金路,传说着那是一捆子一捆子人民币铺过来的,惊叹着国家咋有这么多钱啊!每到黄昏,村后的铁路上过火车,拉着的货物像一连串的山头在移动,村人有的在唱秦腔,有的在门口咿咿呀呀拉胡琴,火车的鸣笛不是音乐,可一鸣笛把什么声响都淹没了。火车过后,总有三五一伙端着老碗一边吃一边看村前的高速路,过来的车都是白光,过去的车都是红光,两条光就那么相对地奔流。他们遗憾的是高速路不能横穿,而谁家狗好奇,钻过铁丝网进去,竟迷糊得只顺着路跑,很快就被轧死了,一摊肉泥粘在路上。我第一回走高速路回棣花,没有打盹,头还扭来转去看窗外的景色,车就突然停了,司机说:到了。我说:到了?有些不相信,但我弟就站在老家门口,他正给我笑哩。我看看表,竟然仅一个半小时。从此,我更喜欢从西安回棣花了,经常是我给我弟打电话说我回去,我弟问:吃啥呀?我说:面条吧。我弟放下电话开始擀面,擀好面,烧开锅,一碗捞面端上桌了,我正好车停在门口。

在好长时间里,我老认为西安越来越大,像一张大嘴,吞吸着方圆几百里的财富和人才,而乡下,像我的老家棣花,却越来越小。但随着312公路改造后,铁路和高速路的相继修成,城与乡拉近了,它吞吸去了棣花的好多东西,又呼吐了好多东西给棣花,曾经瘦了的棣花慢慢鼓起了肚子。棣花已经成了旅游点,农家乐小饭馆到处都有。小洋楼一幢一幢盖了,有汽车的人家也多了,甚至荒废了十几年的那条老街重新翻建,一间房价由原来的几十元猛增到上万元。以前西安人来,皮鞋印子留在门口,舍不得扫;如今西安打一个喷嚏,棣花人就问:咱是不是感冒啦?他们啥事都知道,啥想法也都有。而我,更勤地从西安到棣花,从棣花到西安,我不再以出生在山里而自卑。车每每经过秦岭,看山峦苍茫,白云弥漫,就要念那首诗:"啊,给我个杠杆吧,我会撬动地球;给我一棵树吧,我能把山川变成绿洲;只要你愿意嫁我,咱们就繁衍一个民族。"

就在上个月,又得到一个消息,还有一条铁路要从西安经过棣花,秋季里动工。

六 棵 树

回了一趟老家,发现村子里又少了几种树。我们村在商丹川道是有名的树园子,大约有四十多种树。自从炸药轰开了这个小盆地西边的牛背梁和东边的烽火台,一条一级公路穿过,再接着一条铁路穿过,又接着修起了一条高速公路,我们村子的地盘就不断地被占用。拆了的老院子还可以重盖,而毁去的树,尤其是那些唯一树种的,便再也没有了,这如同当年我离开村子时那些上辈人使用的那些农具,三十多年里就都消绝了。在巷道口我碰到了一群孩子,我不知道这都是谁家的子孙,问:知道你爷的名字吗?一半回答是知道的,一半回答不知道,再问:知道你老爷的名字吗?几乎都回答不上来。咳,乡下人最讲究的是传承香火,可孩子们却连爷或老爷的名字都不知道了。他们已不晓得村子里的四十多种树只剩下了二十多种,再也见不上枸树、槲树、棠棣、栎、桧、柞、银杏木和白皮松,更没见过纺线车、鞋拔子、捞兜、牛笼嘴、曳绳、连和枷、檐簸子。记得小时候我问过父亲,老虎是什么,熊是什么,黄羊和狐狸是什么,父亲就说不上来,一脸的尴尬和茫然。我害怕以后的孩子会不会只知道村里的动物只是老鼠苍蝇和蚊子,村里的树木只是杨树柳树和榆树?所以,就有了想记录那些在三十年间消绝的花草树木、飞禽走兽、农耕用具的欲望。

现在,我先要记的是六棵树。

皂角树。我们的村子分涧上涧下,这棵皂角树就长在涧沿上。树不是很大,似乎老长不大,斜着往涧外,那细碎的叶子时常就落在涧根的泉里。这眼泉用石板箍成三个池子,最高处的池子是饮水,稍低的池子淘米洗菜,下边的池子洗衣服。我小时候喜欢在泉水里玩,娘在那里洗衣服,倒上些草木灰,揉搓一阵子了,抡着棒槌啪啪地捶打。我先是趴在饮水池边看池底的小虾游来游去,然后仰头看皂角树上的皂角。秋天的皂角还是绿的,若摘下来最容易捣烂了祛衣服上的垢甲,我就恨我的胳膊短,拿了石子往上掷,企图能打中一个下来,但打不中,皂角树下卧着的狗就一阵咬,秃子便端个碗蹴在门口了。

皂角树是属于秃子家的,秃子把皂角树看得很紧。那年月,村人很少有用肥皂的,皂角可以卖钱,五分钱一斤。秃子先是在树根堆了一捆野枣棘,不让人爬上去,但野枣棘很快被谁放火烧了,秃子又在树身上抹屎,臭味在泉边都能闻见,村人一片骂声,秃子才把屎擦了。他在夹皂角的时候,好多人远远站着看,盼望他立脚不稳,从涧上摔下去。他家的狗就从涧上摔下去过,摔成了跛子,而且从此成了亮鞭。亮鞭非常难看,后腿间吊着那个东西。大家都说秃子也是个亮鞭,所以他已经三十四五了,就是没人给他提亲。

秃子四十一岁上,去深山换苞谷,我们那儿产米,二三月就拿了米去深山换苞谷,一斤米能换二斤苞谷,秃子就认识了那里一个寡妇。寡妇有一个娃,寡妇带着娃就来到了他家。那寡妇后来给人说:他哄了我,说顿顿吃米饭哩,一年到头却喝米角粥!

但秃子从此头上一年四季都戴个帽子,村里传出,那寡妇晚上睡觉都不允他卸下帽子,邻居还听到了,寡妇在高潮时就喊:卫东,卫东!村人问过寡妇的儿子:卫东是谁?儿子说是他爹,他爹打猎时火枪炸了,把他爹炸死了。大家就嘲笑秃子,夜夜替卫东干活哩,秃子说:替谁干都行,只要我在干着。

村人先是都不承认寡妇是秃子的媳妇,可那女人大方,摘皂角时看见谁就给谁几个皂角,常常有人在泉里洗衣服,她不言语,站在涧上就扔下两个皂角。秃子为此和女人吵,但女人有了威信,大家叫她的时候,开始说:喂,秃子的媳妇!

秃子的媳妇却害病死了,害的什么病谁也不知道,而秃子常常要到坟上去哭。有一年夏天我回去,晚上一伙人拿了席在麦场上睡,已经是半夜了,听见村后的坡根有哭声,我说:谁哭哩?大家说:秃子又想媳妇了。

又过了两年,我再一次回去,发觉皂角树没了,问村人,村人说:砍了。二婶告诉我,秃子死了媳妇后,和媳妇的那个儿子合不来,儿子出外再没有音讯,秃子一下子衰老了,五十多岁的人看上去有七十岁,他不戴帽子了,头上的疤红得像烧过的柿子,一天夜里就吊死在皂角树上,皂角落得泉边到处都是。这皂角树在涧上,村人来打水或洗衣服就容易想起秃子吊死的样子,便把皂角树砍了。

药树。药树在法性寺后的土崖上,寺殿的大梁上写着清康熙初年重建,药树最少在这里长了三百年。我记事起,法性寺里就没有和尚,是村小学校,铃声在敲那口铁铸的钟,每每钟声悠长,我就感觉是从药树上发出来的。药树特别粗,从土崖上斜着往空中长,树皮一片一片像鳞甲,村人称作龙树。那时候我们那儿还没有发现煤,柴火紧张,大一点的孩子常常爬上树去扳干枯了的枝条,我爬不上去,但夜里一起风,第二天早晨我就往树下跑,希望树上的那个鸟巢能掉下来。鸟巢是可以做几顿饭的。

药树几乎是我们村的象征,人要问:你是哪儿的?我们说:棣花的。问:棣花哪个村?我们说:药树底下的。

我在寺里读了六年书,每天早晨上操听完校长训话,我抬头就看到药树。记得一次校长训话突然就提到了药树,说早年陕南游击队在这一带活动,有个共产党员受伤后在寺里养伤住了三年,新中国成立后当了三年专员,因为寺里风水好,有这棵龙树。校长鼓励我们好好学习,将来也成龙变凤。母亲对我希望很大,大年初一早上总是让我去药树下烧香磕头,她说:你要给我考大学!

但是,我连初中还没有读完,"文化革命"就开始了,辍学务农,那时我十四岁。

我回到村里,法性寺小学也没了师生,驻扎了当地很大的一个造反派的指挥部。我们从此没有安宁过,经常是县城过来的另一个造反派的人来攻打,双方就在盆地东边的烽火台上打了几仗,好像是这个造反派的人赢了,结果势力越来越大。忽然有一天,一声爆炸,以为又武斗了,母亲赶紧关了院门,不让我们出去,巷道里有人喊:不是武斗,是炸药树了!等村人赶到寺后的土崖上,药树果然根部被炸药炸开,树干倒下去压塌了学校的后院墙。原来造反派每日有上百人在那里起灶做饭,没有了柴火,就炸了药树。

村里人都傻了眼,但村里人没办法。到了晚上,传出消息,说造反派砍了药树的枝条,而药树身太粗砍不动也锯不开,正在树上掏洞再用炸药炸,队长就和几位老者去寺里和指挥部的人交涉,希望不要炸树身,结果每家出一百斤柴火把树身保全下来。

树身太大,无法运出寺,就用土掩埋在土崖下,但树的断茬口不停地往出流水,流暗红色的水,把掩埋的土都浸湿了,二爷说那是血水。

村人背地里都在起毒咒:炸药树要报应的!果不其然,三个月后,烽火台又武斗了一场,这个造反派的人死了三个,两个就是在药树下点炸药包的人,而"文革"结束后,清理阶级队伍,两个造反派的武斗总指挥都被枪毙了。

我离开村子的那年,村人把药树挖出来,解成了板,这些板做了桥板就架设在村前的丹江上。

楸树。高达二十米,叶子呈三角形,叶边有锯齿,花冠白色。楸树的木质并不坚实,有点像杨树。这棵树在刘新来家的屋后,但树却属于李书富家。刘新来家和李书富家是隔壁,但李书富家地势高,刘新来家地势低,屋后的阴沟里老是湿津津的,很少有人去过。楸树占的地方狭窄,就顺着涧根往高里长,枝叶高过了涧畔。刘家人丁不旺,几辈单传,到了刘新来手里,他在外地工作,老婆和儿子在家,儿子就患了心脏病,一年四季嘴唇发青。阴阳先生说楸树吸了刘家精气,刘新来要求李书富把楸树伐了,李书富不同意,刘新来说给你二百元钱把树伐了,李书富还是不同意。

刘新来的老婆带了儿子去了刘新来的单位,一去三年没有回来。那时候我和弟弟提了笼子拾柴火,就钻进刘家屋后砍涧壁上的荆棘,也砍过楸树根。楸树根像蛇一样爬在涧壁上,砍一截下来,根就冒白水,很快颜色发黑,稠得像胶。我们隔院门缝往里看,院子里蒿草没了台阶,堂屋的门框上结个大蜘蛛网,如同挂了个筛子。

李书富在秋后打核桃的时候从树上掉下来,把脊梁跌断了,卧床了三年,临死前给老伴说:用楸树解板给我做棺材。他儿子在西安打工,探病回来就伐倒了楸树,伐楸树费老了劲,是一截一截锯断用绳吊着抬出来,解成了板。李书富一死,儿子却没有用楸树板给他爹做棺材,只是将家里一个老式板柜锯了腿,将爹装进去埋了。埋了爹,儿子又进城打工了,李书富的老伴还留在家里,对人说:儿子在城里找了个对象,这些木板留着做结婚家具呀。我也要进城呀,但我必须给他爹过了百天,百天里这些木板也就干了。

百天过后,李书富的儿子果然回来接走了老娘,也拉走了楸木板,也在这一天,刘新来家的堂屋倒坍了。

香椿。村里原来有许多椿树,我家茅坑边就有一棵,但都是臭椿,香椿只有一棵。这一棵长在莲菜池边的独院里,院里住着泥水匠,泥水匠常年在外揽活,他老婆年龄小得多,嫩面俊俏。每年春天,大家从墙外经过,就拿眼盯着看香椿的叶子。

男人们都说香椿好,前院的三婶就骂:不是香椿好,是人家的老婆好!于是她大肆攻击那老婆,说人家走路水上漂是因为泥水匠挣了钱给买了一双白胶底鞋,说人家奶大是衣服里塞了棉花,而且不会生男娃,不会生男娃算什么好女人?

三婶有一个嗜好,爱吃芫荽。她在地里种了案板大片的芫荽,每一顿饭,她掐几片芫荽叶子切碎了搅在饭碗里。我们总闻不惯芫荽的怪气味,还是说香椿好,香椿炒鸡蛋是世上最好的吃食。

社教的时候,村里重新划阶级成分,泥水匠原来的成分是中农,但村人说泥水匠的爹在新中国成立前卖掉了十亩地,他是逮住要解放的风声才卖的地,他应该是漏划的地主,结果泥水匠家就定为地主成分。是地主成分就得抄家,抄家的那天村人几乎都去搬东西,五格子板柜抬到村饲养室给牛装了饲料,八仙桌成了生产队办公室的会议桌。那些盆盆罐罐都被砸了,院子里的花草被踏了。三婶用镰割断了爬满院墙的紫藤蔓,又去割那棵香椿,割不动,拿斧头砍,就把香椿树砍倒了。

从此村里只有臭椿,臭椿老生一种椿虫,逮住了,手上留一股臭味,像狐臭一样难闻。

苦楝树。苦楝树能长得非常高大,但枝叶稀疏,秋天里就结一种果,指头蛋儿大,一兜一兜地在风里摇曳,一直到腊月天还不脱落。

先前村里有过三棵苦楝树。一棵在村口的戏楼旁,戏楼倒坍的时候这树莫名其妙也死了。另一棵在涧上的一块场地上,村长的儿子要盖新院子,村长通融了乡政府,这场地就批给了村长的儿子作庄宅地。而且场地要盖新院子,就得伐了苦楝树,这棵苦楝树产权属于集体,又以最便宜的价处理给了村长的儿子。这事村人意见很大,但也只能背后说说而已。人家用这棵苦楝树做了椽子,新房上梁的时候大家又都去帮忙,拿了礼,燃放鞭炮。

最后的一棵苦楝树在村西头,树下是大青石碾盘。碾盘和石磨称作青龙白虎,村西头地势高,对着南头山岭的一个沟口,碾盘安在那儿是老祖先按风水设计的。碾盘旁边是雷家的院子,住着一个孤寡老人。我写完《怀念狼》那本书后回去过一次,见到那老汉,他给我讲了他爷爷的事。他小时候和他娘睡在上屋,上屋的窗外就是苦楝树和碾盘,夏天里他爷爷就睡在碾盘上,那时狼多,常到村里来吃鸡叼猪,有一夜他听见爷爷在碾盘上说话,掀窗看时,一只狼就卧在碾盘下,狼尾巴很长,直身坐着,用前爪不断地逗弄着他爷爷,他爷爷说:你走,你走,我一身干骨头。狼后来起身就走了。我觉得这个细节很好,遗憾《怀念狼》没用上。

这棵苦楝树是最大的一棵苦楝树,因为在碾盘旁可以遮风挡雨,谁也没想过砍伐它。小时候我们在碾盘上玩抓石子,苦楝蛋儿就时不时掉下来,嘣,一颗掉下来,在碾盘上跳几跳,嘣,又掉下来一颗。述君和我们玩时,一输,就用脚踹苦楝树,他力气大,苦楝蛋儿便下冰雹一样落下来。

苦楝蛋儿很苦,是一味药,邻村的郎中每年要来捡几次。后来苦楝树被人用斧头砍了一次,留下个疤,谁也不知道是谁砍的。不久姓王那家的小女儿突然死了,村里传言那小女儿还不到结婚年龄却怀了孕,她听别人说喝苦楝蛋儿熬出的水可以堕胎,结果把命丢了,于是大家就怀疑是姓王的来砍了树。

一级公路经过我们村北边,高速公路经过的是村前的水田,但高速公路要修一条连接一级公路的辅道,正好经过村西头,孤寡老人的院子就拆了,碾盘早废弃了多年,当然苦楝树也就伐了。老院子给补贴了两万元,碾盘一分钱也没赔,苦楝树赔了三千元,村人家家有份,每户分到一百元。

这次回去,我见到了那个郎中,他已经是老郎中了,再来捡苦楝蛋儿时没有了苦楝树,他给我扬扬手,苦笑着,却一句话都没有说。

痒痒树。这棵痒痒树是我们村独有的一棵痒痒树,也可以说是我们那儿方圆十里内独有的树。树在永娃家的院子里,是他爷爷年轻时去山阳县,从那儿带回来移栽的。树几十年长得有茶缸粗,树梢平过屋檐。树身上也是脱皮,像药树一样,但颜色始终灰白。因为这棵树和别的树不一样,村人凡是到永娃家来,都要用手搔一搔树根,看树梢颤颤巍巍地晃动。

树和人在一起时间长了,不是树影响了人,就是人影响了树。五魁家的院墙塌了一面,他没钱买砖补修,就栽了一排铁匠蛋树。这种树浑身长刺,但一般长刺却是软刺,他性情暴戾,铁匠蛋树长的刺就非常硬,人不能钻进去,猫儿狗儿也钻不进去。痒痒树长在永娃家的院子里,永娃的脾气也变了,竟然见人害羞,而且胆小。当一级公路改造时,原本老路从村后坡根经过,改造后却要向南移,占几十亩耕地,村人就去施工地闹事,永娃也参加了,但那次闹事被公安局来人强行压服,事后又要追究闹事人责任,别人还都没什么,永娃就吓得生病了,病后从此身上生了牛皮癣。他再没穿过短裤短袖,据说每天晚上让老婆用筷子给他刮身子,刮下屑皮就一大把。村人都说这病是痒痒树栽在院子里的缘故,他也成了痒痒树。他的儿子要砍痒痒树,他不同意,说,既然我是人肉痒痒树,你把树一砍,我不也就死了。他儿子也就不敢砍了。

前三年的春上,西安城里来了人,在村里寻着买树,听说了永娃家院子里有痒痒树,就来看了要买。永娃还是不舍得,那伙人就买了村里十二棵紫槐树,三棵桂花树。永娃的儿子后来打听了这是西安一个买树公司,他们专门在乡下买树,然后再卖给城里的房地产开发商,移栽到一些豪华别墅区里,从中谋利。永娃的儿子就寻着那伙人,同意卖痒痒树,说好价钱是一千元,几经讨价还价,最后以五百元成交,但条件是必须由永娃的儿子来挖,方圆带一米的土挖出。永娃的儿子那天将永娃哄说去了他舅家,然后挖树卖了,等永娃回来,院子里一个大深坑,没树了,永娃气得昏了过去。

永娃是那年腊八节去世的。

去年,永娃的儿媳妇患了胆结石来西安做手术,那儿子来看我,我问那棵痒痒树卖给了哪家公司,他说是神绿公司,树又卖给一个尚德别墅区。他爹去世前非要叫他去看看那棵树,他去看了,但树没栽活。

祭　父

父亲贾彦春,一生于乡间教书,退休在丹凤县棣花;年初胃癌复发,七个月后便卧床不起,饥饿疼痛,疼痛饥饿,受罪至第二十七天的傍晚,突然一个微笑而去世了。其时中秋将近,天降大雨,我还远在四百里之外,正预备着翌日赶回。

我并没有想到父亲的最后离去竟这么快。以往家里出什么事,我都有感应,就在他来西安检查病的那天,清早起来我的双目无缘无故地红肿,下午他一来,我立即感到有悲苦之灾了。经检查,癌已转移,半月后送走了父亲,天天心揪成一团,却不断地为他卜卦,卜辞颇吉祥,还疑心他会创造出奇迹,所以接到病危电报,以为这是父亲的意思,要与我交代许多事情。一下班车,看见戴着孝帽接我的堂兄,才知道我回来得太晚了,太晚了。父亲安睡在灵床上,双目紧闭,口里衔着一枚铜钱,他再也没有以往听见我的脚步便从内屋走出来欢喜地对母亲喊:"你平回来了!"也没有我递给他一支烟时,他总是摆摆手而拿起水烟锅的样子,父亲永远不与儿子亲热了。

守坐在灵堂的草铺里,陪父亲度过最后一个长夜。小妹告诉我,父亲饲养的那只猫也死了。父亲在水米不进的那天,猫也开始不吃,十一日中午猫悄然毙命,七个小时后父亲也倒了头。我感动着猫的忠诚,我和我的弟妹都在外工作,晚年的父亲清淡寂寞,猫给过他慰藉,猫也随他去到另一个世界。人生的短促和悲苦,大义上我全明白,面对着父亲我却无法超脱。满院的泥泞里人来往作乱,响器班在吹吹打打,透过灯光我呆呆地望着那一棵梨树,这是父亲亲手栽的,往年果实累累,今年竟独独一个梨子在树顶。

父亲的病是两年前做的手术,我一直对他瞒着病情,每次从云南买药寄给他,总是撕去药包上癌的字样。术后恢复得极好,他每顿已能吃两碗饭,凌晨要喝一壶茶水,坐不住,喜欢快步走路。常常到一些亲戚朋友家去,撩了衣服说:瞧刀口多平整,不要操心,我现在什么病也没有了。看着父亲的豁达样,我暗自为没告诉他病情而宽慰,但偶尔发现他独坐的时候,神色甚是悲苦,竟一次我弄来一本算卦的书,兄妹们都嚷着要查各自的前途机遇,父亲走过来却说:"给我查一下,看我还能活多久?"我的心咯噔一下沉起来,父亲多半是知道了他得的什么病,他只是也不说出来罢了。卦辞的结果,意思是该操劳的都操劳了,待到一切都好。父亲叹息了一声:"我没好福。"我们都黯然无语,他就又笑了一下:"这类书怎能当真?人生谁不是这样呢!"可后来发生的事情,不幸都依这卦辞来了。

先是数年前母亲住院,父亲一个多月在医院伺候,做手术的那天,我和父亲守在手术室外,我紧张得肚子疼,父亲也紧张得肚子疼。母亲病好了,大妹出嫁,小妹高考却不中,原本依父亲的教龄可以将母亲和小妹的户口转为城镇户口,但因前几年一心想为小弟有个工作干,自己硬退休回来,现在小妹就只好窝在乡下了。为了小妹的前途,我写信申请,父亲四处寻人说情,他是干了几十年教师工作,不愿涎着脸给人说那类话,但事情逼着他得跑动,每次都十分为难。他给我说过,他曾鼓很大勇气去找人,但当得知所找的人不在时,竟如释重负,暗自庆幸,虽然明日还得再找,而今天却免去一次受罪了。整整两年有余,小妹的工作有了着落,父亲喜欢得来人就请喝酒,他感激所有帮过忙的人,不论年龄大小皆视为贾家的恩人。但就在这时候,他患了癌症。担惊受怕的半年过去了,手术后身体一天天好起来,这一年春节父亲一定要我和妻子女儿回老家过年,多买了烟酒,好好欢度一番,没想年前两天,我的大妹夫突然出事故亡去。病后的父亲老泪纵横,以前手颤的旧病又复发,三番五次划火柴点不着烟。大妹带着不满一岁的外甥重又回住到我家,沉重的包袱又一次压在父亲的肩上。为了大妹的生活和出路,父亲又开始了比小妹当年就业更艰难的奔波,一次次地碰壁,一夜夜地辗转不眠。我不忍心看着他的劳累,甚至对他发火,他就再一次赶来给我说情况时,故意做出很轻松的样子,又总要说明他还有别的事才进城的。大妹终于可以吃商品粮了,甚至还去外乡做临时工作,父亲实想领大妹一块去乡政府报到,但癌症复发了,终未去成。父亲之所以在动了手术后延续了两年多的生命,他全是为儿女要办完最后一件事,当他办完事了竟不肯多活一月就溘然长逝。

俗话讲,人生的光景几节过,前辈子好了后辈子坏,后辈子好了前辈子坏,可父亲的一生中却没有舒心的日月。在他的幼年,家贫如洗,又常常遭土匪的绑票,三个兄弟先后被绑票过三次,每次都是变卖家产赎回,而年仅七岁的他,也竟在一个傍晚被人背走到几百里外。贾家受尽了屈辱,发誓要供养出一个出头的人,便一心要他读书。父亲提起那段生活,总是感激着三个大伯,说他夜里读书,三个大伯从几十里外扛木头回来,为了第二天再扛到二十里外的集市上卖个好价,成半夜在院中用石槌砸木头的大小截面,那种"咣咣"的响声使他不敢懒散,硬是读完了中学,成为贾家第一个有文化的人。此后的四五十年间,他们兄弟四人亲密无间,二十二口的大家庭一直生活到六十年代,后来虽然分家另住,谁家做一顿好吃的,必是叫齐别的兄弟。我记得父亲在邻县的中学任教时期,一直把三个堂兄带在身边上学,他转到哪儿,就带在哪儿,堂兄在学生宿舍里搭合铺,一个堂兄尿床,父亲就把尿床的堂兄叫去和他一块睡,一夜几次叫醒小便,但常常堂兄还是尿湿了床,害得父亲这头湿了睡那头,那头暖干了睡那头。我那时和娘住在老家,每年里去父亲那儿一次,我的伯父就用箩筐一头挑着我,一头挑着粮食翻山越岭走两天,我至今记得我在摇摇晃晃的箩筐里看夜空的星星,星星总是在移动,让我无法数清。当我参加了工作第一次领到了工资,三十九元钱先给父亲寄去了十元,父亲买了酒便请了三个伯父痛饮,听母亲说那一次父亲是醉了。那年我回去,特意跑了半个城头下一根特大的铝盒装的雪茄,父亲拆开了闻了闻,却还要叫了三个伯父,点燃了一口一口轮流着吸。大伯年龄大,已经下世十多年了,按常理,父亲应该照看着二伯和三伯先走,可谁也没想到,料理父亲丧事的竟是二伯和三伯。在盛殓的那个中午,贾家大小一片哭声,二伯和三伯老泪纵横,瘫坐在椅子上不得起来。

"文化革命"中,家乡连遭三年大旱,生活极度拮据,父亲却被诬陷为历史反革命关进了牛棚。正月十五的下午,母亲炒了家中仅有的一疙瘩肉盛在缸子里,伯父买了四包香烟,让我给父亲送去。我太阳落山时赶到他任教的学校,父亲已经遭人殴打过,造反派硬不让见,我哭着求情,终于在院子里拐角处见到了父亲,他黑瘦得厉害,才问了家里的一些情况,监管人就在一边催时间了。父亲送我走过拐角,却将缸子交给我,说:"肉你拿回去,我把烟留下就是了。"我出了院子的栅栏门,门很高,我只能隔着栅栏缝儿看父亲,我永远忘不了父亲呆呆站在那儿看我的神色。后来,父亲带着一身伤残被开除公职押送回家了。那是个中午,我正在山坡上拔草,听到消息扑回来,父亲已躺在床上,一见我抱了我就说:"我害了我娃了!"放声大哭。父亲是教了半辈子书的人,他胆小,又自尊,他受不了这种打击,回家后半年内不愿出门。但家庭从政治上、经济上一下子沉沦下来,我们常常吃了上顿没有下顿,自留地的苞谷还是嫩的便掰了回来,苞谷颗儿和穗儿一起在碾子上砸了做糊糊吃,麦子不等成熟,就收回用锅炒了上磨。全家唯一的指望是那头猪,但猪总是长一身红绒,眼里出血似的盼它长大了,父亲领着我们兄弟将猪拉到十五里远的镇上去交售,但猪瘦不够标准,收购站拒绝收。听说二十里外的邻县一个镇上标准低,我们决定重新去交,天不明起来,特意给猪喂了最好的食料,使猪肚撑得滚圆,我们却饿着,父亲说:"今日把猪交了,咱父子仨一定去饭馆美美吃一顿!"这话极大地刺激了我和弟弟,赤脚冒雨将猪拉到了镇上。交售猪的队排得很长,眼看着轮到我们了,收购员却喊了一声:"下班了!"关门去吃饭。我们迭声叫苦,没有钱去吃饭,又不能离开,而猪却开始排泄,先是一泡没完没了的尿,再是翘了尾巴要拉,弟弟急了,拿脚直踢猪屁股,但最后还是拉下来,望着那老大的一堆猪粪,我们明白那是多少钱的分量啊。骂猪,又骂收购员,最后就不骂了,因为我和弟弟已经毫无力气了。直等到下午上班,收购员过来在猪的脖子上捏捏,又在猪肚子上踹踹,头也不抬地说:"不够等级,下一个——"父亲首先急了,忙求着说:"按最低等级收了吧。"收购员翻着眼训道:"白给我也不收哩!"已经去验下一头猪了。父亲在那里站了好大一会儿,又过来蹲在猪旁边,他再没有说,手抖着在口袋里掏烟,但没有掏出来,扭头对我们说:"回吧。"父子仨默默地拉猪回来。一路上再没有说肚子饥的话。

在那苦难的两年里,父亲耿耿于怀的是他蒙受的冤屈,几乎过三天五天就要我来写一份翻案材料寄出去。他那时手抖得厉害,小油灯下他讲他的历史,我逐字书写,寄出去的材料十分之九泥牛入海,而父亲总是自信十足。家贫买不起纸,到任何地方一发现纸就眼开,拿回来仔细裁剪,又常常纸色不同,以致后来父子俩谈起翻案材料只说"五色纸"就心照不宣。父亲幼年因家贫害过胃疼,后来愈过,但也在那数年间被野菜和稻糠重新伤了胃,这也便是他恶变胃癌的根因。当父亲终于冤案昭雪后,星期六的下午他总要在口袋装上学校的午餐,或许是一片烙饼,或是四个小素包子,我和弟弟便会分别拿了躲到某一处吃得最后连手也舔了,末了还要趴在泉里喝水涮口咽下去。我们不知道那是父亲饿着肚子带回来的,最最盼望每个星期六傍晚太阳落山的时候。有一次父亲看着我们吃完,问:"香不香?"弟弟说:"香,我将来也要当个教师!"父亲笑了笑,别过脸去。我那时稍大,说现在吃了父亲的馍馍,将来长大了一定买最好吃的东西孝敬父亲。父亲退休以后,孩子们都大了,我和弟弟都开始挣钱,父亲也不愁没有馍馍吃,在他六十四岁的生日我买了一盒寿糕,他却直怨我太浪费了。五月初他病加重,我回去看望,带了许多吃食,他却对什么也没了食欲,临走买了数盒蜂王浆,叮咛他服完后继续买,钱我会寄给他的,但在他去世后第五天,村上一个人和我谈起来,说是父亲服完了那些蜂王浆后曾去商店打问过蜂王浆的价钱,一听说一盒八元多,他手里捏着钱却又回来了。

父亲当然是普通的百姓,清清贫贫的乡间教师,不可能享那些大人物的富贵,但当我在城里每次住医院,看见老干楼上的那些人长期为小病疗养而坐在铺有红地毯的活动室中玩麻将,我就不由得想到我的父亲。

在贾家族里,父亲是文化人,德望很高,以至大家分为小家,小家再分为小家,甚至村里别姓人家,大到红白喜丧之事,小到婆媳兄妹纠纷,都要找父亲去解决。父亲乐意去主持公道,却脾气急躁,往往自己也要生许多闷气。时间长了,他有了一定的权威,多少也有了以"势"来压的味道,他可以说别人不敢说的话,竟还动手打过一个不孝其父的逆子的耳光,这少不得就得罪了一些人。为这事我曾埋怨他,为别人的事何必那么认真,父亲却火了,说道:"我半个眼窝也见不得那些龌龊事!"父亲忠厚而严厉,胆小却疾恶如仇,他以此建立了他的人品和德行,也以此使他吃了许多苦头,受了许多难处。当他活着的时候,这个家庭和这个村子的百多户人家已习惯了父亲的好处,似乎并不觉得什么,而听到他去世的消息,猛然间都感到了他存在的重要。我守坐在灵堂里,看着多少人来放声大哭,听着他们哭诉:"你走了,有什么事我给谁说呀?!"的话,我欣慰着我的父亲低微却崇高,平凡而伟大。

在我小小的时候,我是害怕父亲的,他对我的严厉使我产生惧怕,和他单独在一起,我说不出一句话,极力想赶快逃脱。我恋爱的那阵,我的意见与父亲不一致,那年月政治的味道特浓,他害怕女方的家庭成分影响了我,他骂我,打我,吼过我"滚"。在他的一生中,我什么都听从他,惟那件事使他伤透了心。但随着时代的变化,家庭出身已不再影响到个人的前途,但我妻子并未记恨他,像女儿一样孝敬他,他又反过来说我眼光比他准,逢人夸说儿媳的好处,在最后的几年里每年都喜欢来城中我的小家中住一个时期。但我在他面前,似乎一直长不大,直到我的孩子已经上小学了,一次他来城里,见面递给我一支烟来吸,我才知道我成熟了,有什么可以直接同他商量。父亲是一个普通的乡村教师,又受家庭生计所累,他没有高官显禄的三朋,也没有身缠万贯的四友,对于我成为作家,社会上开始有些虚名后,他曾是得意和自豪过。他交识的同行和相好免不了向他恭贺,当然少不了向他讨酒喝,父亲在这时候是极其的慷慨,身上有多少钱就掏多少钱,喝就喝个酩酊大醉。以致后来,有人在哪里看见我发表了文章,就拿着去见父亲索酒。他的酒量很大,原因一是"文革"中心情不好借酒消愁,二是后来为我的创作以酒得意,喝酒喝上了瘾,在很长的日子里天天都要喝的,但从不一人独喝,总是吆喝许多人聚家痛饮,又一定要母亲尽一切力量弄些好的饭菜招待。母亲曾经抱怨:家里的好吃好喝全让外人享用了!我也为此生过他的气,以我拒绝喝酒来抗议,父亲真有一段时间也不喝酒了。一九八二年的春天,我因一部小说受到报刊的批评,压力很大,但并未透露一丝消息给他。他听人说了,专程赶三十里到县城去翻报纸,熬煎得几个晚上睡不着。我母亲没文化,不懂得写文章的事,父亲给她说的时候,她困得不时打盹,父亲竟生气得骂母亲。第二天搭车到城里见我,我的一些朋友恰在我那儿谈论外界的批评文章,我怕父亲听见,让他在另一间房内休息,等来客一走,他竟出来说:"你不要瞒我,事情我全知道了。没事不要寻事,有了事就不要怕事。你还年轻,要吸取经验教训,路长着哩!"说着又反身去取了他带来的一瓶酒,说:"来,咱父子都喝喝酒。"他先倒了一杯喝了,对我笑笑,就把杯子给我。他笑得很苦,我忍不住眼睛红了。这一次我们父子都重新开戒,差不多喝了一瓶。

自那以后,父亲又喝开酒了,但他从没有喝过什么名酒。两年半前我用稿费为他买了一瓶茅台,正要托人捎回去,他却来检查病了,竟发现患的是胃癌。手术后,我说:"这酒你不能喝了,我留下来,等你将来病好了再喝。"我心里知道,父亲怕是再也喝不成了,如果到了最后不行的时候,一定让他喝一口。在父亲生命将息的第十天,我妻子陪送老人回老家,我让把酒带上。但当我回去后,父亲已经去世了,酒还原封未动。妻说:父亲回来后,汤水已经不能进,就是让喝酒,一定腹内烧得难受,为了减少没必要的痛苦,才没有给父亲喝。盛殓时,我流着泪把那瓶茅台放在棺内,让我的父亲在另一个世界上再喝吧。如今,我的文章还在不断地发表出版,我再也享受不到那一份特殊的祝贺了。

父亲只活了六十六岁,他把年老体弱的母亲留给我们,他把两个尚未成家的小妹留给我们,他把家庭的重担留给了从未担过沉的长子的我。对于父亲的离去,我们悲痛欲绝,对于离去我们,父亲更是不忍。当检查得知癌细胞已广泛转移毫无医治可能的结论时,我为了稳住父亲的情绪,还总是接二连三地请一些医生来给他治疗,事先给医生说好一定要表现出检查认真,多说宽心话。我知道他们所开的药全都是无济于事的,但父亲要服只得让他服,当然是症状不减,且一日不济一日,他说:"平呀,现在咋办呢?"我能有什么办法呀,父亲。眼泪从我肚子里流走了,脸上还得安静,说:"你年纪大了,只要心放宽静养,病会好的。"说罢就不敢看他,赶忙借故别的事走到另一个房间去抹眼泪。后来他预感到自己不行了,却还是让扶起来将那苦涩的药面一大勺一大勺地吞在口里,强行咽下,但他躺下时已泪流满面,一边用手擦着一边说:"你妈一辈子太苦,为了养活你们,舍不得吃,舍不得穿,到现在还是这样。我只说她要比我先走了,我会把她照看得好好的……往后就靠你们了。还有你两个妹妹……"母亲第一个哭起来,接着全家大哭,这是我们唯有的一次当着父亲的面痛哭。我真担心这一哭会使父亲明白一切而加重他的负担,但父亲反倒劝慰我们,他照常要服药,说他还要等着早已订好的国庆节给小妹结婚的那一天,还叮咛他来城前已给菜地的红萝卜浇了水,菜苗一定长得茂密,需要间一间。就在他去世的前五天,他还要求母亲去抓了两服中草药熬着喝。父亲是极不甘心地离开了我们,他一直是在悲苦和疼痛中挣扎,我那时真希望他是个哲学家或是个基督教徒,能透悟人生,能将死自认为一种解脱,但父亲是位实实在在的为生活所累了一生的平民,他的清醒的痛苦的逝去使我心灵不得安宁。当得知他在最后一刻终于绽出一个微笑,我的心多多少少安妥了一些。可以告慰父亲的是,母亲在悲苦中总算挺了过来。我们兄妹都一下子更加成熟,什么事都处理得很好。小妹的婚事原准备推迟,但为了父亲灵魂的安息,如期举办,且办得十分圆满。这个家庭没有了父亲并没有散落,为了父亲,我们都努力地活着。

　　按照乡间风俗,在父亲下葬之后,我们兄妹接连数天的黄昏去坟上烧纸和燃火,名曰:"打怕怕",为的是不让父亲一人在山坡上孤单害怕。冥纸和麦草燃起,灰屑如黑色的蝴蝶漫天飞舞,我们给父亲说着话,让他安息,说在这面黄土坡上有我的爷爷奶奶,有我的大伯,有我村更多的长辈,父亲是不会孤单的,也不必感到孤单;这面黄土坡离他修建的那一院房子并不远,他还是极容易来家中看看,而我们更是永远忘不了他,会时常来探望他的。

写给母亲

人活着的,只是事情多,不计较白天和黑夜。人一旦死了日子就堆起来;算一算,再有二十天,我妈三周年了。

三年里,我一直有个奇怪的想法,就是觉得我妈没有死,而且还觉得我妈自己也不以为她就死了。常说人死如睡,可睡的人是知道要睡去,睡在了床上,却并不知道在什么时候睡着的呀。我妈跟我在西安生活了十四年。大病后医生认定她的各个器官已衰竭,我送她回棣花老家维持治疗。每日在老家挂液体,她也清楚每一瓶液体完了,儿女们会换上另一瓶液体,所以便放心地闭了眼躺着。到了第三天的晚上,她闭着的眼再没有睁开。但她肯定还是认为她在挂液体了,没有意识到从此再不醒来。她躺下时,还让我妹把给她擦脸的毛巾洗一洗,梳子放在了枕边,系在裤带上的钥匙没有解,也没有交代任何后事啊。

三年以前我每打喷嚏,总要说一句:这是谁想我呀?我妈爱说笑,就接茬说:谁想哩,妈想哩!这三年里,我的喷嚏尤其多,往往错过吃饭时间,熬夜太久,就要打喷嚏。喷嚏一打,便想到我妈了,认定是我妈还在牵挂我哩。我妈在牵挂着我,她并不以为她已经死了。我更是觉得我妈还在,尤其我一个人静静地待在家里,这种感觉就十分强烈。我常在写作时,突然能听到我妈在叫我。叫得很真切,一听到叫声我便习惯地朝右边扭过头去。从前我妈坐在右边那个房间的床头上,我一伏案写作,她就不再走动,也不出声,却要一眼一眼看着我。看得时间久了,她要叫我一声,然后说:世上的字你能写完吗,出去转转么。现在,每听到我妈叫我,我就放下笔走进那个房间,心想我妈从棣花来西安了?当然房间里什么也没有,却要立上半天,自言自语,妈是来了又出门,去街上给我买青辣子和萝卜。或许,她在逗我,故意藏到挂在墙上的她那张照片里,我便给照片前的香炉里上香,要说上一句:我不累。

整整三年了,我给别人写过了十多篇文章,却始终没给我妈写过一个字。因为所有的母亲,儿女们都认为是伟大又善良,我不愿意重复这些词语。我妈是一位普通的妇女,缠过脚,没有文化,户籍还在乡下,但我妈对于我是那样的重要。已经很长时间了,虽然再不为她的病而提心吊胆了,可我出远门,再没有人啰啰唆唆地叮嘱着这样叮嘱着那样,我有了好吃的好喝的,也不知道该送给谁去。

在西安的家里,我妈住过的那个房间,我没有动一件家具,一切摆设还原模原样,而我再没有看见过我妈的身影,我一次又一次难受着,给自己说,我妈没有死,她是住回乡下老家了。今年的夏天太湿太热,每晚被湿热醒来,恍惚里还想着该给我妈的房间换个新空调了。待清醒过来,又宽慰着我妈在乡下的新住处里,应该是清凉的吧。

三周年的日子一天天临近。乡下的风俗是要办一场仪式的,我准备着香烛花果,回一趟棣花了。但一回棣花,就要去坟上,现实告诉着我妈是死了。我在地上,她在地下,阴阳两隔,母子再也难以相见,顿时热泪肆流,长声哭泣啊。

游寺耳记

甲子岁深秋,吾搭车往洛南寺耳,但见山回路转,湾湾有奇崖,崖头必长怪树,皆绿叶白身,横空繁衍,似龙腾跃。奇崖怪树之下,则居有人家,屋山墙高耸,檐面陡峭,有秀目皓齿妙龄女子出入。逆清流上数十里,两岸青峰相挤,电杆平撑,似要随时做缝合状。再深入,梢林莽莽,野菊花开花落,云雾忽聚忽散,樵夫伐木,叮叮声如天降,遥闻寒暄,不知何语,但一团嗡嗡,此谷静之缘故也。到寺耳镇,几簇屋舍,一条石板小街,店家门皆反向而开,入室安桌置椅,后门则为前庭,沿高阶而下。偌大院子,一畦鲜菜,篱笆上生满木耳,吾落座喝酒,杯未接唇则醉也。饭毕,付钱一元四角,主人惊讶,言只能收二角。吾曰:清静值一角,山明值一角,水秀值一角,空气新鲜值八角,余下一角,买得吾之高兴也。

松　云　寺

商州杨斜有一个寺,很小,就二百平方米的一个院子,也只住着一个和尚。和尚在每年的三月底或四月初,清早起来,要拿扫帚扫院里的花絮,花絮颜色深黄,像撒了一地金子。

这是松花。

一棵孤松,在院子西边,一搂多粗的腰,皮裂着如同鳞甲,能一片一片揭下来。树高到一丈多,股干就平着长,先是向东北方向发展,已经快挨着院墙了,又回转往西南方向伸张,并且不断曲折,生出枝节,每一枝节处都呈Z字状,整个院子的上空就被罩严了。

松树真的像条龙。

应该起名松龙寺吧,却叫松云寺。叫松云寺好,因为松已是龙,则需云从,云起龙升,取的是腾达之意哈。

但寺院实在太小,松的股枝往复盘旋,似藤萝架一般,塞满了院子,倒感叹这松不是因寺而栽,是寺因松而建,寺的三面围墙竟将龙的腾达限制了。

二〇一〇年九月五日,我从商州城去寺里,去时倾盆大雨,到了却雨住天晴,见松枝苍翠,从院墙头扑搭了许多,而门楼高脊翘角,使其受阻。我建议寺紧临大路,既然院墙不可能推倒,不妨砸掉门楼脊角,让松能平行着伸长出来。所幸和尚和乡政府干部都同意,并保证半月内完成,我才蔚然离开。离开时,雨又开始下,一直下到天黑。

当晚还住在商州,半夜做了一梦。梦见飞龙在天,醒来睁眼的一瞬间,竟然恍惚看到周围有一通碑子,有扫松花的扫帚,有和尚吃茶的石桌。很是惊奇,难道梦境在人睡着的时候是具现的?疑疑惑惑就直坐到天明。

天　气

有一日,陈传席先生从北京来,正是西安下过一场雨,两人就说到天气,突然地醒悟了:天气就是天意。

我们常说天地,天是什么呀？天不就是天气吗？地是什么呀？地不就是土壤吗？想想,人类的产生,种族的形成,以及文化、政治、经济、军事的区别,没有不是天气和土壤决定了的。又想想,天不再成就明朝,就大旱三年,遍地赤土,民不聊生,李自成就造反了。天还要成就孔明,东风刮来,草船借箭,火烧连环,曹军就灰飞烟灭了。

过去年代里有过一些神人,之所以神,就是知道什么时候下雨什么时候有雾,那仅仅了解了些天气。现在神人几乎没有了,因为有了气象部门。中央电视台最好的栏目已经是天气预报,天气预报成了人们每天最大的关注。

天气可以预报了,但也只是预报,不能掌控。掌控这个世界的永远是天气,天气就是上帝,是神,我们在天气下或生或死,或富或穷,或幸福或苦难,过程着我们的命运。

这么说来,天之骄子怎么是皇帝呢,应该是探测和预告天气的人,可能也包括了我和陈传席吧,知道了天气是天意。

跪下来给天气祷告啊,我们顺从着天气,让天气赐给我们好的命运!

丑　石

我常常遗憾我家门前的那块丑石呢:它黑黝黝地卧在那里,牛似的模样;谁也不知道是什么时候留在这里的,谁也不去理会它。只是麦收时节,门前摊了麦子,奶奶总是要说:这块丑石,多碍地面哟,多时把它搬走吧。

于是,伯父家盖房,想以它垒山墙,但苦于它极不规则,没棱角儿,也没平面儿;用錾破开吧,又懒得花那么大气力,因为河滩并不甚远,随便去掮一块回来,哪一块也比它强。房盖起来,压铺台阶,伯父也没有看上它。有一年,来了一个石匠,为我家洗一台石磨,奶奶又说:用这块丑石吧,省得从远处搬动。石匠看了看,摇着头,嫌它石质太细,也不采用。

它不像汉白玉那样的细腻,可以凿下刻字雕花,也不像大青石那样的光滑,可以供来浣纱捶布;它静静地卧在那里,院边的槐荫没有庇覆它,花儿也不再在它身边生长。荒草便繁衍出来,枝蔓上下,慢慢地,竟锈上了绿苔、黑斑。我们这些做孩子的,也讨厌起它来,曾合伙要搬走它,但力气又不足;虽时时咒骂它,嫌弃它,也无可奈何,只好任它留在那里去了。

稍稍能安慰我们的,是在那石上有一个不大不小的坑洼儿,雨天就盛满了水。常常雨过三天了,地上已经干燥,那石凹里水儿还有,鸡儿便去那里渴饮。每每到了十五的夜晚,我们盼着满月出来,就爬到其上,翘望天边;奶奶总是要骂的,害怕我们摔下来。果然那一次就摔了下来,磕破了我的膝盖呢。

人都骂它是丑石,它真是丑得不能再丑的丑石了。

终有一日,村子里来了一个天文学家。他在我家门前路过,突然发现了这块石头,眼光立即就拉直了。他再没有走去,就住了下来;以后又来了好些人,说这是一块陨石,从天上落下来已经有二三百年了,是一件了不起的东西。不久便来了车,小心翼翼地将它运走了。

这使我们都很惊奇!这又怪又丑的石头,原来是天上的呢!它补过天,在天上发过热,闪过光,我们的先祖或许仰望过它,它给了他们光明、向往、憧憬;而它落下来了,在污土里、荒草里,一躺就是几百年了?

奶奶说:"真看不出!它那么不一般,却怎么连墙也垒不成,台阶也垒不成呢?"

"它是太丑了。"天文学家说。

"真的,是太丑了。"

"可这正是它的美!"天文学家说,"它是以丑为美的。"

"以丑为美?"

"是的,丑到极处,便是美到极处。正因为它不是一般的顽石,当然不能去做墙,做台阶,不能去雕刻、捶布。它不是做这些小玩意儿的,所以常常就遭到一般世俗的讥讽。"

奶奶脸红了,我也脸红了。

我感到自己的可耻,也感到了丑石的伟大;我甚至怨恨它这么多年竟会默默地忍受着这一切?而我又立即深深地感到它那种不屈于误解、寂寞的生存的伟大。

《秦腔》后记

在陕西东南,沿着丹江往下走,到了丹凤县和商县(现在商洛专区改制为商洛市,商县为商州区)交界的地方有个叫棣花街的村镇,那就是我的故乡。我出生在那里,并一直长到了十九岁。丹江从秦岭发源,在高山峻岭中突围去的汉江,沿途冲积形成了六七个盆地,棣花街属于较小的盆地,却最完备盆地的特点:四山环抱,水田纵横,产五谷杂粮,生长芦苇和莲藕。村镇前是笔架山,村镇中有木板门面老街,高高的台阶,大的场子,分布着塔、寺院、钟楼、魁星阁和戏楼。村镇人一直把街道叫官路,官路曾经是古长安通往东南的唯一要道,走过了多少商贾、军队和文人骚客,现还保留着骡马帮会会馆的遗址,流传着秦王鼓乐和李自成的闯王拳法。如果往江南岸的峭崖上看,能看到当年兵荒匪乱的石窟,据说如今石窟里还有干尸,一近傍晚,成群的蝙蝠飞出来,棣花街就麻碴碴地黑了。让村镇人夸夸其谈的是祖宗们接待过李白、杜甫、王维、韩愈一些人物,他们在街上住宿过,写过许多诗词。我十九岁以前,没有走出过棣花街方圆三十里,穿草鞋,留着个盖盖头,除了上学,时常背了碾成的米去南北二山去多换人家的苞谷和土豆,他们问:"哪里的?"我说:"棣花街的!"他们就不敢在秤上捣鬼。那时候这里的自然风景和人文景观依然在商洛专区著名,常有穿了皮鞋的城里人从312国道上下来,在老街上参观和照相。但老虎不吃人,声名在外,棣花街人多地少,日子是极度的贫困。那个春上,河堤上的柳树和槐树刚一生芽,就全被捋光了,泉池里石头压着的是一筐一筐煮过的树叶,在水里泡着拔涩。我和弟弟帮母亲把炒过的干苕蔓在碾子上砸,罗出面儿了便迫不及待地往口里塞,晚上稀粪就顺了裤腿流。我家隔壁的厦子屋里,住着一个李姓的老头,他一辈子编草鞋,一双草鞋三分钱,临死最大的愿望是能吃上一碗苞谷糁糊汤,就是没吃上,队长为他盖棺,说:"别变成饿死鬼。"塞在他怀里的仍是一颗熟红苕。全村镇没有一个胖子,人人脖子细长,一开会,大场子上黑乎乎一片,都是清一色的土皂衣裤。就在这一群人里谁能想到有那么多的能人呢:宽仁善制木。本旺能泥塑。东街李家兄弟精通胡琴,夜夜在门前的榆树下拉奏。中街的冬生爱唱秦腔,吃了上顿没下顿的,老婆都跟人去讨饭了,他仍在屋里唱,唱着旦角。五林叔一下雨就让我们一伙孩子给他剥玉米棒子或推石磨,然后他盘腿搭手坐在那里说《封神演义》,有人对照了书本,竟和书本上一字不差。生平在偷偷地读《易经》,他最后成了阴阳先生。百庆学绘画,拿锅黑当墨,在墙上可以画出二十四孝图。刘新春整理鼓谱。刘高富有土木设计上的本事,率领八个弟子修建了几乎全县所有的重要建筑。西街的韩姓和东街的贾姓是棣花街上的人族,韩述绩和贾毛顺的文墨最深,毛笔字写得宽博温润,包揽了全村镇门楼上的题匾。每年从腊月三十到正月十五,棣花街都是唱大戏和闹社火,演员的补贴是每人每次三斤热红苕,戏和社火去县上会演,总能拿了头名奖牌。以至于外地来镇上工作的干部,来时必有人叮咛:到棣花街了千万不敢随便说文写字。再是我离开了故乡生活在了西安,以写作出了名,故乡人并不以为然,甚至有人在棣花街上说起了我,回应的是:像他那样的,这里能拉一车!

就在这样的故乡,我生活了十九年。我在祠堂改做的教室里认得了字。我一直是病包儿,却从来没进过医院,不是喝姜汤捂汗,就是拔火罐或用瓷片割破眉心放血,久久不能治愈的病那都是"撞了鬼",就请神作法。我学会了各种农活,学会了秦腔和写对联、铭锦。我是个农民,善良本分,又自私好强,能出大力,有了苦不对人说。我感激着故乡的水土,它使我如芦苇丛里的萤火虫,夜里自带了一盏小灯,如漫山遍野的棠棣花,鲜艳的颜色是自染的。但是,我又恨故乡,故乡的贫困使我的身体始终没有长开,红苕吃坏了我的胃。我终于在偶尔的机遇中离开了故乡,那曾经在棣花街是一件惊天动地的事情,记得我背着被褥坐在去省城的汽车上,经过秦岭时停车小便,我说:"我把农民皮剥了!"可后来,做起城里人了,我才发现,我的本性依旧是农民,如乌鸡一样,那是乌在了骨头里的。

我必须逢年过节就回故乡,去参加老亲世故的寿辰、婚嫁、丧葬,行门户,吃宴席,我一进村镇的街道,村镇人并不看重我是个作家,只是说:贾家老四的儿子回来了!我得赶紧上前递纸烟。我城里小屋在相当长的年月里都是故乡在省城的办事处,我备了一大摞粗瓷海碗、几副钢丝床,小屋里一来人肯定要吃捞面,腥油拌的辣子,大疙瘩蒜,喝酒就划拳,惹得同楼道的人家怒目而视。所以,棣花街上发生了任何事,比如谁得了孙子,是顺生还是横生,谁又死了,埋完人后的饭是上了一道肉还是两道肉,谁家的媳妇不会过日子,谁家兄弟分家为一个笸篮致成了仇人,我全知道。一九七九年到一九八九年的十年里,故乡的消息总是让我振奋,土地承包了,风调雨顺了,粮食够吃了,来人总是给我带新碾出的米,各种煮锅的豆子,甚至是半扇子猪肉,他们要评价公园里的花木比他们院子里的花木好看,要进戏园子,要我给他们写中堂对联,我还笑着说:棣花街人到底还高贵!那些年是乡亲们最快活的岁月,他们在重新分来的土地上精心侍弄,冬天的月夜下,常常还有人在地里忙活,田堰上放着旱烟匣子和收音机,收音机里声嘶力竭地吼秦腔。我一回去,不是这一家开始盖新房,就是另一家为儿子结婚做家具,或者老年人又在晒他们做好的那些将来要穿的寿衣寿鞋了。农民一生三大事就是给孩子结婚,为老人送终,再造一座房子,这些他们都体体面面地进行着,他们很舒心,都把邓小平的像贴在墙上,给他上香和磕头。我的那些昔日一块套过牛、砍过柴、偷过红苕蔓子和豌豆的伙伴会坐满我家旧院子,我们吃纸烟,喝烧酒,唱秦腔,全晕了头,相互称"哥哥",棣花街人把"哥哥(gē)"发音为"哿哿(guǒ)",热闹得像一窝鸟叫。

对于农村、农民和土地,我们从小接受教育,也从生存体验中,形成了固有的概念,即我们是农业国家,土地供养了我们一切,农民善良和勤劳。但是,长期以来,农村却是最落后的地方,农民是最贫困的人群。当国家实行起改革,社会发生转型,首先从农村开始,它的伟大功绩解决了农民吃饭问题,虽然我们都知道像中国这样的变化没有前史可鉴,一切都充满了生气,一切又都混乱着,人搅着事,事搅着人,只能扑扑腾腾往前拥着走,可农村在解决了农民吃饭问题后,国家的注意力转移到了城市,农村又怎么办呢?农民不仅仅只是吃饱肚子,水里的葫芦压下去了一次就会永远沉在水底吗?就在要进入新的世纪的那一年,我的父亲去世了。父亲的去世使贾氏家族在棣花街的显赫威势开始衰败,而棣花街似乎也度过了它短暂的欣欣向荣岁月。这里没有矿藏,没有工业,有限的土地在极度地发挥了它的潜力后,粮食产量不再提高,而化肥、农药、种子以及各种各样的税费迅速上涨,农村又成了一切社会压力的泄洪池。体制对治理发生了松弛,旧的东西稀里哗啦地没了,像泼去的水,新的东西迟迟没再来,来了也抓不住,四面八方的风方向不定地吹,农民是一群鸡,羽毛翻皱,脚步趔趄,无所适从,他们无法再守住土地,他们一步一步从土地上出走,虽然他们是土命,把树和草拔起来又抖净了根须上的土栽在哪儿都是难活。我仍然是不断地回到我的故乡,但那条国道已经改造了,以更宽的路面横穿了村镇后的塬地,铁路也将修有梯田的牛头岭劈开,听说又开始在河堤内的水田里修高速公路了,盆地就那么小,交通的发达使耕地日益锐减。而老街人家在这些年里十有八九迁居到国道边,他们当然没再盖那种一明两暗的硬梁房,全是水泥预制板搭就的二层楼,冬冷夏热,水泥地面上满是黄泥片,厅间蛮大,摆设的仍是那一个木板柜和三四只土瓮。巷口的一堆妇女抱着孩子,我都不认识,只能以其相貌推测着叫起我还熟悉的他们父亲的名字,果然全部准确,而他们知道了我是谁时,一哇声地叫我"八爷!"(我在我那一辈里排行老八。)我站在老街上,老街几乎要废弃了,门面板有的还在,有的全然腐烂,从塌了一角的檐头到门框脑上亮亮地挂了蛛网,蜘蛛是长腿花纹的大蜘蛛,形象丑陋,使你立即想到那是魔鬼的变种。街面上生满了草,没有老鼠,黑蚊子一抬脚就轰轰响,那间曾经是商店的门面屋前,石砌的台阶上有蛇蜕一半在石缝里一半吊着。张家的老五,当年的劳模,常年披着褂子当村干部的,现在脑中风了,流着哈喇子走过来,他欢喜地望着我笑,给我说话,但我听不清他说些什么。堂兄在告诉我,许民娃的娘糊涂了,在炕上拉屎又把屎抹在墙上。关印还是贪吃,当了支书的他的侄儿家被人在饭里投了毒,他去吃了三大碗,当时就倒在地上死了。后沟里有人吵架,一个说:你张狂啥呀,你把老子×咬了?!那一个把帽子一卸,竟然扑上去就咬×,把×咬下来了。村镇出外打工的几十人,男的一半在铜川下煤窑,在潼关背金矿,一半在省城里拉煤、捡破烂,女的谁知道在外边干什么,她们从来不说,回来都花枝招展。但打工伤亡的不下十个,都是在白木棺材上缚一只白公鸡送了回来,多的赔偿一万元,少的不过两千,又全是为了这些赔偿,婆媳打闹,纠纷不绝。因抢劫坐牢的三个,因赌博被拘留过十八人,选村干部宗族械斗过·次。抗税惹事公安局来了一车人。村镇里没有了精壮劳力,原本地不够种,地又荒了许多,死了人都熬煎抬不到坟里去。我站在街巷的石磙子碾盘前,想,难道棣花街上我的亲人、熟人就这么很快地要消失吗?这条老街很快就要消失吗?土地也从此要消失吗?真的是在城市化,而农村能真正地消失吗?如果消失不了,那又该怎么办呢?

父亲去世之后,我的长辈们接二连三地都去世,和我同辈的人也都老了,日子艰辛使他们的容貌看上去比我能大十岁,也开始在死去。我把母亲接到了城里跟我过活,棣花街这几年我回去次数减少了。故乡是以父母的存在而存在的,现在的故乡对于我越来越成为一种概念。每当我路过城街的劳务市场,站满了那些粗手粗脚衣衫破烂的年轻农民,总觉得其中许多人面熟,就猜测他们是我故乡死去的父老的托生。我甚至有过这样的念头:如果将来母亲也过世了,我还回故乡吗?或许不再回去,或许回去得更勤吧。故乡呀,我感激着故乡给了我生命,把我送到了城里,每一做想故乡那腐败的老街,那老婆婆在院子里用湿草燃起熏蚊子的火,火不起焰,只冒着酸酸的呛呛的黑烟,我就强烈地冲动着要为故乡写些什么。我以前写过,那都是写整个商州,真正为棣花街写的太零碎太少。我清楚,故乡将出现另一种形状,我将越来越陌生,它以后或许像有了疤的苹果,苹果腐烂,如一泡脓水,或许它会淤地里生出了荷花,愈开愈艳,但那都再不属于我,而目前的态势与我相宜,我有责任和感情写下它。法门寺的塔在倒塌了一半的时候,我用散文记载过一半塔的模样,那是至今世上唯一写一半塔的文字,现在我为故乡写这本书,却是为了忘却的回忆。

我决心以这本书为故乡竖起一块碑子。

当我雄心勃勃在二〇〇三年的春天动笔之前,我祭奠了棣花街上近十年二十年的亡人,也为棣花街上未亡的人把一杯酒洒在地上,从此我书房当庭摆放的那一个巨大的汉罐里,日日燃香,香烟袅袅,如一根线端端冲上屋顶。我的写作充满了矛盾和痛苦,我不知道该赞歌现实还是诅咒现实,是为棣花街的父老乡亲庆幸还是为他们悲哀。那些亡人,包括我的父亲,当了一辈子村干部的伯父,以及我的三位婶娘,那些未亡人,包括现在又是村干部的堂兄和在乡派出所当警察的族侄,他们总是像抢镜头一样在我眼前涌现,死鬼和活鬼一起向我诉说,诉说时又是那么争争吵吵。我就放下笔盯着汉罐长出来的烟线,烟线在我长长的嘘气中突然地散乱,我就感觉到满屋子中幽灵飘浮。

书稿整整写了一年九个月,这期间我基本上没有再干别事,缺席了多少会议被领导批评,拒绝了多少应酬让朋友们恨骂,我只是写我的。每日清晨从住所带了一包擀成的面条或包好的素饺,赶到写作的书房,门窗依然是严闭的,大开着灯光,掐断电话,中午在煤气灶煮了面条或素饺,一直到天黑方出去吃饭喝茶会友。一日一日这么过着,寂寞是难熬的,休息的方法就写毛笔字和画画。我画了唐僧玄奘的像,以他当年在城南大雁塔译经的清苦来激励自己。我画了《悲天悯猫图》,一只狗卧在那里,仰面朝天而悲号,一只猫蹑手蹑脚过来看狗。我画《抚琴人》,题写:"精神寂寞方抚琴"。又写了条幅:"到底毛颖是吞虏,沧浪随处可濯缨"。我把这些字画挂在四壁,更有两个大字一直在书桌前:"守候",让守住灵魂的侯来监视我。古人讲:文章惊恐成。这部书稿真的一直在惊恐中写作,完成了一稿,不满意,再写,还不满意,又写了三稿,仍是不满意,在三稿上又修改了一次。这是我从来都没有过的现象,我不知道是年龄大了,精力不济,还是我江郎才尽,总是结不了稿,连家人都看着我可怜了,说:结束吧,结束吧,再改你就改傻了!我是差不多要傻了,难道人是土变的,身上的泥垢越搓越搓不净,书稿也是越改越这儿不是那儿不够吗?

写作的整个过程中,有一位朋友一直在关注着,我每写完一稿,他就拿去复印。那个小小的复印店,复印了四稿,每一稿都近八百页,他得到了一笔很好的收入,他就极热情,和我的朋友就都最早读这书稿。他们都来自农村,但都不是文学圈中的人,读得非常有兴趣,跑来对我说:"你要竖碑子,这是个大碑子啊!"他们的话当然给了我反复修改的信心,但终于放下了最后一稿的笔,坐在烟雾腾腾的书房里,我又一次怀疑我所写出的这些文字了。我的故乡是棣花街,我的故事是清风街。棣花街是月,清风街是水中月,棣花街是花,清风街是镜里花。但水中的月镜里的花依然是那些生老病离死,吃喝拉撒睡,这种密实的流年式的叙写,农村人或在农村生活过的人能进入,城里人能进入吗?陕西人能进入,外省人能进入吗?我不是不懂得也不是没写过戏剧性的情节,也不是陌生和拒绝那一种"有意味的形式",只因我写的是一堆鸡零狗碎的泼烦日子,它只能是这一种写法,这如同马腿的矫健是马为觅食跑出来的,鸟声的悦耳是鸟为求爱唱出来的。我唯一表现我的,是我在哪儿不经意地进入,如何地变换角色和控制节奏。在时尚于理念写作的今天,时尚于家族史诗写作的今天,我把浓茶倒在宜兴瓷碗里会不会被人看作是清水呢？穿一件土布袄去吃宴席会不会被耻笑为贫穷呢？如果慢慢去读,能理解我的迷惘和辛酸,可很多人习惯了翻着读,是否说"没意思"就撂到尘埃里去了呢？更可怕的,是那些先入为主的人,他要是一听说我又写了一本书,还不去读就要骂母猪生不下狮子,狗嘴里吐不出象牙。我早年在棣花街时,就遇着过一个因地畔纠纷与我家致了气的邻居妇女,她看我家什么都不顺眼,骂过我娘,也骂过我,连我家的鸡狗走路她都骂过。我久久地不敢把书稿交付给出版社,还是帮我复印的那个朋友给我鼓劲,他说:"真是傻呀你,一袋子粮食摆在街市上,讲究吃海鲜的人不光顾,要减肥的只吃蔬菜水果的人不光顾,总有吃米吃面的主儿吧?!"

但现在我倒担心起故乡人如何对待这本书了,既然张狂着要竖一块碑子,他们肯让我树吗？认可这块碑子吗？清风街里的人人事事,棣花街上都能寻着根根蔓蔓,画鬼容易画人难,我不至于太没本事,要写老虎却写成了狗吧。再是,犯不犯忌讳呢？我是不懂政治的,但我怕政治。十几年前我写《商州初录》,有人就大加讨伐,说"调子灰暗,把农民的垢甲搓下来给农民看,甭说为人民写作,为社会主义写作,连'进步作家'都不如!"雨果说:人有石头,上帝有云。而如今还有没有这样的人呢？我知道,在我的故乡,有许多是做了的不一定说,说了的不一定做,但我是作家,作家是受苦与抨击的先知,作家职业的性质决定了他与现实社会可能要发生摩擦,却绝没企图和罪恶。我听说过甚至还亲眼目睹过,一个乡级干部对着县级领导,一个县级干部对着省级领导述职的时候,他们要说尽成绩,连虱子都长了双眼皮,当他们申报款项,却恓惶了还再恓惶,人在喝风屙屁,屁都没个屁味。竖一块碑子,并不是在修一座祠堂,中国从来没有像今天这样渴望强大,人们从来没有像今天需要活得儒雅,我以清风街的故事为碑了,行将过去的棣花街,故乡啊,从此失去记忆。

《秦腔》获奖感言

在伟大的茅盾先生的故乡,第七届茅盾文学奖能授予我,我感到无比的荣幸!

当获奖的消息传来,我说了四个字:天空晴朗!那天的天气真的很好,心情也好,给屋子里的佛像烧了香,给父母遗像前烧了香,我就去街上吃了一顿羊肉泡馍。

在我的写作中,《秦腔》是我最想写的一部书,也是我最费心血的一部书。当年动笔写这本书时,我不知道要写的这本书将会是什么命运,但我在家乡的山上和在我父亲的坟头发誓,我要以此书为故乡的过去而立一块纪念的碑子。现在,《秦腔》受到肯定,我为我欣慰,也为故乡欣慰。感谢文学之神的光顾!感谢评委会的厚爱!

获奖在创作之路上是过河遇到了桥,是口渴遇到了泉,路是远的,还要往前走。有幸生在中国,有幸中国巨大的变革,现实给我提供了文字的想象,作为一个作家,我会更加努力,将根植于大地上敏感而忧患的心生出翅膀飞翔,能够再写出满意的作品。